荔枝杀 —— 著

无边火

Endless Fire

中国致公出版社·北京

图书在版编目（CIP）数据

无边业火/荔枝杀著. -- 北京：中国致公出版社，2024.2
ISBN 978-7-5145-2171-9

Ⅰ.①无… Ⅱ.①荔… Ⅲ.①推理小说—中国—当代 Ⅳ.①I247.5

中国国家版本馆CIP数据核字(2023)第196207号

无边业火/荔枝杀 著
WUBIAN YEHUO

出 版	中国致公出版社	
	（北京市朝阳区八里庄西里100号住邦2000大厦1号楼西区21层）	
出 品	雁北堂（北京）文化传媒有限公司	
	（北京市西城区高粱桥路6号西环广场A座）	
发 行	中国致公出版社（010-66121708）	
作品企划	雁北堂（北京）文化传媒有限公司	
责任编辑	李 舟	
责任校对	吕冬钰	
内文设计	冉冉工作室	
责任印制	卫 晴	
印 刷	河北文盛印刷有限公司	
版 次	2024年2月第1版	
印 次	2024年2月第1次印刷	
开 本	880 mm×1230 mm　1/32	
印 张	9	
字 数	209千字	
书 号	ISBN 978-7-5145-2171-9	
定 价	52.00元	

（版权所有，盗版必究，举报电话：010-82259658）
（如发现印装质量问题，请寄本社调换，电话：010-82259658）

时代的沙砾落在肩上，堆积成命运的大山，
滋养这场大火的，究竟是罪恶，
还是我们自身？

目录

楔子 01

第一章·无头裸尸 03

第二章·被嫌弃的名字 41

第三章·孔雀舞厅 65

第四章·嚣张的嫌疑人 79

第五章·死遁 113

第六章·复仇 159

第七章·影子的牺牲 205

第八章·业火漫天 251

楔子

我的母亲并非土生土长的北方人,她和别人交谈的时候,总会因为口音问题露出马脚。可是,她明明已经在北方生活了二十多年。

母亲是二十世纪八十年代初定居漠昌的。

一九八七年,天山岭发生特大火灾,整个漠昌被摧毁殆尽。

母亲也经历了那场大火,幸好有干妈带着她死里逃生。火灾过后,母亲患上了重度肺炎,因为医治不及时落下了病根。这么多年以来,她的身体一直不好,在生我的时候还经历了难产。

在我的印象里,母亲是一个很随和的人,喜欢拍照、写字。她总是听邓丽君的歌,缠绵悱恻的声音从收音机里传出:"我们在春风里陶醉飘逸,仲夏夜里绵绵细语……"

母亲似乎也是一个胆小的人,她怕火、怕高,还怕火车的鸣笛声。但父亲却说,母亲是他这辈子见过的最勇敢的人——当时我还笑话他们,都老夫老妻了,怎么还这么肉麻?

母亲常买一些柑橘和花，领着我去给外公外婆还有两个我从没见过的姐姐扫墓。

小的时候，母亲曾经纠正过我："按照年龄和辈分，你应该叫她们阿姨。"

我当时懵懵懂懂，指着墓碑上的两张照片说："她们明明很年轻，怎么是阿姨呢？"

母亲去世那年，我正在哈港读警校——我的父亲和干妈都是警察，因此，高考时我义无反顾地报考了警校。干妈打电话告诉我，说母亲快不行了，我在恐惧和悲痛之中，连夜坐火车赶回了漠昌。

母亲不想死在医院里，所以父亲和干妈把她接回了家。

在她的床前，我泣不成声，她握住我的手，声音越发微弱，却还是笑着叮嘱我："我的孩子，一定要好好吃饭，健康长大。"

后来和干妈一起收拾母亲的遗物时，我终于向干妈问出了那个令我困惑多年的问题："那两个姐姐是谁？她们……究竟是怎么死的？"

"怎么死的？"干妈喃喃地重复着我的话，指尖抚摸着母亲的遗像，许久，她才轻声开口道，"死在春天的那场大火里了。"

第一章

无头裸尸

一九八七年正月初七，正好是立春。

过完年，叶湘西没有在老宅待太久，就坐着绿皮火车从凤凰古城辗转回到了漠昌。

这是她在漠昌生活的第四年，但她仍不能完全习惯北方的寒冷。她在气候温润的南方小城长大，所以对漠昌的冷毫不了解，即使她的母亲就在那儿出生。

四年前，叶湘西把双亲的骨灰带回漠昌安葬，办完所有事情后，疲惫的她在路边的摊子上买了个饭包：绵软的黄心土豆混杂着饱满的米粒，被浓郁咸鲜的大酱和菜叶包裹着，热腾腾的，冒出粮食独有的香气，过油的花生米炸得焦香酥脆，又加了新鲜的芫荽和嫩葱段来提香——这是妈妈的味道。

这一刻，叶湘西终于真真切切地感受到，自己的身体里流淌着北方人的血。她站在路边，流着泪吃完了一整个饭包。

叶湘西决定留在漠昌了，留在这个还有些陌生的家乡。

因着对文字、摄影的热爱,她在漠昌晚报社找了一份工作。在这家报社就职的几年时间里,她写的新闻少说也有成百上千条了,但一直以来只能捡些"边角料"来做。以叶湘西现在的资历,想做大新闻,还是欠缺火候的。

过完年,报社安排了一项去漠昌林区进行新闻采编的工作,想到这是一个绝佳的锻炼机会,叶湘西便向领导主动请缨。

报社领导原本觉得她的经验尚不足以承担这样的任务,但看她如此坚持,且社里很多老记者拖家带口的,都不愿意离家太久,便同意了她的请求。

叶湘西满心欢喜地开始准备行装,她觉得除了收集文字资料,还应该拍些珍禽异兽的照片当素材。但社里的相机都是摄影记者在用,且比较笨重,于是,她想到了同事老齐——他有一台很高级的小型相机。

"你是怎么说动杨主编给你做担保的?真有能耐啊……"老齐显然是肉痛得厉害。

叶湘西连声道谢,并保证,一定会像爱护自己的生命一样爱护老齐的相机。

漠昌有将近五十座检查站,是为了守护漠昌林区而设立的。徐长海是老护林员了,他没料到报社竟会叫一个女记者进山。要知道现在天寒地冻的,山里条件又差,一个看起来娇滴滴的南方姑娘怎么可能挨得下去。

可是叶湘西挨下去了。

她很快成了巡护员,跟着徐长海等人检查盗伐盗猎问题、检查防火情况……休整时,她会用相机拍照,拍护林员巡山作业,拍植物和动物,还有各式各样的防火标语。

叶湘西印象最深的就是检查站外挂着的那一幅标语:放火烧山,牢底坐穿。

近一个月的时间里,叶湘西跟护林员们同进同出,同吃同喝,没有过半句怨言。

今天是叶湘西最后一次和徐长海去巡山了。明天,她就要带着收集到的素材出山了。

徐长海照常穿着一身厚重的巡护服,裹了一件旧得有些发灰的军大衣,手臂上的红色袖章上写着"防火"二字,十分醒目。叶湘西同样穿着厚重的棉服,背着相机,和另一名护林员张超紧随其后。

林区里有上百种树,它们在凛冽的寒风中挺立着,如同瘦骨嶙峋的巨人。

大雪连续下了两天两夜,仿佛要将整个漠昌林区都覆盖。山路上堆了半尺多高的雪,三个人走在僻静的树林中,脚下发出咯吱咯吱的声响。天气冷得厉害,叶湘西戴着棉帽,把脑袋捂得严严实实,只露出两只眼睛来看路。

今天依旧走了很多路,叶湘西勉强才跟上两个护林员的速度。

停下来休息的时候,徐长海把酒壶递给叶湘西,并努了努下巴示意她喝两口。叶湘西冷得厉害,因此,从不喝酒的她伸手接过酒壶,轻轻地抿了一小口。

高度的高粱酒,顺着叶湘西的口腔灌入冰凉的食道,她被辣得直掉眼泪,但她的五脏六腑总算是活了过来。

看到叶湘西被一星半点儿的酒呛得脸颊通红,徐长海忍不住哈哈大笑道:"我说,你一个南方姑娘,怎么跑到北方来了?"

叶湘西抹了把嘴,随口答道:"待哪儿不是待。"

一旁的张超插话道："话是这么说，可是姐，这漠昌多冷啊！干吗想不开来这儿待着……"

张超没比叶湘西早来几天。他年纪不大，只有十九岁，是天生的自来熟，和叶湘西认识没多久，就已经姐姐长、姐姐短的了。这小伙子没心没肺的，平日里话又多，也不知道他怎么能受得了深山里的寂寞。

叶湘西苦笑着说："是啊，太冷了。"

三人正聊着天，西边瞭望塔方向忽然传来了刺耳的鸣笛声。

张超被这鸣笛声吓了一跳，顿时紧张起来。他连忙扭头问徐长海："师父，是不是出什么事了？"

徐长海正要说些什么的时候，他腰间的对讲机也发出了响声。

伴随着电流的刺啦声，对讲机内传来一个男人沙哑的声音："长海，收到请回答……三十九号巡区发现猎具，疑似有盗猎者闯入，请速去查看……"

前段时间检查站规范了对讲机用语，大家觉得新鲜，配合得很。徐长海按下按键，也有板有眼地回应对方："收到，马上从三十七号巡区前往。"

"超儿，我们去看看。"放下对讲机，徐长海收起酒壶，从石头上站起来，掸了掸身上的雪，转头瞥了一眼叶湘西，"你在这里等我们，或者先回站里。"

盗猎者？叶湘西想起几天前，自己也差点踩中一只猎夹，又想起徐长海包里的手枪，她的心里打起了鼓。

明明已经下意识地退了一步，可叶湘西的回答却是："我跟你们一起去。"

然而，待三人匆匆赶到后，却发现三十九号巡区内并无异常，万籁俱寂，林中只有雪被风吹落时发出的簌簌声响。

看来没有危险的闯入者。张超松了口气，转头提醒叶湘西："姐，你可要小心了，别再踩到什么兽夹、兽套啊！"

叶湘西没有接张超的话，她一手抱着相机，一手指着某处的雪堆，面露惧色地说："那里有脚印。"

厚厚的雪堆里，几串凌乱的脚印提示着那里曾经有人到访过。

徐长海的太阳穴不由得跳了两下，顺着叶湘西手指的方向上前查看。他拨开雪堆，皱着眉头看了许久，最后开口道："应该是老丁他们的脚印，他们今天也来过这儿。看起来没什么问题，天色也不早了，我们下山吧。"

叶湘西点了点头，跟上了徐长海。

这会儿，张超也找到了隐藏在雪地中的兽夹，听徐长海说要下山，他提着刚缴获的玩意儿，赶忙跟上队伍。

三十九号巡区距离出山口不远，快到的时候，徐长海看了看前面的路，指向旁边的一条小径："往这边走吧，前面的大路估摸着被雪封了。"

徐长海话音刚落，叶湘西忽然看见雪地里蹿出一只近乎纯白色的野生雪貂。

纯色的雪貂极其少见，常见的多是黑色或褐色的杂毛雪貂。叶湘西喜出望外，眼看那只雪貂敏捷地攀上一棵红松树，向下探出头来，她慌忙举起了相机。

"我拍张照就来！"她冲徐长海轻声说道。

叶湘西怕惊吓到雪貂，没有向前挪步，只是端起相机，把镜头对准树上那只白色的小家伙。

原本走在前面的徐长海停下脚步来等她。

这个把月的光景，让徐长海对叶湘西的看法有了很大的改变。

毕竟肯留在林区吃苦的年轻人少之又少,而叶湘西明明生了一副弱不禁风的模样,人却一点儿也不娇气。

徐长海对叶湘西笑着说:"你运气还挺好,这白貂平时可不容易见着。"

说话间,他们两人都没有注意到,张超已经跑到了前头,早不在他们的视线范围内了。

意外就发生在这转眼之间。

当叶湘西和徐长海的注意力还停留在那只雪貂身上时,前方传来张超的惨叫声:"啊!啊——"

那是充满恐惧的叫声。

像不曾拥有过语言能力、尚未学说话的幼童,只凭本能驱使,从喉咙里发出的近似野兽的声音。

徐长海当即神情大变,踉跄几步往张超的方向跑去。雪貂被张超的声音吓到,飞快地从相机取景框中逃走了。叶湘西的脸也跟着白了,她转头跟上徐长海,朝着声音追去。

今天走了太多路,此时叶湘西双脚发软,走在松软的雪地里更是举步维艰。但她强撑着,直到找到了徐长海和张超。

徐长海背对叶湘西跪在雪堆里,双手扶着摔倒在地的张超。由于视线被遮挡,叶湘西没有在第一时间看到他们面前的东西。

终于,叶湘西听到徐长海那已经嘶哑变调的声音:"是死人,小叶,快报警!"

最先赶到现场的是森林警察,然后是县公安局刑侦大队的刑警。

叶湘西从没见过这样的阵仗。她看到几辆警车陆续开了进来,车胎在积雪中碾出一道道印迹,最后停在了出山口处。警戒带很快被拉了起来,刑警和技侦人员以尸体为中心,在周围开始了侦查和勘验工作。

作为报警人和最先发现尸体的人,叶湘西三人被带去公安局做笔录。

张超因为受到了极大的惊吓,连说话都不利索。

负责做笔录的江华很是同情这个男孩,换作是他冷不防地被尸体绊倒,估计也会被吓个半死。但工作还是要做的,他打量着面前的年轻女子和护林员,问道:"说说吧,你们是怎么发现这具尸体的?"

叶湘西恍惚了一下,她看了看旁边还在安抚张超的徐长海,开口道:"一个小时前……"

一个小时前,在听到张超惊恐的惨叫后,叶湘西追着徐长海的脚步,趔趄着一路小跑过去。

随后,徐长海对她说:"是死人,小叶,快报警!"

那时,叶湘西的目光越过徐长海的肩头,终于看见了雪地里的女人。

那个女人蜷缩在一片雪白之中,如同子宫中汲取母体养分的婴儿。她的皮肤也很白,白到发粉、发灰。她的身上没有衣物,赤条条,露出漂亮的乳房和平坦的小腹。她淹没在雪地里,好像和森林、雪地融为了一体,仿佛天生就生长在这里。

然而眼前的这一幕却没有任何美感——因为这个女人没有头。

叶湘西做新闻记者的这几年,也不是没见过死人。可当她的视线落到女人那空荡荡的脖子上时,她只觉得胃里一阵翻滚,然而干呕了两声,却什么都吐不出来。

在听完叶湘西言简意赅的描述后,张超终于缓过神来,磕磕巴巴地回忆起一小时前的噩梦。

张超比叶湘西和徐长海更早发现这个女人。

因为着急下山开饭,他不知不觉中就把叶湘西和徐长海甩在了身后。他没听到徐长海说要抄近路的话,径直就往大路走去,可没走多远,他就被什么横放着的东西给绊倒了。当时,张超整个身体都不受控制地向前扑去,他连忙闭上眼睛,举起双臂护住自己的脑袋。

然而,他却没有像意料之中的那样栽进雪里,在触底的刹那,他感觉自己整个人摔到了一个起伏不平的东西上,胸口还被底下的东西硌得生疼。张超以为自己摔在了石头上,正准备大呼倒霉,眼前的一幕却让他忘记了呼吸,那骇人的画面,生生印在了他的视网膜中。

张超十几年来建立起的对这个世界的认知,在这一瞬间全部崩塌。由于极度恐慌,他一边惊叫,一边手脚并用地爬离了那具尸体。

江华听完这两个人的讲述,一时间有些说不出话。

叶湘西那巴掌大的脸上毫无血色,人却一直在强装镇定。江华无法忽视那一双乌黑明亮的眼睛,如同含了一汪水,像是会说话。

江华继续问道:"那你们为什么会出现在那儿?"

徐长海回答道:"我们当时在巡山。"

这时,不远处传来吭的一声。叶湘西转头看去,只见公安局外的警车上,走下来一个女人。

那女人的头发剪得极短,露出光洁的额头和轮廓分明的耳朵。

她的眼神疏离而冷淡，唇角紧抿，自带强势的气场。虽然她穿着厚重的警用大衣，人却依旧精神而挺拔。

叶湘西一下就认出了她。

她是漠昌县公安局刑侦大队队长程北莹。名字中有南则温婉，带北则爽利，程北莹的名字听上去就很飒爽。叶湘西对她的印象很深刻——《漠昌晚报》登过几次她破获重大刑事犯罪案件的新闻。

程北莹的心情显然不是很好。

下午的时候，她的前夫高振良又到她办公室来撒泼打滚了。

半年前，程北莹发现前夫高振良和婆婆在谋划以她的名义收受贿赂，为了自己的良心以及前途，她当机立断上报情况，然后坚决地选择了离婚。离婚后，那对母子三天两头到县公安局来闹，虽然多数时候被门卫拦在外头，但总归是造成了不好的影响。

现在，程北莹黑着脸出现在这里，整个现场的气氛越发不妙。

赵敢先要汇报工作，无论如何也避不开程北莹现在这副面孔，只好硬着头皮上前和她打招呼："程队，那什么……"

程北莹冷冷地瞥向他："以后不许再把高振良放进单位，否则你赵敢先和他一起滚蛋！"

虽然不是第一回被"滚蛋"二字所恐吓，但赵敢先还是吓得一哆嗦。紧接着，他又听见程北莹发问："现场什么情况？"

赵敢先连忙汇报道："技侦正在尸体发现地做现场勘验，初步判定那里不是第一案发现场，死者是被丢弃在那里的，除此之外，还没有其他的重大发现。报警的是个姑娘，另有两名男性目击者，江华正在给他们做笔录呢。"

"他们？"程北莹转头朝江华的方向看去，果然发现江华面前坐着一男一女,还有一个年轻的小伙子蹲在角落,看起来神情呆滞。

赵敢先解释道:"不过他们发现尸体的时候出了些状况,那个小伙子,就是旁边蹲着的那个,不小心摔在死者身上了……总之,还不确定有没有对尸体造成破坏。"

"你们从出警到现在都多久了!就这么点儿发现?"程北莹极力压着火气,"死者的身份确认了吗?"

赵敢先下意识地摸了摸自己的脖子,吞吞吐吐地说道:"死者她,她没有……没有头啊……需要时间去确认。"

听到这里,程北莹皱眉问道:"那死者身上有衣物吗?"

赵敢先愣了一下:"没有。"

"尽快找法医过来确认,死者头颅缺失到底是意外还是人为?要是定性为恶性凶杀案,这麻烦就大了。"没有头颅和衣物,意味着有人在刻意隐藏死者的身份,程北莹很清楚这一点。

交代完毕,程北莹又转头看向江华。她听见江华问他面前的年轻女子:"巡山?你也是这儿的护林员?"

女子摇头否认道:"不,我不是,我是进山采访的记者。"

记者?

程北莹眼睛微眯,视线已经落在了她胸前挂着的那台相机上。

"可是韩法医他……"

没听赵敢先把话说完,程北莹便大步流星地朝江华走去。见状,赵敢先连忙住口,也跟了上去。

程北莹没理跟自己打招呼的江华,只是盯住那个自称是记者的女子,单刀直入地问她:"你好,记者是吧?相机给我。"

叶湘西当即掩住相机,下意识地拒绝道:"不行!"

"记者同志,你有义务配合调查。"程北莹嘴角噙了一丝冷笑,她的视线没有离开叶湘西的脸,只是叫身后人的名字,"赵敢先。"

赵敢先当然明白领导的意思,接到命令,他立马朝叶湘西走去。

叶湘西这才意识到对方是动真格的,看着那人高马大的警察走过来,她抿了抿唇,明白自己只有"配合"交出相机这一条路可以选。

看见叶湘西主动取下相机,赵敢先松了口气,他把相机递给程北莹后,默默退到了一边。

程北莹的手按在暗盒的顶端,她盯着叶湘西问:"叶记者,请你如实告诉我,你拍到抛尸现场的照片了吗?"

程北莹的手明明放在暗盒上,叶湘西却觉得她的手掐住了自己的命脉。尽管今天是阴天,但胶卷怕光,如果暗盒被打开,恐怕里面的底片会全部报废 —— 胶卷不能在这个时候被毁。

叶湘西惶恐至极,在这样的压力下,她只得咬牙承认:"是。"

"你们这些记者挺厉害啊。"程北莹随即松开了暗盒,掂了掂相机,挑眉看向叶湘西,"听着,这是重要证物,公安局没收了。"

叶湘西一想到老齐那张委屈脸,不自觉地抗议道:"不能没收!"

程北莹根本没听她在说什么,把相机递给赵敢先,在转身之前,冷冷地冲叶湘西以及两位护林员丢下一句话:"警方会随时传唤你们配合调查,最近一段时间都不要离开漠昌。"

相机被没收之后,叶湘西魂不守舍地跟着徐长海出了山。她在检查站收拾完自己的行李，便乘坐大巴车回到了漠昌城区。

虽然她手里还保留了两三卷完整的胶卷，素材没有损失很多，但没了相机，该怎么面对老齐？要知道当初求他借相机可是费了不少力气，而且自己还向他承诺过，拍完素材就会马上归还相机……

想到这里，叶湘西苦恼地抱住了自己的脑袋。

她拍下尸体的照片完全是职业本能。

无头女尸？漠昌多年以来都没有出现过这样的奇闻。凭着自己的职业敏感，叶湘西当时已经意识到，这起凶案也许会成为一个轰动全城的重大新闻。

可万万没想到，程北莹居然会如此敏锐，竟马上发现了她相机中的端倪。

她只是拍了照片，顶多是被勒令处理掉可能有问题的胶卷，怎么就被直接没收了相机？叶湘西不由得怀疑，她是不是之前在哪里得罪过程北莹。

思来想去，叶湘西决定先不回报社报到了，毕竟还没想好怎么跟老齐交代，那就让他以为她还在深山里吧。

叶湘西打定主意，无论如何都得在老齐发现之前把相机拿回来。

下了大巴车，叶湘西看着路口正在指挥交通的警察，忽然想到了周致远。

三年前，报社对基层警员进行了一次采访，周致远是县公安局技侦大队的警察，叶湘西就是在采访中认识他的。也许周致远了解情况呢？说不定他能帮忙想想办法？

叶湘西心里仿佛忽然亮起了一盏明灯，她想，无论如何都要先去找周致远问一下。

回到大院，叶湘西立即用收发室的电话打给周致远，约他晚上见面。

然而周致远却说晚上要开会,不能那么早下班。闻言,叶湘西连忙表示:"没事没事,我不着急的!我去县局食堂等你好了。"

晚上十点多,困得睁不开眼的叶湘西终于等到了周致远。看见周致远出现在食堂门口,她揉了揉眼睛朝对方招手:"致远同志,我在这儿。"

周致远比叶湘西大几岁,在县公安局工作已经有四五年了。

他生得十分周正,薄唇,鼻梁高挺,平日里戴一副细框眼镜,待人温和,工作也认真细致,因此人缘不错。前段时间升职后,身边已经有不少人给他介绍对象了。

看见睡眼惺忪的叶湘西,周致远有些哭笑不得:"怎么了?大晚上的,你总不会是来找我拿料的吧?"

叶湘西摇了摇头:"我的相机被刑侦大队的程队长没收了。"

"程队?"周致远有些意外,"怎么回事?"

叶湘西简单讲了讲白天发生在林区的事,周致远全程蹙眉听着。直到叶湘西说完,他才开口:"这事是不好处理。"

叶湘西愣了愣,又听见周致远说:"程队最不喜欢记者了,这事县局的人差不多都知道。你记得几个月前县里的信用社发生的那桩抢劫案吧?涉案金额数十万,《联北日报》一个记者在公安局拿料后,竟然直接在当天的报纸上大肆报道,结果当然是打草惊蛇,劫匪逃出了省,至今都没能抓捕归案,为此程队受到了局里的通报批评。"

叶湘西喃喃自语道:"怪不得程队会讨厌记者……"

"以前讨厌,现在更讨厌。"周致远叹了叹气,"所以你的相机,一时半会儿怕是要不回来了。"

叶湘西有些沮丧地低下了头,半天没有说话。看到她情绪低落没有应声,周致远转而安慰她道:"你今天也吓坏了吧?"

再次想起那躺在雪地上的女人,她确实有点好奇这背后的一切,她问道:"现在无头女尸这案子是什么情况?"

周致远斟酌了一下,开口道:"我今天没出警,但会参与接下来的现场勘验和证物鉴别工作,目前还不能提供给你太多信息。不过死者没有头、没有衣物,甚至连指纹都被破坏了,想要确认尸源非常困难,听说他们在比对失踪人口档案,但到现在还没有什么发现,目前已经加派警力在林区附近走访调查了。"

"还不知道死者是谁吗?"

看来这是一桩棘手的凶杀案,他们二人都心知肚明。

周致远点头道:"而且这几天下大雪,现场勘验工作的难度也增加了。"

"尸体解剖了吗?有什么结果?"

周致远无奈地笑了笑:"县里唯一一个法医到省里参加学习研讨会了,解剖工作目前恐怕也无法开展。"

看见叶湘西低头思索着什么,周致远温声道:"办案是警察的工作,你一个记者就别瞎操心了,相机的事情我会帮你想想办法的。我先送你回去吧,太晚了,路上不安全。"

叶湘西住的是隶属于漠昌冶金厂的职工大院。

夜里的风尤其大,叶湘西裹了裹身上的棉服,低头准备往居民楼的方向走,谁料转头就碰上了老齐。

"哟,小叶回来了?刚才那是谁啊,是你对象吗?"老齐提着一个暖水壶,神情暧昧地看着叶湘西。

叶湘西怕老齐问起相机，只好顺着他的话头打起了哈哈："不不不，不是啦。"

老齐以一副过来人的样子语重心长地说道："不是我说你啊，你年纪也不小了，该为自己的感情生活打算打算了。"

叶湘西连连点头："是是，齐哥说的是。"

老齐点了点头，很是满意这个年轻人愿意听自己说教。他摆了摆手说："行了，赶快回去吧，明儿还上班呢。"

叶湘西正在庆幸自己躲过一劫，老齐就一拍脑袋说："欸，对了小叶，我想起了一件事，我那相机呢？你都从林区回来了，相机应该用完了吧？"

叶湘西知道再也瞒不下去，唯有向老齐坦白实情。

后来，叶湘西也忘记自己是怎么回到家的了，只记得进了家门以后，脑袋里还一直嗡嗡地响，老齐的声音还回荡在她乱成一团的脑袋里。

老齐站在大院的路灯下，一脸痛心疾首，唾沫横飞地训斥叶湘西。她也不敢反驳，只能战战兢兢地立在原地挨训。毕竟说到底，相机被没收的责任在她。

已经是深夜了，但叶湘西抱着被子躺在床上，横竖睡不着，还在思考白天发生的事。

红松树上的白色雪貂，雪地里的无头女尸，红蓝相映的警车警灯和县公安局的深夜食堂……

这无头女尸不仅没有头和衣服，连指纹都没有，这是有人在破坏能识别出她身份的证据啊！是有人不想她被认出吗？可是又为什么要把她扔在出山口附近？林区的护林员们每天进进出出，迟早会发现她的。这到底是想还是不想让人发现尸体呢？

叶湘西用手蹭了蹭鼻子，决定不再想无头女尸的案子。当务之急，是要赶紧想办法拿回老齐的相机！

可是怎么才能把相机要回来呢？

叶湘西翻身从床上坐起，又仔细回忆起周致远和她说过的话。

漠昌县只有一个法医，还去了省里开学习研讨会，解剖工作自然没法展开。被害者的死因一天不确认，刑侦大队的侦查工作就寸步难行。

"法医，县局的法医……"叶湘西正咬着手指发愁，忽然一拍枕头，"县局没有法医，省局有啊！"

叶湘西在电话簿里找到了龙永贵的联系方式，第二天一早就到楼下的收发室去打电话。

电话接通后，叶湘西深吸了一口气："您好，请问是龙法医吗？是我，记者叶湘西……"

龙永贵是省局的资深法医，之前《漠昌晚报》做过一期龙永贵的专访，原本这是老齐负责的采访对象，但那时候老齐不得不去参加儿子的家长会，就把采访任务丢给叶湘西了。

叶湘西又一次体会到，当记者，多跑些新闻总是没错的。若能帮她解决眼下难题，那程北莹还好意思扣着老齐的相机不还吗？

程北莹没有想到，即将内退、正在漠昌休假的龙永贵会出手相助。

当时她正在和手下的刑警，还有技侦部门的同事开会。

法医不在，现场的勘验目前还没有什么有价值的发现，至今身份不明的死者，仍然找不到的第一案发现场……刑侦大队自然压力重重。

会议现场的气氛压抑极了,要不是技侦的队长王健还在,必须得顾忌着刑侦大队的脸面,程北莹恨不得把会议室的桌子给掀了。

正是龙永贵的电话解救了会议上的所有人。

电话那头的龙永贵自然不知道会议室的状况,免提一开启,他那像唱歌似的抑扬顿挫的声音便传遍了整个会议室:"是程大队长吗?我是龙永贵,我听说你们缺个法医?"

程北莹第一时间瞥向赵敢先,赵敢先却连忙摆手,示意自己毫不知情。

程北莹放缓了声音:"是,龙处长,老韩去了省里学习,还要好几天才回来。"

龙永贵的声音敞亮:"那你找我啊倒是,你看我行不行啊?"

"您现在在漠昌?"程北莹此时也顾不上客气,"那龙处长您下午可以过来吗?我们马上去办手续。"

"好好好……"

挂掉电话后,程北莹迅速分配了任务:"江华,你去给龙处长办交接手续;赵敢先,你带人继续走访林区的检查站,看看能不能找到目击证人……对了,你和技侦的人一起出发吧,他们还有很多现场勘验的工作要做。"

程北莹自己则亲自去接龙永贵,跟他一起进了解剖室。

两人穿防护服的时候,龙永贵乐呵呵地说:"你呀,需要帮忙也不跟我开口,非要等报社那小姑娘打电话来找我。"

程北莹内心闪过一丝疑惑,但她没有表现出来:"我以为您还在省里呢,要是早知道您回漠昌了,我也不麻烦别人去请了。"

龙永贵在省局干了快三十年的法医,什么样的尸体没见过,但当视线落到无头女尸的颈部时,他的脸色还是有些变了。程北莹自然注意到了龙永贵的表情变化,但她只是默不作声地站在一旁,看龙永贵进行尸检。

"尸体尸僵已经解除,背部、臀部和四肢都有明显的尸斑,呈鲜红色,按压不褪色,死亡时间预计超过二十四小时。"龙永贵仔细查看死者的皮肤后,判断道,"以死者目前的状况,测量尸温对判断死亡时间的用处不大了,准备开胃取内容物吧,顺便做药物检测。"

龙永贵接过程北莹递来的手术刀,小心翼翼划开死者腹腔的皮肤,随即,他又检查了她的断头创口:"颈部创面整齐,应该是用工具一次性切割而成的。

"创面无伸缩现象,无明显生活反应,是死后造成的。

"没有性侵痕迹。

"死者有多处冻伤,皮肤表面没有明显瘀青,没有暴力造成的致命外伤。

"另外,死者的指纹严重磨损,上面附着细微的颗粒状物,初步判断是砂纸残留,指甲有撕裂痕迹,是由外力破坏造成的。"

龙永贵用镊子慢慢取下死者指甲和指缝里残留的纤维,转头对程北莹说:"这些,也找人送去实验室化验吧。"

解剖工作结束后,程北莹代表县公安局再三向龙永贵表示感谢。接下来的侦查方向,她心里已经有谱儿了。

"行了,我不来还有谁能来?"龙永贵摆摆手,又意味深长地看了面前的人一眼,"程队,你现在的首要任务是把案子破了。"

程北莹不动声色地说道:"当然,这是我的工作。"

她虽然这么说，但她很清楚这个案子的难度远远超过之前经历过的所有案子。

目送龙永贵走远后，程北莹又在楼下站了一会儿，等到头脑终于清醒了，才走回刑侦大队的办公室。

办公室里已经没有人了，她指尖夹着烟，吐出一口烟雾，皱着眉头翻看自己的笔记本。笔记本里夹着一张刚冲洗出来的无头女尸的现场照片，正是叶湘西拍的那张。

程北莹摩挲着手上的照片，思索道："斩首，死后处决吗？"

正当她沉浸于案子的细节时，岑广胜走了进来，他问道："无头女尸的案子查得怎么样了？"

岑广胜是漠昌县公安局局长，四十多岁，已经到了中年发福的年纪。他一生顺遂，没遇到过什么特别大的案子，也不知道这是幸运还是不幸。他很看重程北莹，当年也是他力排众议，将她提拔上来的。

"岑局。"程北莹的视线终于从笔记本上挪开了，"我们正在等尸检报告。"

岑广胜沉吟了片刻，又问："我听说龙处长来了？"

程北莹的目光落在了桌面的相机上："是，龙处长下午来了，《漠昌晚报》一个女记者请他来的。"

"竟然能请动在休假的龙处长，这个姑娘本事不小。"岑广胜不由得笑道，他顿了顿，又说，"咱们漠昌的记者，真是一个比一个厉害。"

程北莹知道岑广胜是在提醒她信用社抢劫案的事情。

她的食指和中指敲点着桌子，看向岑广胜："岑局，你放宽心吧，我不会让那伙儿劫匪从我眼皮子底下跑掉的，我们已经掌握了

无边业火

他们的潜逃方向和路线，这两天就会实施跨省抓捕。"

"你办事我一向放心。"岑广胜听到了想要的答案，又不紧不慢地交代程北莹几句，便离开了。而程北莹则在思索片刻后，伸手拿起了那台相机。

━ ━ ■

办公室里足够暖和，叶湘西在堆积如山的稿件中埋头写作，她写得太专心，杨主编叫了她好几声，她才茫然地抬起头来。

把叶湘西叫到办公室后，杨主编严肃地盯着她的脸说："有个姓赵的警官往咱们这儿来了电话，说是让你去县公安局刑侦大队一趟。"

叶湘西愣了一下，手指着自己的鼻子："我？去刑侦大队？"

杨主编是叶湘西的领导，身居《漠昌晚报》主编的位置，自然有过人的洞察力。她听叶湘西提起过在林区发生的事，此刻也看出这个小姑娘表情的异样，于是提醒道："没什么事吧，湘西？有情况要及时跟我汇报。"

"我……"叶湘西锁眉回忆，姓赵的警官？应该就是和程北莹一起的那个警察吧，找她干什么？

想起来了，当时程北莹说过，警方会随时传唤，让她不准离开漠昌。

叶湘西回答得很谨慎："大概还是来找我问凶杀案的事情吧，应该没什么问题。"

"既然这样，你配合警察的工作就好。"杨主编接着嘱咐道，"你也别着急拿料，这个阶段你先保护好自己。"

叶湘西点头答应。

这几天化雪融冰，天冷得更厉害了，道路也变得泥泞了不少。县公安局离县政府不过两条街的距离，所处地段还算繁华，只是街道两旁没有什么绿植，在冬天显得尤为萧索。

叶湘西风尘仆仆地赶到了县公安局，经由门卫指路，终于摸到了刑侦大队办公室的门口。

她连门都没敲，就听见豁亮的女声从里面传出："进来。"

刑侦大队的办公室，叶湘西还是头一回进。办公室不大，错落放着七八张老旧的板式办公桌，上面堆满了文件和杂物。

那位打电话找她的赵警官并不在，只有刑侦大队的大队长程北莹和其他几个她没见过的警员。

叶湘西小心翼翼地进去，还算机灵地往程北莹跟前一站："程队，是你找我吧？"

程北莹没有回答叶湘西的问话，只是冷淡地看向她："行啊，你认识的人挺多啊。"说着，把手上的相机往叶湘西的手里一塞。

叶湘西喜出望外，一把搂住失而复得的相机，还不忘谦虚两句："不多不多，能帮上忙就行！"

"你是《漠昌晚报》的？"

叶湘西赶忙收起了相机，像生怕对方反悔似的，如捣蒜般点头："嗯嗯，程队，我是那个报社的记者，叫叶湘西。"

程北莹翻文件的手顿了顿："听这名字……你从南方来的？跑到漠昌这么远的地方来干什么？"

叶湘西摸了摸鼻子，朝程北莹莞尔一笑："我爸妈在这儿。"

话音刚落，就见赵敢先抱了一摞文件晃悠悠地走了过来。他的嗓门奇大，抬头便喊道："程队，东西我都给你拿……哟，这不是那什么报的记者吗?"

叶湘西从容地接话:"你好,我是《漠昌晚报》的记者叶湘西。"

只是叶湘西的一双眼睛虽然盯着赵敢先的脸,余光却扫过他才放到桌上的那些牛皮纸档案袋。她一时间思绪万千,忽然想起周致远曾经和她说过,刑侦大队目前在比对失踪人口。

要是知道他们现在进展如何就好了。但她马上就提醒自己,现在打听还不是时候,她可不想再被没收一次相机。

待叶湘西离开刑侦大队的办公室,程北莹便把手下的人都喊了回来。她扭了扭脖颈处的关节,吩咐赵敢先:"准备开会吧,尸检报告出来了。"

没过十分钟,赵敢先便把队里的人召集齐了。

大伙儿还在窃窃私语,赵敢先就坐在会议室的前排,小心翼翼地瞥了眼程北莹的脸。其实一直以来,赵敢先都琢磨不透自己这位上司的脾气,在她手下,总担心脑子转不过来弯会挨骂。可是跟着她却又莫名觉得安定,好像天塌下来也不带怕的,因为有她顶着。

程北莹面前的卷宗,已经被她翻得有些卷边了。

此刻她的神情波澜不惊,她竖起手上的圆珠笔,有节奏地敲打着桌面。

"我来说说死者的死因。"

程北莹的声音不大,但底下的人都听见了,在一秒之内他们全部噤了声。程北莹接着说:"死者体内没有检测出毒药、安眠药和酒精的成分,胃黏膜下出现了弥漫性斑点状出血,尸斑呈鲜红色,血管内氧合血红蛋白偏高,也就是说——"

那女人是被冻死的!

听到结论的那一刻,赵敢先眼睛瞪了瞪。

要知道在漠昌这样的高纬度地区,冻死太常见了,而能冻死人的地方又太多太多。赵敢先想到这里,下意识地咂巴了一下嘴,也就是说,头是在女人死了之后才没的。

程北莹的声音冷静且平淡,伴随着手中圆珠笔的敲击声:"死者颈部创口平滑整齐,可以判断凶手或是处理尸体的人使用了专业的切割工具进行分尸。也就是说,犯罪分子很可能有医学背景,而且心理素质极高,是个危险人物。"

赵敢先喃喃道:"从处理尸体的手法来看,他到底是男是女,目前也很难推断……"

江华提问道:"咋不可能是屠夫呢?"

程北莹的眼睛还停留在卷宗上,她用圆珠笔尾端点了点太阳穴:"创口干净,没有发现除死者以外的生物组织。"

屠夫的刀和切割机常年切割肉块,如果真是屠夫干的,创口很难不留下其他的生物组织。

但程北莹想了想,又补充了一句:"不排除屠夫使用新的刀具或者切割机,我们还要进行排查,重点查一下有没有新购入这些器具的屠户。"

"明白。"

"根据耻骨联合面的形态推断,死者年龄大概在二十到二十五岁之间,身高超过一米六五,体重五十公斤,血型为 O 型。据肛温测量和胃内容物的鉴定,死者的死亡时间已经超过七十二小时。"说着,程北莹把面前那摞档案往外一推,"你们最好把这些失踪人口再筛查一遍。"

27

江华想起了什么，开口道："程队，上午有几个人过来认尸……"

"嗯，那就认认看，也不耽误你们筛查人。"程北莹快速将面前的卷宗翻了一页，继续说道，"死者涂了指甲油，指甲缝隙里残留了一些腈纶纤维组织，还有砂纸的碎屑……"

这些可供侦查的方向追溯起来，无异于大海捞针——但却不能不做。

程北莹扫视了两圈，目光终于落到了一个青涩的面孔上。

崔浩浩是刚从警校毕业的年轻警员，正是干劲十足的时候。看着崔浩浩那副随时准备慷慨就义的表情，程北莹嘴角抽了抽，转头看向江华："你带着崔浩浩去查吧。"

分配完大部分警员的工作，程北莹转着圆珠笔，又转头问起赵敢先："你们这几天走访，有什么发现没有？"

终于问到了自己头上，赵敢先赶紧说："这两天我们去了好几个检查站，护林员都说没见过什么可疑人员。"

程北莹点了点头："根据技侦提供的调查结果，目前抛尸现场只发现了几个护林员和叶湘西的足迹，叶湘西就不说了，那几个护林员一定要排查清楚。"

赵敢先连忙答应，又说道："那几个护林员还说起了一件事，说是最近林区发现了不少猎具……程队，猎具这事不能和咱们的案子有关系吧？"

"猎具在哪儿发现的？都带回来了吗？"程北莹这一连串的发问，让赵敢先哑口无言。

"……"

"赵敢先，你说说你能知道什么？"程北莹揉了揉眉心，直接丢下手里的笔，"算了，你跟我再进一趟山吧。"

一一三

回到报社后,叶湘西第一件事是把失而复得的相机还给老齐,然后就拿着那卷胶卷直奔暗房。

她站在暗房里,熟练地用药水洗起了底片。完成主要的步骤后,她小心翼翼地用夹子夹起底片,挂起,晾干。

半小时后,叶湘西终于在相纸上重新看到了落雪的树、巡山的护林员、山间灵动可爱的貂……

原本还有躺在雪地里的那个女人,但相关的胶片已经被程北莹没收了。

握住照片的那一刻,她的睫毛抖了抖,忽然下定了决心。她快步走到办公室,趁着自己头脑发热去找杨主编,诚恳地表示自己想要跟进无头女尸案的报道。

杨主编其实并不想答应。只是,她很快又考虑到这起案子性质恶劣、危险系数高,还要跟着刑警早出晚归、多次进山,恐怕除了叶湘西,没人愿意跟了。经过再三思索,杨主编还是答应了叶湘西:"好吧,你自己注意安全,我会帮你给县公安局的宣传科打电话的。"

"好,麻烦杨姐了!"叶湘西自然没有杨主编想得多,只顾着高兴,心想自己终于能做个大新闻了。

可是要从什么地方开始着手呢?

叶湘西回到工位,习惯性地拿出草稿纸来勾勾画画,仔细分析。她并不是什么有推理能力的人,她有的,大概只是这份职业培养出来的敏感和细心。想要办成一件事情,只能靠笨鸟先飞。

她并不知道警方对无头女尸的调查进展,只能根据自己当时在林区目睹的情况来推断。

这个月以来,她每天都和检查站的护林员进山巡山,并没有发现什么可疑的人,要说异常的话,就是他们缴获的猎具比之前多了。最近这几天下大雪,等到雪后才抛尸恐怕是有预谋的,这说明抛尸的人不怕留下痕迹,而且熟悉林区和检查站的作业情况……是本地人的可能性很大。

叶湘西忽然想起,那天徐长海的对讲机里传来的老丁的声音:"疑似有盗猎者闯入,请速去查看……"

抛尸,会不会就发生在那时候?

她实在想不出更多的内容了,其中的细节,只能先去找徐长海和老丁他们问问。

"杨主编说你要跟进报道无头女尸案?"叶湘西再次动身进山之前,老齐破天荒地走过来,关心她的工作,没等叶湘西回答,老齐竟然把她刚还回的相机放在了桌上,"拿去用吧。"

叶湘西愣了一下,随即笑了起来:"谢谢齐哥!"

老齐这个人面冷心热,虽然嘴上总是挤对她,但实际上是在帮她。叶湘西心想,等忙完了这个新闻,一定要去给老齐买两饼子好茶叶!

于是,叶湘西先回了自己曾经待过一个月的检查站,去找徐长海和张超。她正好也想去探望一下那个爱说话的小伙子,毕竟当时他看起来魂都要吓没了。

好在张超如今一切正常,精神状况也在慢慢恢复,只是不知道他以后还愿不愿意在这林区待着了。

看望过张超后,叶湘西向徐长海提出想去瞭望塔找老丁。

听到这个请求,徐长海沉吟了一会儿,问叶湘西:"找老丁干什么？是不是和那案子有关系？"

叶湘西点头道："是，我想找老丁了解点情况。"

三月，林区仍旧是天寒地冻，偌大的森林如往常般万籁俱寂，天空灰白，不见日光，如同处在太阳不会再升起的末日边缘。

瞭望塔的尖顶建得极高，仿佛悬挂在半空，因此能从连绵不绝的树冠中露出头来。可是望山跑死马，叶湘西和徐长海追着那尖顶走了将近一个小时才到达瞭望塔下。

老丁常年在瞭望塔值班，叶湘西之前只来过这里一次，当时她一口气爬上那曲曲折折的楼梯，差点趴倒在最后一级台阶上。

只是叶湘西没想到，他们竟然撞见了两个熟面孔。

距离瞭望塔还有五十多米的时候，她看见了穿着厚重警服大衣的程北莹和赵敢先，两个人一前一后，正准备往楼梯上走。

"程队？"叶湘西眼睛一亮，小步往前跑了起来。

看着跑向自己的叶湘西，程北莹笑笑说道："还真是哪儿都有你，你挺会找地方啊。"

赵敢先跟在程北莹身后，也打趣道："叶记者，你不当警察可惜了。"

叶湘西干笑两声，嘴巴里哈出白色的雾气："不可惜不可惜。"

程北莹没有再理叶湘西，抬腿就迈上了楼梯。叶湘西见状，立马紧跟了上去，险些把赵敢先挤下去。

程北莹瞥了她一眼，看到她挎着的相机包时，语气变得有些重了："叶湘西，你不会拿料拿到我眼皮底下吧？"

叶湘西听罢连忙表态："我们报社已经跟县局的宣传科打过招呼了，我来拿料不违规，而且，我懂规矩的！不会坏你事！"

看到叶湘西信誓旦旦的样子，程北莹皱了皱眉，转头继续往楼梯上走，生硬地冲叶湘西丢下一句话："该写的、不该写的都别乱写。"

叶湘西笑眯眯地跟上去："怎么会呢？程队，相信我，我可老实了。"

赵敢先张了张嘴，一句话没说出来。

四人前后走上瞭望塔，越接近塔顶，四人的距离就拉得越大。程北莹和赵敢先的脸色没什么变化，爬十五层楼也只是小喘，而徐长海长年累月在这山里行走，自然也不带虚的。只有叶湘西又差点折在了半路，气喘吁吁不说，最后还热得脱下了棉帽。不过山间的冷风实在刺骨，她只吹了一会儿，又赶紧把帽子给戴上了。

终于来到了塔顶，他们四人进来后，逼仄的监控室里显得愈加拥挤了。程北莹环顾四面透光的房间，里面有一张板式办公桌，旧得似乎有些摇摇晃晃，上面放着通信仪器和设备，还有一些报纸和杂物。办公桌旁有一张行军床，上面的棉被叠得方方正正的。

徐长海向老丁介绍了一下程北莹和赵敢先，说他们是从县公安局来的。

老丁常年和森林警察打交道，在听说两人的身份后并没有表现出意外，反倒是在看见叶湘西的时候，露出了疑惑的表情："不是我说，你还没采访完吗？怎么还搁这儿待着？"

徐长海轻车熟路地走上前，往茶缸里倒上热水："本来回去了，这不又回来了，谁知道小叶是怎么想的，我看是一个月待得还不够，干脆跟站长说说，把她收编得了。"

"一大姑娘在林区里陪你耗着像话吗？"老丁啐了徐长海一口，转头对叶湘西说，"小叶，你别听这老头儿瞎白话。"

眼见话题扯远，叶湘西忙说："我们这次来是想询问一些事。"

程北莹看向身旁的叶湘西，只见她的脸红扑扑的，眼睛也弯弯的，是在笑。程北莹心想，自己大概是小看了这个记者，她和在场的护林员关系都很好，而且还能请得动龙永贵这样的人，说明她性情不错，门路也不少。最难得的是，她能为了工作在这么艰苦的地方坚持着，心性也比寻常人要坚定。

程北莹开口道："我听手下的人说，你们这儿最近盗猎挺猖獗的。"

老丁听程北莹这么一说就明白了，他说："这几天确实缴获了不少猎具，小叶前段时间不也差点儿踩到一个吗？这次是挺怪的，你们想啊，这种天气，猎物怎么会出来？现在根本不是打猎的时候！但那些盗猎的为什么现在过来呢？"

叶湘西想了想，转头对程北莹说："发现尸体前，我们在三十九号巡区也发现了猎具。"

程北莹沉思了一会儿，开口道："丁同志，林区的地图有吗？借我一张看看。"

"有的，有的。"老丁说着，从办公桌的抽屉里抽出一卷地图，递给程北莹。程北莹接过来后，顺势把地图在办公桌上摊开。

叶湘西很有眼力见儿地伸手把桌上的杂物往里推了推，又帮忙压住地图卷起的边角。

"说说，你们都在什么地方发现的猎具？"程北莹拿出随身携带的圆珠笔，把老丁他们发现猎具的地方一一标记在地图上。

圆珠笔在纸上划过，发出沙沙的声响，最后留下了几个蓝圈。

叶湘西在旁边看着，发现了疏漏，于是伸手指了指："这里，我在这里差点踩过一个，对了，还有那里。"

程北莹依次标记，继而皱眉思考。这个时候，也是她最容易犯烟瘾的时候，她把手伸进口袋里想拿烟，忽然想起自己是在林区，于是又收回了手。

看着地图上的几个地点，程北莹发现了端倪，猎具的位置很分散，而且基本都在出山口附近，没有再深入林区里——这并不符合一般猎人布置狩猎场所的行为习惯。连叶湘西和赵敢先也看出了问题：这猎具分明是把护林员引开用的！这是一场筹划精密的谋杀！

必须找到猎具的来源。

程北莹把地图一甩，卷起来递给了赵敢先："丁同志、徐同志，不介意我把你们最近缴获的猎具都带走吧？"

"行，行！配合警方查案，应该的！"

徐长海还留在瞭望塔上，叶湘西则跟随程北莹和赵敢先先行离开。

三人全程都没有说话，直到他们回到塔下。程北莹看了一眼还跟在自己身后的叶湘西，刚要开口说什么，就听赵敢先抢先道："叶记者，你跟我们走吧，我们送你出山。"

叶湘西生怕程北莹否决赵敢先的提议，连忙答应："那就劳烦了！"

警车就停在离瞭望塔不远的地方，赵敢先负责开车，程北莹坐在副驾驶座上，叶湘西一个人坐在后面。

叶湘西长这么大都没坐过小汽车，更别说是警车了，自然觉得新鲜极了。

赵敢先开着车，瞥了后视镜里的叶湘西一眼："我说叶记者，你怎么敢一个人跑到这种地方来？"

叶湘西的兴趣还在观察车子上，她摸摸车顶，又摸摸座椅靠背和车窗把手:"也不是一个人,我跟着老徐他们,不敢在这林区乱走的。"

从后视镜看见叶湘西一系列的小动作,程北莹有点想笑。她提醒叶湘西:"喂,那把手是摇的,不是拔的。"

"哦哦。"叶湘西握住车窗把手,往后一摇,果真看见车窗从顶端移开一条小缝来,她终于心满意足,把车窗摇回原处后,又转头看向程北莹,"程队,也许我可以回报社登个尸体的认领启事,这样说不定能让更多人看到……有什么信息是我能写的?"

赵敢先眼皮跳了跳,心想这记者真是什么枪口都敢往上撞啊。然而程北莹的眼睛只是盯着挡风玻璃外的路况,声音淡淡地叫了一声旁边的人:"赵敢先。"

赵敢先心领神会,报出了死者的身高、体重、血型和年龄,最后又补充了一句:"对了,死者右侧肩膀后面有一道像月牙的疤。"

叶湘西点头:"嗯嗯,我知道了。"

出了山,车子又开了将近半个小时,终于回到了报社的楼下。

回到办公室,叶湘西仔细撰写好认领启事,交给杨主编审核。

剩下的也许只有等待了。虽说等着有人上门来认领尸体无疑是被动的,也有可能永远都等不到,但这是叶湘西现在唯一能帮忙做的。

程北莹开了一上午的会。会议上,除了程北莹和王健两个基层的大队长,还有县公安局局长岑广胜,以及省局下来指导工作的两位专家。

明明是个简单的汇报会,却搞出了一种被审问、被追责的氛围,所以程北莹很不喜欢,全程都板着个脸,没怎么说话。

除了质问死者的头颅以及第一案发现场为什么没有找到外,省局的人果然也问起了猎具。

然而程北莹还没有开口,岑广胜先替她回答了:"我们刑侦大队已经把搜索范围扩大到了全省,着重关注近期售卖、购买过猎具的人,当然还有本身是猎人的,问询且调查他们最近有没有丢失或转手过猎具。"

省局的人看出了程北莹面上的不悦,不客气地提醒道:"漠昌警力毕竟有限,如果排除死者是本地人的话,你们可以联合其他县一起侦查,或者直接把案子交到市里来,你们是需要帮助的。"

这是在给程北莹施加压力。

在场的人当然明白这点,但她只是淡淡回应道:"漠昌的侦查工作还没结束,两位同志现在下定论,还为时过早吧?"

会议结束时已是下午一点半,程北莹忽然想起叶湘西说要来找自己,赶紧去了会客室。

因为睡眠不足,叶湘西的脑袋一上午都是昏昏沉沉的,等程北莹看到她的时候,她正在椅子上打瞌睡。程北莹喊了她一声,她抬起头来,揉揉眼睛:"程队,认领启事已经刊登在报纸的头版了,后续……"

话没说完,程北莹便挥手打断了叶湘西:"先去吃饭吧。"

程北莹带着叶湘西去了食堂,她抬手撩起厚重的军绿色棉门帘走进去,叶湘西终于闻到了扑鼻的饭香味,暖气也扑面而来。

此时,食堂只剩下豆腐包子和清汤面了,她们打了饭,捧着碗和碟子找位置坐下来。

两个人相对而坐，谁都没有先开口说话。

程北莹还在想刚开的会。

叶湘西的声音让还在思考案子的程北莹回过神来："程队，我先吃了啊。"

此刻的叶湘西已经饿得前胸贴后背，当即毫不客气地用筷子挑起面条送进嘴里。

虽然只是工序简单的清汤面，但叶湘西觉得自己的脑袋和胃被瞬间激活了，刚才的昏昏沉沉还有消极情绪，都被这一口热乎乎的面条给清扫干净了。

程北莹看着叶湘西，忽然问道："你是怎么看待这个案子的？"

叶湘西没想到程北莹竟然会问她这个问题，她愣了一下，一时间不知道该如何回答。

她放下筷子，斟酌了半天才开口："我觉得吧，这个尸源一天不确定，案子就一天没办法推进。龙法医跟我说过，找到尸源，案子就算破了一半。但眼下凶手好像在极力隐瞒死者的身份，就是不想让人知道究竟是谁死了，那这是不是说明，一旦我们确定了死者身份，那个人就会马上暴露？又或者说……死者掌握了他的秘密，如果死者的身份被曝光，那么他的秘密也会因此公之于众？"

听罢，程北莹没有接话，只说："叶湘西，你帮我打听个事。"

叶湘西反应很快："公事私事？"

"你很聪明。"程北莹笑了一下，从碟子里夹起一个豆腐包子边吃边说，"你不是想拿料吗？你帮我打听消息，我给你新闻，很合理。"

听程北莹说完，叶湘西竟不由自主地重复道："是很合理。"

程北莹看了叶湘西一眼，忽然问了一句："周致远是你什么人？"

"你说周致远？算是朋友吧，以前我采访过他。"叶湘西有些不解，"怎么了？"

程北莹的嘴角微微一挑："没什么，他跟我问起过你的相机。"

二人的饭还没吃两口，赵敢先掀开棉布帘风尘仆仆地走了进来。

看见赵敢先，程北莹赶紧问道："怎么样？女尸的头，他们找到没有？"

赵敢先叹气道："没呢，技侦和我们的人还在找。"

没有任何能识别死者身份的线索，调查起来困难重重，即使尸身完整都不好确定身份，更何况现在连头都没有。赵敢先真怕这案子会成为真正的"无头案"，但他也了解程北莹这位大队长，她是无论如何也不会认输、不会放弃的。

这会儿工夫，赵敢先也饿了，他低头看到碟子里的豆腐包子，便摘下两只棉手套，直接从筷子桶里抽出一双来，开始边吃边说。

他告诉程北莹和叶湘西，崔浩浩根据死者身上发现的腈纶纤维，找了好几家生产厂家了解情况，结果厂家说这面料太常见了，满大街都是，根本不好找。屠夫的线索也排查过了，派出所的同志们收集了目前市面上流通的所有切割工具，但也没有发现什么异常。

程北莹用筷子敲了敲盘子边缘："这么看来，这些线索没有太大价值，让崔浩浩他们先放一放。"

赵敢先点头，接着说道："对了，刚才有个酱油厂的工人过来认尸，说他外甥女的身高体重和死者都匹配，江华他们正在问话呢。"

叶湘西眼前一亮："这么说，能确认死者身份了？"

"行了，赶紧吃你的面。"程北莹瞥了叶湘西一眼，表情变都没变。

听罢，叶湘西连忙低头去挑自己碗里的面条。

此刻，周致远正逐一叫停驶进检查站的货车和小汽车。

从发现尸体的第一天开始，他和森林警察，还有刑侦、技侦的同事只有一件事情可做，那就是找头。

这是程北莹给的指示，带着警犬搜索林区，同时戒严所有进出漠昌的路口和通道。

早前布置任务的时候，程北莹就和技侦的人交代过："凶手有交通工具的可能性很大，毕竟想赤手空拳弄一具无头女尸进山不太现实，尤其是从市区里，所以所有能载人的交通工具你们尽量都查查。"

听罢，技侦队长王健忽然问道："你说她会不会是山里的人？"

当时程北莹像看二愣子一样看向王健："你的意思是，死者是个细皮嫩肉的野人？"

周致远站在冷风呼啸的公路上，抬了抬鼻梁上的眼镜，让弥漫在镜片上的雾气能散得更快一些。

作为最基层的任务执行者，周致远比王健更快也更深刻地意识到，这场仗是硬仗，不好打。这样想着，周致远又抬手拦下一辆满载白菜的小货车。

第二章

被嫌弃的名字

叶湘西三人回到办公楼时，看到一个男人坐在接待室里。

那男人的脑袋和耳朵都圆圆的，皮肤很黑，穿着一件有些发旧的深蓝色棉袄，胸前绣着五个白色的字：北渠酱油厂。走近他时，还能闻到他身上浓重的酸味。男人看起来局促不安，两只眼睛不断打量着四周的人。

程北莹听见江华正在问那个男人："白生财，你仔细说说你外甥女是什么时候走丢的？"

名叫白生财的男人刚想开口说些什么，忍不住又抬起袖子来擦眼泪："就在上周，她跟她舅妈在炕头拌了几句嘴，就大吵大闹说要离家出走……谁想到会发生这种事情，我可怎么跟我姐交代啊！"

江华迟疑了一下，问道："你姐和你姐夫是什么血型你知道吗？"

白生财张了张嘴，摇头说："不知道。"

程北莹盯着他，态度还算和颜悦色："你外甥女走丢的时候，为什么不报失踪？"

白生财惭愧地说:"我以为……我以为这姑娘回去找她妈去了,哪儿知道是失踪……"

江华看向程北莹,小声地问:"是他外甥女吧?程队,要让他填表吗?"

程北莹眼睛里的光闪了一下,笑着说:"填啊,填去。"

白生财松了口气,正要去拿笔的时候,又听见程北莹问他:"对了,你外甥女叫什么名字?若男?哦,你们家若男小拇指有残疾啊?是不是在流水线搞成这样的?当时你们找工厂拿赔偿没有?"

"是,是有残疾!"白生财踌躇了一会儿,忽然咬牙问道,"警察同志,现在我外甥女死了,还能去找工厂要赔偿吗?"

程北莹揉了揉眉心,一句话没说,江华的脸早已经臊得通红,他俯身抽走了白生财手中的笔,生硬地开口:"白生财,你涉嫌妨碍公务和诈骗,现在命令你接受调查。"

一会儿,江华回办公室向程北莹报告,说人已经给扣下了,据白生财交代,冒认尸体是为了骗取失踪外甥女的抚恤金。

程北莹转过身来,把白生财那张只填了几笔的表往桌上一扔:"要是我不回来,你们是不是随便签个辨认记录,就直接让人把尸体领走啊?认错了人,后面的案子怎么破?你们是猪脑袋吗?"

虽然江华很想辩解几句,但最后还是一句话都没说,他知道在程北莹面前,错了就该立正挨打。办公室的气氛一下子冷到极点,在场的人似乎都是欲言又止,但最终没有人敢发出一丝声响。

程北莹环顾办公室一周,最后从口中吐出四个字:"都干活去。"

手下的人陆陆续续离开了办公室,她这才记起身后还坐着一个叶湘西。

她以为叶湘西会被刚才的自己吓到，可是对方脸上并无惧色，反而有几分好奇。她问程北莹："程队，现在辨认尸体身份的方式有很多种吗？"

"很多。"程北莹终于控制住了自己的情绪，"但死者没有指纹、没有头部，我们也没有生物技术，所以现在一切辨认方法都不具有决定性。"

"那如果差错难以避免，你怎么确定自己不会犯这个错误呢？"

程北莹听出了她的弦外之音，挑了一下眉："怎么，你觉得我骂错了他？"

"没有，我只是觉得，你可以换一种方式提醒江同志。"叶湘西摇了摇头，不想承认自己是一个心软的人。

程北莹表情冷淡："我是他的领导。"

叶湘西明白是自己的话说多了，她指了指办公桌上堆积如山的指甲油，试图转移话题："那么多指甲油，是用来做什么的？"

那堆成山的指甲油一眼看去都是粉色的。

桃粉、玫瑰粉、珊瑚粉……凡是和粉色沾亲带故的，仿佛都在这儿了。而且这些指甲油大部分都没有贴商标，瓶身也是大同小异的设计，活脱脱像一个个小秤砣。

叶湘西随便拿起一个来拧开，刺鼻的甲苯和甲醛的味道一下子从里面蹿出来。

"我让崔浩浩把近几年来漠昌市面上所有能买到的粉色指甲油都买回来了，可我前前后后地试，都没有找到死者用的同款。"

漠昌当地的小商品进货渠道单一，如果指甲油这条线也断了，目前能查的就非常有限了。

45

"死者指甲油的颜色很淡,说明她本身爱美但低调,也有可能是生活和工作限制,不允许她张扬。"程北莹说着,把放在抽屉里的照片取出来,指给叶湘西看,"你看,就是这个颜色。"

照片中央,正是死者那只被剥了指甲的手。

她的手指很细很白,粉色指甲闪着一丝微光,半吊在指尖旁,甲床已经没有了血色,就这么裸露在外。

凶手何其残忍。

叶湘西倒吸了一口凉气,那一刻只觉得自己十指发麻。明明这么爱美的女人,怎么最后落得一个身首异处的下场?她盯着照片中的粉色指甲看了许久,忽然看向程北莹:"程队,单纯找粉色指甲油可能还不够。"

程北莹一怔,问道:"什么意思?"

叶湘西不确定自己说出来的话,会不会影响到程北莹的判断,但她想了想,还是开口道:"我不确定,这毕竟只是我的猜想,单从这张照片来看,她指甲上的那一抹亮光,很有可能是因为另涂了一层透明的指甲油。"

程北莹显然并不了解透明指甲油的用途,皱眉问道:"透明的指甲油?没有颜色的?涂来有什么用?"

"增加光泽和亮度,而且可以保护指甲,让下面那一层的颜色不容易脱落。"说着,叶湘西伸出自己的双手,向程北莹展示自己的手背和指甲,"就像这样。"

叶湘西有着雪白的皮肤,但手指关节却冻得通红。她的手指很纤细,指关节也很小——这真是一双只有南方的水土才能养出来的手。程北莹注意到叶湘西涂了暖杏色的指甲油,均匀、光滑,如同凝固的牛奶,上面有一层亮莹莹的光,像是糖衣,又像是湖上的涟漪。

程北莹顿了顿："这玩意儿常见吗？"

"这种指甲油，我也是连跑了几家杂货店才买到的。"叶湘西抿了下唇，似乎在思考，"这种指甲油没有颜色，但是和普通的指甲油一个价格，大多数人通常都不愿意花同样的钱买一个没有颜色的……"

"那你为什么会买？"

叶湘西嘿嘿一笑，大大方方地承认："因为我也爱美。"

这番话让程北莹有了新的侦查方向，难得地夸了她一句："叶湘西，你还是能出点力的。"

叶湘西回到大院，才把笔记本和相机放下，就听见楼下收发室大爷那气震山河的声音："叶湘西，有人找！"

叶湘西匆忙套了件袄子就下了楼。

拿起电话，叶湘西听出是赵敢先的声音："叶记者，你知道绿坝路在哪儿吗？朝西的路口有一家杂货店，明天我们就在那里会合！"

说罢，赵敢先快速挂了电话。

听着话筒里传来的嘟嘟声，叶湘西感到诧异：他们这么快就找到货源了？

叶湘西不知道，这是江华"将功补过"的结果。程北莹布置完任务后，他和崔浩浩二人就争分夺秒地走访了附近所有卖无色指甲油的杂货店，很快就问出了货源。

他们找到那家生产指甲油的小车间时,那里的老板信誓旦旦地说:"你们要找的这种指甲油原料可不好买了,我敢拍胸脯保证,漠昌这地方,只有我能出得了这种质量的货。"

江华可没空管指甲油的质量如何,直接把手上的笔记本和笔递给他:"都有哪些杂货店进了你们这款指甲油,把店名和地址写给我。如果你知道其他厂家也生产这种指甲油,也写下来。"

这年头在漠昌,指甲油这种小商品的进货渠道并不多。

当天下午,江华和崔浩浩就把所有生产无色指甲油的车间都跑了一遍。天黑之后,他们终于赶回了县公安局,把这份名单郑重其事地交给了程北莹。

次日清晨,叶湘西下楼的时候,才发现外面又下起了雪。雪下得并不急,只是随着北风缓缓飘落,落在她的睫毛上久久不化。

南方的三月虽然也冷,但绝不是还能飘雪的天气。虽然她在这里已经目睹过五月飞雪,但还是觉得很不可思议。

去绿坝路的公交车会经过一座长桥,叶湘西向车窗外望去,便可以看到一片重工业园区。

园区中有漠昌最大的钢铁厂,隶属于北兴钢铁公司,那是漠昌首屈一指的大型企业。

隔着雾蒙蒙的玻璃以及点点雪花,叶湘西看到无数巨型冷却塔正在工作,顶端喷射出如乌云般磅礴的水汽,它们任由冷气撕扯,最后又融入冷气之中。

那是南方难以见到的景象。

车子下了桥后,远处出现了一条蜿蜒的线,那是天山岭的山线,如同地平线一般将天地隔开来。

叶湘西很享受这种能够欣赏沿途风景的感觉，好像自己正在走妈妈走过的路。

她在绿坝路的西侧路口下车，远远就看到了站在杂货店门口的二人。程北莹和赵敢先也在雪幕中看见了一边招手一边向他们跑来的叶湘西。她总是穿得很多，尤其是今天，她套了一件鹅黄色的棉袄，敦厚得像一只小黄鸭。

赵敢先一直觉得叶湘西和漠昌是格格不入的，她好像只是偶然路过漠昌，并不属于这里。他尤其觉得，叶湘西和自己的上司是截然不同的两种人——程北莹用眼睛和脑子看世界，而叶湘西用的是心和胃。

看见叶湘西从马路对面小跑过来，程北莹严肃地提醒道："叶湘西，你这帽子戴得……你不知道在北方，耳朵会被冻掉的吗？"

叶湘西吐吐舌头，赶紧把帽子戴正了，紧紧包住耳朵。随后，她的目光落在了程北莹身后的杂货店："程队，就是这家店吗？"

这家杂货店看看并不大，门口放着几个劣质的红色塑料筐，里头摆了一些瘦瘦小小的人参，旁边立了一块白色牌子，上面写着"野山参"的字样。

昨天夜里，当江华把杂货店名单交给程北莹的时候，程北莹便迅速锁定了这家位于绿坝路的杂货店。但为了保险起见，她又安排崔浩浩和江华逐一排查了其余的杂货店。

程北莹的目光转向路的对面："叶湘西，这个杂货店在这条路的路口，那路的尽头是什么地方，你知道吗？"

"是什么地方？"

赵敢先知道叶湘西这个假漠昌人答不上来，他有些得意地抢答道："是北辰卫校。"

"卫校？难道……"叶湘西终于明白，为什么前几天程北莹会拜托她帮忙打听那样的事情了。

当时程北莹跟她说："帮我打听打听，漠昌的医院、卫生所，最近有没有人闹事或是发生过什么纠纷。"

叶湘西当时不明白其中的含义，也不敢多问，只是模糊地问了一句："是不是和无头女尸案有关系？"

程北莹只是点头，没有解释。

现在想想，指甲油这条线大概和当时让她打听的事情有关。

赵敢先不知道这两个女人私下有"交易"，忍不住向叶湘西展示他们的调查成果："我们怀疑凶手是学医的，当然，像护士、护工这种有专业背景的也算。叶记者，我这么说你懂吧？经过我们的调查，这家杂货店与卫校离得很近，是两条线索的交会之处，如果死者真是在这家杂货店买的指甲油，那么她和凶手很有可能都是北辰卫校的人员。"

叶湘西没想到从一具无名无姓的尸体上可以得出这样的信息，她不由得问道："能确认吗？"

程北莹伸手扯了扯自己的毛呢衣领，将上面的雪抖落："现在就是确认的时候。"

▬ ▬ ▬

北辰卫校不大，整个校区只有一栋三层高的教学楼和一排作为行政办公区域的平房。

教学楼看起来十分老旧，学生宿舍则在学校后面的老居民楼里，整个校区的环境绝谈不上舒适。

这学校里来来往往的都是姑娘。虽然大多穿着学校统一发的黑色棉服，但还是能看出她们精心打扮过自己。漂亮的鬈发，鲜艳的口红——她们正是享受青春的时候。

三人来到那排平房前，找到了教导处。

教导处熊主任听说来人的身份后，自然是非常意外。虽然脸上笑着招呼程北莹，但他心里警惕得很。北辰卫校里，打架斗殴的事情并不少见，但顶天了也就惊动个派出所，刑警找上门是怎么回事啊？

没等对面的人开口发问，他就抢着说：“警察同志，我们这里是有两位学生闹了点不愉快，但我已经给她们调解好了，都还年轻嘛，我们要允许年轻人犯错误……”

程北莹根本不是为这件事来的，她打断熊主任，单刀直入地问：“学校有人失踪没有？”

熊主任愣了一下，连忙否认："没有！"

程北莹又问："那有人请假吗？"

熊主任觉得程北莹这话问得简直多余，笑了笑说：“学生请假嘛，肯定有，每天都有，怎么了？”

程北莹没有回答他的话，继续问：“那三天没回学校的学生，你都知道吗？”

面对这位刑警的提问，熊主任感到了一丝疑惑，他开始注意自己的措辞：“这我不能保证，我们学校虽然是封闭式管理，但你知道小姑娘嘛，心思总是比较多的……”

叶湘西听到这里，忍不住翻了个白眼。

程北莹皱了皱眉，已经快要失去耐心了，她的声音忽然冷下来：“你们学校的广播室在哪儿？”

熊主任不明所以，但还是伸手指了指旁边："就在隔壁。"

程北莹转身走出教导处，推开了隔壁广播室的门。里面有两个正在做广播的女学生，看见陌生人闯入，她们有些不知所措。

"借用一下。"程北莹指了指话筒。

两个学生立马识趣地让开了。程北莹因此暂时取得了广播台的控制权。她站在广播台前，伸出一根手指按住话筒，霎时间，学校里的所有喇叭都发出刺耳的啸叫，几乎要击穿所有人的耳膜。

北辰卫校所有人的注意力也因此集中起来。

"各位同学，"程北莹的声音铿锵有力，通过话筒传遍了整个学校，"凡是举报旷课超过三天的同学的人，都可以到教导处领取奖励。"

二十分钟后，看着蜂拥而至的学生，程北莹的表情仍然没有丝毫变化。她站在广播室门外，一字一顿地说道："听着，你们要举报的人是女生的留下，会涂指甲油的留下，身高在一米六五以上、一米七以下的留下，三天以上不但没去上课、还不回宿舍的留下。"

最后，广播室里只剩下两个要举报同学的人。

其中一个要举报的，就是刚才熊主任提到的学生打架事件的一名当事人——王全芳。

叶湘西转头问熊主任："王全芳没请假吗？人去哪儿了？"

熊主任的脸一阵红一阵白的，他知道已经瞒不住了，唯有坦白："王全芳她……她回家养伤去了，她就是……就是被踢断了肋骨……"

"我说熊主任啊，你最好联系一下王全芳的监护人，让他们尽快来一趟县公安局。"程北莹眉眼微微吊起,"你说的那个学生涉嫌故意伤害,这是刑事案件,王全芳自己说私了没用。"

熊主任冷汗直流,明明听见了却还在问:"什么?"

程北莹不再搭理他,只是拍了拍手说:"好了,另一个要举报的是谁?"

站在广播室中央的短发姑娘战战兢兢地举起手,有些磕巴地开口:"我……我要举报我的舍友,她叫张蔓青。"

程北莹和叶湘西前往女生宿舍调查,赵敢先则留在教导处处理其他工作。

他先是借了教导处的电话联络江华,询问他们走访其他杂货店的进展,随后就两个女学生的情况对熊主任进行问话。

熊主任知道自己惹了祸,心里想的都是该怎么面对校长和书记。他心不在焉,面对警察的问话也没有心思再打马虎眼,吞了吞口水,说:"前天我还代表学校去看过王全芳,她正在家里养伤……毕竟不想把事情闹大,这对学校的影响不好……"

赵敢先在笔记本上记下熊主任的话,又问:"那个叫张蔓青的学生呢?"

熊主任在教导处狭小的办公室里来回踱步,似乎颇为烦躁:"她?她这个闯祸精,早不管她了,我不知道她去哪儿了。"

赵敢先点了点头:"熊主任,那麻烦你联系一下张蔓青的监护人。"

另一边,在去张蔓青宿舍的途中,叶湘西小声对程北莹说:"张蔓青就读的这个临床护理专业,是北辰卫校最吃香的专业,从这里出来的优秀毕业生,不比医生的专业素养差。"

程北莹听罢没有发表意见,叶湘西却像是悟到了什么不得了的事情，又紧张地补充道："那凶手很有可能是张蔓青的同学！"

程北莹瞥了叶湘西一眼，提醒道："死者的身份现在还没有确定，不要这么早下定论。"

叶湘西挠了挠头，终于停止了发表观点。

宿管阿姨早就把张蔓青的舍友都召集回来，等程北莹和叶湘西到达后，除当事人以外的七个女学生都已经在宿舍里了。

一踏进宿舍，叶湘西便感觉到气氛出奇地诡异，张蔓青的几个舍友表情都不对劲，包括先前来广播室举报的那个短发姑娘。

程北莹一边打量着这间女生宿舍，一边开口道："同学们，不用紧张，我就问问你们的舍友张蔓青的情况。"

听到程北莹的话，短发姑娘似乎哼了一声。程北莹也没在意，只是问道："为什么你们的舍友消失这么久，你们都没有报告给学校？也没有报警？"

在场的人似乎都没有要回答问题的意思，沉默了一阵，寝室长只好站出来说："张蔓青经常不在宿舍，也不怎么来上课，所以大家就没当回事。"

寝室长的话音刚落，张蔓青的下铺就低声嘀咕起来："也不知道她为什么学习成绩那么好。"

短发姑娘听见了，在旁边冷笑道："这还用说吗？她可是作弊的惯犯了。"

叶湘西听到这些话，莫名觉得不是很舒服，但还是礼貌地询问这群只比自己小几岁的姑娘："那你们知不知道，张蔓青最近去哪里了？"

听罢，寝室长和其他同学交换了一下眼神，冷淡地回了一句："不知道，我们和张蔓青不是很熟。"

程北莹走到那张堆满杂物的桌子前，伸手拨开桌子上的半块冻梨，拿起了压在下面的学生证。

翻开学生证，一张漂亮的脸蛋映入她的眼帘。鹅蛋脸，周正的五官，小巧的鼻子微翘，杏眼蛾眉，眉间还有一颗痣。照片上的人嘴角明明是勾起的，可是眼睛里却没有一丝一毫的笑意。

照片下面，正是张蔓青的名字。

程北莹放下学生证，又看见了旁边那几瓶东倒西歪的指甲油。

熊主任翻开学生档案，找到张蔓青监护人的联系方式，拨通了电话。

过了一会儿，熊主任转头告诉赵敢先："警察同志，我已经联系了张蔓青的母亲，她会尽快过来。另外，我还和她确认过，张蔓青已经半个多月没有回家了，她一直以为女儿待在学校里。"

赵敢先的心忽然跳得厉害："我让你问的事问到了吗？"

"哦，问到了，张蔓青后背是有个疤，说是前段时间不小心被开水烫到的。"

见赵敢先没有应声，熊主任把摊在办公桌上的学生档案递给他："这是张蔓青的学生档案，里面还有她的体检表，你看吧。"

赵敢先打开档案袋，依次确认了张蔓青的身高、体重和血型。再看监护人一栏，只填写了一个名字：蒋素兰。

熊主任看赵敢先的手停留在那一页，解释道："张蔓青的爸爸不在了。"

吸取了江华先前的教训，赵敢先抬头跟熊主任说："既然你们是卫校，那到时候张蔓青的母亲过来，麻烦你们给她抽个血，确定一下血型。"

一一

下午，程北莹召集刑侦大队所有警员回去开会。当然，她也叫上了局长岑广胜，还有技侦大队的王健和周致远。

程北莹先让江华和崔浩浩说说他们的走访发现。

江华递给崔浩浩一个眼神，崔浩浩心领神会，深吸一口气后开口："我们今天走访了名单上除绿坝路以外的所有杂货店，但老板们都说来买指甲油的年轻姑娘太多了，根本记不得，拿失踪人口的照片来问，也都没有结果。"

虽然赵敢先早已知道结果，但还是替江华和崔浩浩捏了一把汗。

岑广胜也预料到了，所以没有开口，只是默默听着。

程北莹点了赵敢先的名字："你说下绿坝路的情况。"

赵敢先连忙翻开自己的笔记本："我们从绿坝路的杂货店，找到了附近的北辰卫校。因为之前推断过，凶手可能是有医学背景的……根据这条线索，我们现在初步锁定，死者是一名临床护理专业的三年级学生。"

这就锁定了？江华一愣，猛地抬头看向赵敢先，然后又朝程北莹看去。然而程北莹从始至终神情未变，只是在认真倾听。

赵敢先继续说道："这名学生叫张蔓青，我已经查过她的学生档案和入学时的体检报告，身高、体重和血型都与我们的死者符合，教导处也和她的监护人联系过了，确定张蔓青的肩胛骨上有一道疤痕，不过是不是和死者的一致，还需要等她的母亲过来确认。"

赵敢先说完后，崔浩浩不由得喃喃自语道："终于找到了啊。"

江华此刻虽然没有说话，心中绷紧的弦也一点一点地松开了。

只有周致远提出了质疑："监护人的血型检验出来了没有？"

赵敢先不怎么喜欢周致远。和周致远共事三年,他觉得这个搞技术的家伙不仅事多,而且不懂得变通。他没好气地说:"出来了啊,是 O 型。"

这时候,岑广胜的一句话为这件事敲下了定音锤:"尽快让张蔓青的监护人过来辨认吧。"

终于看到了希望,所有与会人都松了一口气。要知道,想确认一具没有面容、没有指纹的尸体身份,难度可是极大的。

然而知道死者的姓名并不是结束,只是另一个开始。

确认尸体的身份之后,就要着手排查死者的社会关系来锁定凶手了。

叶湘西还留在北辰卫校里,打算向张蔓青的同学和老师打听一下她的事。

张蔓青的辅导员看起来极难相处,她戴着一副厚重的眼镜,头发在脑后扎成一个低马尾,描得极高的挑眉显得面相很凶。

听到面前这个女记者问起张蔓青,她指了指窗外的教学楼:"你看见教学楼那块黑疙瘩了吗?就是张蔓青干的好事。上个专业课都能把实验室给点着了。"

叶湘西瞪大了眼睛:"您是说她上课把实验室烧了?"

辅导员利索地整理好桌上的文件,又一丝不苟地分好类,再装进牛皮纸文件袋里,开口道:"这只是她被通报批评的其中一件蠢事而已。上个星期,她和隔壁专业的男同学打起来了,最后被要求在全校大会上读检讨书。"

说完,辅导员面露厌恶之色,低声补充道:"真是丢尽学校的脸。"

叶湘西忍不住问："她还跟男同学打架？因为什么啊？"

"张蔓青说人家——"辅导员嗤笑了一声，"说人家给脸不要脸。"

叶湘西一下被噎住了，话到嘴边，终究是什么也没说出来。

辅导员收拾好文件袋，从办公桌前站了起来。她终于正眼看向叶湘西："你和今天早上那俩刑警是一起的？"

叶湘西点了点头。

"真是白瞎了那好脑子。"辅导员恢复了平静的表情，但她挑得极高的眉毛，仍让叶湘西觉得她脸上写满了不屑，"这也没什么好意外的，我就知道她天天在外面鬼混早晚得出事。"

回到县公安局的时候，叶湘西已经饿得眼冒金星。刚才，她站在冷风中等车，心想用饥寒交迫来形容自己此时的境遇也不为过。

听说程北莹因为忙于确认尸源也耽误了吃饭，叶湘西拉着她就往食堂去。程北莹原本没心思吃饭，但架不住叶湘西的软磨硬泡。

两个人在食堂里相对而坐。叶湘西把一小碗红烧土豆混进松软又热气腾腾的米饭里，搅拌均匀后推到程北莹面前："吃！"

"湘西？"在食堂看见叶湘西，周致远还是感到挺意外的，尤其是，他马上注意到坐在叶湘西对面的程北莹。

周致远对她们二人之间关系的印象还停留在当初——身为记者的叶湘西的胶片相机被讨厌记者的程北莹没收。尽管事后他知道程北莹已经把相机还给了叶湘西，但他从没想过，这两个人能够和平共处，还在一张桌上吃饭。

在他的印象里，程北莹总是揣了馒头就走，从不在食堂里过多逗留，更没见她和哪个同事一起吃过饭。

性格迥异，年龄差距差不多超过十岁的两个人面对面坐一起，周致远竟觉得这画面有几分和谐。

周致远和程北莹打招呼:"程队。"

程北莹看见是他,顺口问了一句:"下午你们和江华一起吗?"

周致远点头回答道:"是,下午我去北辰卫校做现场勘查,跟江华他们一道出发。"

交代几句后,周致远便离开了。叶湘西忽然倾过身来,神秘兮兮地问程北莹:"程队,是不是很多人给致远同志介绍对象啊?"

程北莹微笑着看她一眼:"你自己去问啊。"

叶湘西顿时红了脸,低头扒着自己碗里的土豆。

吃了几口饭,程北莹忽然想到了什么,问道:"叶湘西,那个和张蔓青打架的人,找到是谁没有?"

叶湘西嘴里含着米饭,含糊不清地说:"找到了,是隔壁病理专业的郭晓昊,外号耗子,今天下午病理专业没有课,郭晓昊的舍友说他不在学校,去学校后面那个自行车车棚打工去了。"

二人吃完饭,叫上赵敢先,便匆匆忙忙又去了北辰卫校,果然在学校后面找到了郭晓昊。

车棚不大,如果不是后面竖着一块显眼的自行车广告牌,还真不好找。

郭晓昊裹着一件破棉袄,薄得似乎能透风。

他这会儿正蹲在一辆自行车前,用胎撬拆卸车轮,然后伸手松开气门嘴底部的小螺母,轻车熟路地取下内胎。他旁边站着一个胖哥儿,哈着冷气念叨:"别让我知道是哪个孙子扎我的胎……大兄弟,你换个车胎怎么那么磨叽啊?我还有事呢!"

面前这个年轻的修车男孩应该就是她们要找的人。她试探地叫出对方的名字:"郭晓昊?"

男孩抬起头，潦草地扫了叶湘西一眼："先等等吧，我这儿还在修。"

确认了对方的身份，叶湘西便开始翻包找笔记本："我们不修车，我们来找你问点事。"

胖哥儿还在旁边催促："赶紧的吧，我着急呢！"

郭晓昊好像早已习惯了，继续做自己的活儿，手上的动作并没有因为胖哥儿和叶湘西的话快起来。

"那个……"

叶湘西又要说话，却骤然被那胖哥儿打断："我说你这小娘们儿会不会看眼色啊？你问什么问，没看我这儿修车呢。懂不懂先来后到啊？你爹妈没教过你是不是？真没家教！"

叶湘西握着笔记本的手似乎抖了抖，但很快便调整了情绪，嘴角勉强挤出一丝笑容："不好意思啊，那你们先……"

程北莹原本站在叶湘西身后，正在打量郭晓昊修车的动作，听到胖哥儿的话，她转过头去，冷冷开口："你说够了没有！"

胖哥儿听到程北莹的话，气更不打一处来："你又是哪位啊？"

程北莹冷笑了一声："我啊，我是警察。"

胖哥儿的嘴巴张了张，喉咙里即将喷涌而出的脏话也囫囵地咽了回去。郭晓昊从旋转的自行车轱辘前茫然地抬起头来，直愣愣地看向站在他们面前的两个女人。

程北莹瞥向郭晓昊："你赶紧修。"

叶湘西在旁边踩着地上的雪，低着头没有说话。程北莹虽然不知道叶湘西家里的事，但也敏锐地察觉出对方的情绪一下子陷入了低谷。赵敢先也发现叶湘西不如平时活跃，现场的气氛变得怪怪的。

郭晓昊终于修完了车，送走了骂骂咧咧的胖哥儿。他一边拿黑漆漆的抹布擦手，一边走向叶湘西他们："你们找我？"

郭晓昊是一个精瘦的人，留着中等长度的头发，一缕缕的刘海从棉帽边缘露出来，显得他很阴郁，似乎藏着不少心事。

叶湘西见郭晓昊过来，抢先开口道："我们是来问关于张蔓青的事情的。"

在听到张蔓青名字的一瞬间，郭晓昊的脸竟然变得煞白，他看起来惶恐极了："他们说的都是真的？死在外面的女的真是她？"

叶湘西没有回答郭晓昊的话，赵敢先接过对方的话头问道："上个周末你在哪儿呢？"

郭晓昊还没从震惊中回过神来，听到赵敢先的问话，他反问道："什么意思？你们该不会怀疑是我杀了张蔓青吧？"

程北莹倒是难得地有耐心："你别紧张，我们只是例行公事问一问。"

郭晓昊双手交叠，一直在搓手心里残余的轮胎皮屑，他的声音有些发抖："打工啊，我没有课的时候都会去打工……不打工我吃什么、喝什么？"

看着他身上那件打了好几个补丁的棉袄，叶湘西才反应过来——郭晓昊的家庭情况恐怕比她想象的还要拮据。叶湘西心头动了动，问他："你和张蔓青是怎么打起来的？"

叶湘西认为这个问题很好回答，无非就是叙述一下他们之间的恩怨，没想到郭晓昊却愣住了，过了半晌才说："我那天喝多了，没有控制住自己。"

叶湘西想起早上辅导员说的话，觉得不对劲："不是吧，不是张蔓青先说难听的话挑衅你的吗？"

郭晓昊还在搓手，一些黑色的颗粒细细碎碎地落到他脚边的积雪上，在一片白色中显得突兀极了。他挺了挺并不结实的胸膛，似是故作强硬地回了一句："她一个小姑娘还能挑衅到我吗？是我看她不顺眼。"

赵敢先听了想笑，只觉得这个年轻人虚张声势，好面子得很。可直觉却告诉叶湘西，郭晓昊似乎在刻意维护张蔓青……

赵敢先又问了郭晓昊许多问题，但郭晓昊言语间有些闪躲，明显不想多谈。

从车棚离开后，叶湘西的心里还在纠结。她难以想象，像郭晓昊这样朴实的人究竟是怎么和张蔓青打起来的。

走到马路边，叶湘西叹了口气说："我觉得郭晓昊不像坏人，他明明有一副很好的心肠，他好像在保护张……"

"叶湘西。"

"什么？"听到程北莹喊自己，叶湘西停下脚步，转头看向她。

叶湘西的眼睛清澈明亮，没有一丝一毫的杂质，如同纯净的翡翠。

程北莹的声音很平静："你不要感情用事，我们办案讲的是证据。"

"是啊叶记者，这个人和死者的矛盾尽人皆知，而且他有专业背景，不能只听他的一面之词就草率地下定论。在没有排除他的嫌疑之前，他就有可能是割掉张蔓青脑袋的凶手。"赵敢先也随声附和道。

叶湘西怔怔地盯着面前的两人看了好一会儿，最后笑着说："是，我们得讲证据。"

北辰卫校里，和张蔓青同宿舍的几个女学生被江华全部叫走，在收发室挨个做笔录。宿舍里则来了几个技侦大队的人进行现场勘验。

周致远拿着软毛刷蘸取了少量石墨粉,均匀地撒在张蔓青的床头、课桌和水杯上,再用透明胶带仔细粘贴、撕下。完成指纹采集后,周致远取过几个证物袋,把张蔓青枕头底下的日记本和桌子上的指甲油都放了进去。

这时候,江华走了进来。

看见他一脸挫败的样子,虽然周致远心里已经有数了,但还是忍不住问了一句:"查得怎么样了?"

江华摆了摆手,无奈地开口:"别提了,崔浩浩还在下面问呢。我说这张蔓青怎么这么不招人待见啊,这小姑娘真是没一个人喜欢,你都不知道,听说张蔓青出事了,好几个人都在幸灾乐祸,我看啊,她们都有嫌疑!"

周致远收拾工具的手顿了顿,皱眉道:"看来死者的社会关系有些复杂,树敌不少,你们排查起来难度不小啊。"

原本大家以为,确认尸源后,案件侦查进展肯定能加快。但谁能想到,"张蔓青"这三个字如同打开地狱之门的钥匙,迎接他们的是迷茫的旋涡。

另一边,刑侦大队的刘民松把手上那兜子兽夹和兽套往柜台上一摆,开门见山道:"老板,这些东西是你这儿卖的吗?"

店老板早就听说最近有不少警察在这边走访,他一边翻看兜子里的物品,一边回答道:"我是卖渔网的,同志你问错人了吧?等等，你们是警察？"

刘民松是漠昌县公安局刑侦大队的资深刑警，只是前期发现无头女尸的时候，他本人并不在漠昌，而是在庆县，准备对抢劫信用社的罪犯实施抓捕。去之前，刘民松心里对《联北日报》那个记者的怒气不比程北莹少，但好在他们的行动很顺利，最终在一座教堂里抓捕到了准备碰头的几个抢劫犯。

刘民松的手在腰带上摸了摸："你们少打听。"

从庆县回来后，刘民松便跟进了无头女尸这个案子。他是典型的大男子主义者，思想比较落后，至今仍不服气被程北莹压一头。虽然他也认可对方的刑侦能力和带队能力，但此刻他不免腹诽：怎么程北莹确认个死者身份，还这么婆婆妈妈的。

店老板神秘兮兮地凑过来："你们一定是来查那无头女尸的吧？别以为新闻不报道我们就不知道了，我们的消息可灵着呢。"

刘民松瞥了他一眼："你灵是吧，那你跟我说说这猎具是打哪儿来的？"

"没见过，不清楚。"

见状，刘民松不想跟他废话了，他拎起装猎具的兜子，转身招呼身边的搭档离开。

老板赶紧拉了他一把："别着急啊警察同志，我没见过，还有别人见过啊！你这些猎具看起来都有些年头了，准是被倒了好几手，我知道林区里有一个猎户，他就收这个，要不你去那儿问问。"

第三章

孔雀舞厅

叶湘西手里握着一张纸条,抽出随身携带的地图来规划路线。纸条上是她早上从张蔓青的辅导员那里抄来的张蔓青家的住址。

张蔓青的家属这会儿在县公安局认尸,所以她打算先去打听一下张蔓青母女的情况。挖掘不为人知的信息正是记者所擅长的。

到达张蔓青母女居住的职工大院时,叶湘西轻车熟路地往居委会的办公室走去。叶湘西的母亲曾经在居委会工作过,记得年幼时,她放学后也是在这样一间小小的办公室里写作业,打发课后的时光。

叶湘西的母亲善于跟人打交道,也经常鼓励她多和别人说说话,因此,在和别人交流这件事上,叶湘西一直都很得心应手。

仅用三言两语,叶湘西就从在居委会工作的阿姨那里得知了一些事。

"你是不知道蔓青这姑娘有多孝顺,学习有多好,听说当时她要参加什么高考,要考到首都去呢!没想到后来又不去了,说是妈妈身体不好,她得留在漠昌陪着。不过这些都是我听蒋老师说的,老张出事以后,蔓青就住校了,我也没怎么见过她了。哎呀,这闺女真是……"

叶湘西略感意外:"张蔓青很孝顺吗?"

"是啊。"阿姨眼睛一瞪,不明白这话有什么好被质疑的,"而且蔓青这个孩子也很机灵,跟外面那些到处野的小姑娘可不一样!"

闻言,叶湘西陷入了沉思,又听见那阿姨笑眯眯地说:"叶记者啊,你谈对象没有?"

回到县公安局的时候,程北莹正好看见韩法医从自己的办公室里出来。

听说天山岭的林区发生了无头命案,韩法医在学习结束的当天下午就赶了回来。刚才,他把前来认尸的蒋素兰送到会议室休息后,转身就去了程北莹的办公室。

"确定了。"见到程北莹,韩法医都没来得及打招呼,便激动地告诉她认尸结果,"蒋素兰确认死者就是自己的亲生女儿,身体特征描述一致。"

赵敢先听到这句话,提在嗓子眼的那口气终于敢松下半口。

程北莹点了点头:"目前看来证据链完整,赵敢先,你给死者家属办一下辨认手续吧。"

蒋素兰签字的手在发抖,落到纸上的笔画也歪歪扭扭的,程北莹不动声色地看着,直到赵敢先把遗体辨认记录拿走,她才慢慢地说了一句:"蒋老师,节哀。"

张蔓青的母亲是一名即将退休的小学老师,就在县城里的东和小学任教。尽管此刻她的眼睛已经通红,却还在强撑着,不愿在外人面前失态。

蒋素兰哽咽着问道:"我女儿的头……还没找到吗?"

程北莹的声音沉了沉:"还没有,我们的同事正在尽力找。"

听到程北莹的回答后,蒋素兰眼中的光终于消失殆尽。她瞬间泪如雨下:"到底是谁要杀她?到底是什么人恨我们蔓青恨到非要砍了她的头不可?如果真的是蔓青做错了什么,可以冲着我来,是我没教好她,我可以替她赎罪!为什么非要夺走我女儿的性命……"

赵敢先在旁边一直听着,内心也被触动了,一时间分外同情这个没了丈夫又没了女儿的中年女人。

最后,蒋素兰咬着牙,对程北莹说:"警察同志,我请求你,我请求你一定要抓住杀害我女儿的凶手!"

当程北莹提出想去张蔓青生活过的地方看看的时候,蒋素兰立马点头答应了。

叶湘西早在蒋素兰的家门口等着了。她站在楼道里,仰头看着有些脏污的墙壁,不知道在思考什么,也完全没有注意到程北莹和赵敢先过来了。

蒋素兰的家虽然很小,但收拾得很干净。程北莹背着手走进去,仔细打量着这间屋子。

漠昌的纬度很高,即使窗子朝南,也没有多少阳光照射进来。

叶湘西注意到客厅的墙上面挂着一个空白的木质相框。她不由得想,相框里之前放的是张什么样的照片?是全家福吗?

叶湘西来之前,已经从街坊邻里那里听说了不少张家的事。张蔓青的父亲在机电厂的一场事故中丧生,只留下了蒋素兰母女二人相依为命。好在他们是双职工家庭,张家才没有完全垮下来。

她盯住那个空白相框,许久才慢慢移开自己的视线。

69

蒋素兰低头擦干净眼角又溢出的泪水,伸手指了指前面说:"那个就是蔓青的房间。"

程北莹听罢,转身走了进去。

那是一间被收拾得非常整洁的房间,尽管东西很多,但都摆放得整整齐齐。柔和的光线从窗外透进来,照在素雅的白底蓝碎花图案的窗帘上。

窗帘的款式叶湘西没有见过,她走上前去抚摸那窗帘的一角:"这是……桔梗花?"

"这是蔓青自己缝的,她一直都喜欢做这些手工活。"蒋素兰走到女儿床边,伸出手去抚摸那只小小的枕头,"家里的枕头套、被单也都是蔓青一个人弄的。"

叶湘西又环视四周,书桌上放的课本、笔记本和文具都用得很旧了,摊在桌子正中间的是一本俄语单词书,已经被翻得卷边了。

显然,这是一个好学生的房间。

身处其中,叶湘西仿佛能看见这个女孩子在房间里做过的所有事情——她在书桌前伏案学习、背俄语单词的样子,她坐在床沿,用针线缝制窗帘和枕头套的样子……

赵敢先问蒋素兰:"你女儿最后一次联系你是什么时候?"

蒋素兰仰头看着天花板,想了许久:"半个月前吧。"

怎会如此?叶湘西心里暗想,明明她们母女俩的关系听起来很好,张蔓青怎么会半个月都不联系母亲?

心下这样想着,叶湘西不自觉地问出了口:"你们不常联系吗?"

蒋素兰沿着床边慢慢坐下来,轻声回答:"蔓青她学习忙,又住校,自从她爸走了以后,她就很少回来了,我们有时候联系多,有时候联系少。"

程北莹不习惯拐弯抹角，直言道："蒋老师，你知道张蔓青在外面是什么样子吗？"

蒋素兰愣了愣，像是没反应过来："你这话是什么意思？"

程北莹轻描淡写道："字面意思。"

房间里的气氛突然变得微妙起来。

蒋素兰似乎是在揣测程北莹的用意，半晌，她哽咽道："你想说蔓青是个坏孩子？不，不可能。"

从蒋素兰家出来，叶湘西一眼就看到路边有卖冻梨和冰糕的，于是她小跑几步到那三轮车跟前，直接把程北莹和赵敢先丢在了身后。

叶湘西喜欢吃冻梨，乌黑色的果子上凝了一层白霜，那种绵密冰凉的口感，更能激发出果肉的清甜。

叶湘西买了三个，正要把其中一个分给程北莹的时候，却被对方冷眼拒绝。叶湘西只好强行把冻梨塞到她的手里："吃！"

程北莹无奈地笑了笑。

三人站在路边吃着冻梨，聊起了刚才的事，叶湘西感叹道："张蔓青在学校和在家里真是两个样子，在学校里打架、闯祸，在家里却寒窗苦读、勤俭持家。"

赵敢先捧着冻梨，配合地应道："叶记者说得很对。"

冻梨成功"收买"了赵敢先，除了妈妈和姥姥，再没人给他买过冻梨了。

程北莹咬了一口冻梨，瞄了瞄叶湘西："你继续说，我听听你还能说出什么来。"

叶湘西像是受到鼓励了，竟真的一板一眼地分析起来："皮肤养得光滑细腻，而且会涂指甲油，说明张蔓青不仅爱美，还舍得在这种事情上花心思和下功夫。可她又当众与男生打架，丝毫不在乎自己的形象，这也太奇怪了。而且张蔓青把自己的房间收拾得很规整，不知道你们有没有注意到，她桌上的每本书都是按尺寸大小、种类以及颜色区分的，说明她是一个注重条理、内心世界清晰明了的人，但是她宿舍里的杂物却很多，似乎什么东西都往桌子上堆……

"我能看出来蒋素兰对张蔓青的要求很高，张蔓青自己也是在按照她母亲的想法生活。她应该很在意母亲，也很在意其他人对她的看法，可是她在学校里却恶评如潮，好像根本不把这些目光放在心上……张蔓青真是一个很矛盾的人。"

"要我说，要么张蔓青有两副面孔，要么是她妈妈或者学校里的人在说谎。"

赵敢先立即否认了其中一个"要么"："学校里那么多人，总不可能都在说谎。"

听罢，叶湘西若有所思："但我觉得那碎花窗帘也不会说谎。"

三人吃完了冻梨，叶湘西就先回报社了。等她走后，程北莹对赵敢先说："回去以后，你和江华好好查一下郭晓昊和蒋素兰的底细，我倒是希望叶湘西说的是对的。"

回报社的路上，叶湘西意外地见到了郭晓昊，他已经换回了北辰卫校的棉校服。

"你是怎么找到我的？"叶湘西不免有些惊讶。

郭晓昊挠了挠额前的刘海:"漠昌这地方小,转转就找到了。"

二人一起往报社走去,郭晓昊主动跟叶湘西说起了张蔓青的事:"你们走了之后,我想了很多,其实张蔓青以前不是这样的,她很好。我并不想她死。"

叶湘西正在思索他为什么要和自己说这些,又听见郭晓昊问她:"警察会抓住杀死她的凶手吗?"

一时间,她竟不知道该如何回答他。

早在林区的时候,她就已经察觉到案件的重大,却没有意识到像这样的刑事案件到底有多难侦破。直到跟随程北莹一路采访记录至今,她才真正感受到,找出死者的名字有多难,抓住杀人凶手有多难。

想当初她还在饭桌上和程北莹侃侃而谈,说只要确认了死者的身份就会窥见死者和凶手的秘密,可现在,好不容易解开了被害者的身份之谜,等待他们的,却是混乱不清的人物关系和线索。

好像每个人都有可能是杀死张蔓青的凶手……

叶湘西从程北莹想到了周致远,又想到了其他默默忙碌的警察,最后终于对郭晓昊肯定地点了点头:"一定会的。"

"我相信你。"听罢,郭晓昊似乎下定了什么决心,"有些话我不知道该不该说,毕竟死者为大,但张蔓青不光是和同学们处得不好,她在外面也……我是在舞厅打工的时候碰巧撞见的,蔓青向一个姓蔡的大哥借了很多钱。当时我想把她拉走,但她不肯跟我走,我们还在舞池里吵了一架,我也因为这事被舞厅开除了,连工钱都没拿到……"

还有这种事?叶湘西一时间说不出话来,张蔓青的社会关系,远比她想象的还要复杂。

郭晓昊自嘲地笑了笑："回到学校之后，她就一直躲着我了，谁知道那天她突然在学校里拦住我，叫我不要多管闲事，还说了很难听的话……所以我们就打起来了，现在想想，我当时和她计较什么呢？"

听到这里，叶湘西忽然抓住了郭晓昊的手："带我去，带我去那家舞厅！"

到舞厅的时候，已经是傍晚了，天色已经暗了下来。

那家舞厅名叫孔雀舞厅，开在一个废弃的防空洞里。这里有数不清的防空洞，多修建于二三十年代，是战时存放战备物资和紧急避难用的。到了和平年代，很多防空洞就闲置了，有一些经过商业开发便成了生意红火的娱乐场所。孔雀舞厅就是这样，在鳌山路很出名。

天黑以后，正是这些舞厅开始营业的时候，还没走到门口，叶湘西便听见里面传来的"靡靡之音"。

"如果没有你给我爱的滋润，我的生命将会失去意义……"那是邓丽君唱的《北国之春》，叶湘西的磁带里也有这首歌。

郭晓昊正要推门，叶湘西猛地拉住他："别，你别进去了。"

郭晓昊眼睛瞪了瞪："为什么啊？我又不是小孩子。"

她苦笑了一下，自己最近真是忙昏了头，她摇了摇头，和郭晓昊前后脚踏进了舞厅。

这是叶湘西第二次进这种地方，上次是跟着报社的同事一起去玩。叶湘西不会跳舞，她的舞姿简直可以用四肢不协调来形容。不会跳舞的话，在舞厅只能坐冷板凳，所以她索性再也不去了。

舞厅很热闹，跳舞的人很多。叶湘西在人群中穿梭，看到舞池里的男男女女，随着音乐轻快地摆动着身体，竟有些羡慕了。

上哪儿找蔡哥呢？

叶湘西正准备回头问郭晓昊一句，她的余光中掠过了一抹红色的身影。

那是一个穿着大红色毛衣的年轻姑娘，她微笑着和同行的男性朋友说了些什么，接着起身离开。男青年等姑娘走远后，居然从腰包里掏出一片药，迅速放进姑娘的酒杯里。小小的药片在落入玻璃杯后，很快就化开了，了无痕迹地溶进粉色的酒中。

见此，叶湘西顾不上那么多，径直走向了那张桌子。

她身后的郭晓昊眼看着她越走越快，不知道发生了什么，只能跟着她，然后他看到叶湘西伸手按住了一个男青年的胳膊。

虽然叶湘西比对方矮上一大截，但气势却不输人："给人下药？你还是人吗？垃圾！"

那人留着寸头，脖子上文着一条有些走形的龙，看着就十分不好惹。他自然没想到会有人撞破他刚才做的事，当即甩开叶湘西的手，气急败坏地吼道："臭娘们儿你说什么呢？可别睁着眼睛说瞎话啊！"

叶湘西不甘示弱地反驳道："我亲眼看见的！你往别人的酒里下药了。"

两个人就这么当众吵了起来。舞厅里原本在跳舞、聊天的客人都被吸引了，越来越多的人过来围观。

寸头青年终于忍无可忍，抬手就要去推搡叶湘西，然而他的手还没碰到她，手腕就被一只有力的手钳住了。

那是周致远的手。

叶湘西愣在原地，周致远冷冷地对寸头说："别动，警察。"

"警察，警察，后退。"江华这个时候也从沸腾的人群中挤了进来，看见叶湘西，他有些惊讶，"叶记者，怎么是你？发生什么事了？"

看到他们，叶湘西像见到亲人一样，一下子觉得腰杆子硬了。她指着寸头说道："这个人渣往别人的酒里下药。"

闻言，江华立刻叫人把寸头下了药的酒带走，然后叫来孔雀舞厅的老板，让他通知街道派出所出警。

周遭看热闹的人散去后，叶湘西终于松了口气，这才侧头问起站在身边的人："致远同志，你们怎么会在这里？"

周致远盯了叶湘西半晌，似乎觉得这个问题该他问叶湘西才对："我们在张蔓青的个人物品里发现了一个装钱的牛皮纸信封，里面夹了一张孔雀舞厅的酒水单。"

叶湘西当下了然，不再说话。

此时，郭晓昊终于也挤了进来，看见叶湘西安然无恙，这才松了口气："叶记者，你刚才怎么敢……"

郭晓昊的话还没说完，去报警的舞厅老板就回来了，他对叶湘西热情地说："这位女同志，有人要请你喝杯水，说非常欣赏你刚才见义勇为的勇敢，请你务必赏光！"

"请我？是谁啊？"叶湘西有点发蒙，但出于职业习惯还是顺口问了一句。

老板忙说："是蔡哥。"

蔡哥？这不是自己要找的人吗？

叶湘西没有犹豫，马上点头答应："那就去喝一杯吧。"

周致远并不知道叶湘西是为了追查线索，他下意识地拉住她："湘西。"

叶湘西回头看着他，眼睛亮亮的，笑着说："没事的，你和我一起去。"紧接着，叶湘西又让郭晓昊赶快回学校，以免错过学校宿舍的门禁时间。

周致远没想到叶湘西竟然有这般能耐，一杯苏打水进肚，她就把蔡哥聊得红光满面，还真是"真人不露相"。等聊得差不多了，叶湘西便不再废话，直入主题："蔡哥，你认识张蔓青吗？"

蔡哥迷糊了，不知道叶湘西葫芦里卖的什么药："张蔓青？"

旁边的黄毛小弟连忙提醒道："就是那个卫校的女学生，长头发，长得贼清纯，额头上有一颗痣的那个！"

"你说那小娘们儿啊，记得记得。"蔡哥一拍大腿，又转头问黄毛小弟，"她是不是找咱们借过钱来着？"

没等黄毛小弟出声，叶湘西就插嘴问道："她一个小姑娘来借什么钱啊？蔡哥，难道你还真借给她？她是个学生，有能力还你钱吗？"

蔡哥见叶湘西的饮料见底，连忙招呼舞厅老板给她续上，接着说道："她为什么借钱，这我倒是没问，我就是看这姑娘说话办事不磨叽，欠条写得门儿清，借了也就借了。"

"蔡哥，看你这话说的，孟老板不就是稀罕她那不磨叽的劲儿嘛。"

舞厅老板过来续水，听见他们的谈话，笑眯眯地说："你们说的那女的，不会是孟老板的小姨子吧？"

话音刚落，在场除了叶湘西和周致远以外的人都在哈哈大笑。

即使舞厅内喧嚣吵闹，叶湘西仍能听见自己心里的鼓点，她看向蔡哥："孟老板是谁？他的小姨子又是谁？"

"孟老板是孔雀舞厅的一个生意伙伴。"蔡哥忽然笑得暧昧,"至于其他的嘛,你一个小姑娘家家的,就别打听了。"

直觉告诉叶湘西,这是一条很重要的线索。

和蔡哥一行人告别后,叶湘西和周致远出了舞厅,去和江华会合。

江华把那下药的寸头交给派出所的同事后,已经站在门口抽了两三根烟,看见他们出来,可算是安下了心,问道:"你俩跟人家聊什么了?聊那么老半天。"

没等二人回答,江华抬头打量了一下防空洞外面挂着的舞厅招牌,他又沉下声音说道:"要是张蔓青和这个孔雀舞厅有关系,恐怕排查难度更大。"

"什么小姨子?真当我是傻子吗?张蔓青是独生女,哪有什么姐妹,这中间分明是有什么腌臜事!"叶湘西没有接江华的话,"我看是孟老板欺负女学生吧?回头我得让程队好好查查他!"

周致远却摇了摇头,看着叶湘西:"你怎么知道不是一个愿打一个愿挨?"

萧索的春夜里,霓虹灯上闪烁的"孔雀舞厅"四个大字格外抢眼,照花了叶湘西的眼睛。

第四章

嚣张的嫌疑人

崔浩浩正在给程北莹汇报工作,他一边汇报,一边不断地打量面前人的脸色。

他一方面想像赵敢先一样,能受到重视,另一方面又怕出了什么差错,让程北莹把他骂得狗血淋头。

"除了孔雀舞厅的酒水单,我们还在床缝里发现了几张加油站的票。"

程北莹微微蹙眉,打断了他:"加油站?"

"是的!"崔浩浩点点头,"而且我和江哥在学校里询问的时候,除了听说这个张蔓青到处闯祸外,还知道她平时不怎么待在学校里,一到放假更是跑得没影儿。有好几个学生说,曾经在学校门口看见她上了一辆小轿车。"

听到这里,程北莹看了崔浩浩一眼,后者明显领悟到什么,随即补充:"我和学校门口收发室的大爷核实过了,的确有这事。而且大爷还认得那轿车的牌子,说是在电视里见过,叫桑塔纳!"

程北莹似乎想到了什么，问道："特别张扬吗？"

"张扬"这个形容词很模糊，不好界定，崔浩浩一时间答不上来，只能含糊其词："应该是吧，毕竟小轿车停在学校门口还是挺显眼的。"

程北莹指尖的梅花香烟生出袅袅的云烟，她掸了掸烟灰："张蔓青那家庭条件能买得起一辆桑塔纳吗？"

崔浩浩连忙摇头，又试探地问："是不是得找找这辆桑塔纳啊？"

程北莹眼神变了变："漠昌地方小，要是查不到车牌号就一辆一辆地找，总能找得到的，何况，我们还有加油站的票。"

桑塔纳是少见的外国车型，在漠昌这样的县城里，开这种车的人简直屈指可数。刑侦大队几乎没有费什么力气，就锁定了一辆经常出入绿坝路的桑塔纳。

车主的名字叫孟秋堂，是光明灯具厂的法人代表。

查到车主后，赵敢先和江华立即去光明灯具厂找孟秋堂了解情况。

孟秋堂正在车间里视察工作。光明灯具厂的车间规模不小，工人们都在流水线前忙碌着，孟秋堂没有太靠近流水线，只是站在一侧，认真地倾听车间主任汇报工作进度。

让赵敢先和江华感到意外的是，这个孟秋堂看起来已经有五十多岁了。他的脸上有几条显眼的皱纹，脑门儿光亮，正在遭受谢顶之苦。尽管他穿的是剪裁得体的西装，披着质感极好的貂皮大衣，却也掩盖不住他年迈的气质。

"孟老板，方便跟我们聊两句吗？"赵敢先可没工夫等孟秋堂听完汇报再问话，他插话进来的语气是那么自然，这让江华很是佩服。

孟秋堂回头，看见两个穿着警察制服的年轻男人，一时间脸色微变。在他们说明来意后，他露出了不自然的笑容："小张的事情，我不太清楚。"

"这么说，孟老板你是认识张蔓青的吧？"江华问道。

赵敢先也追问道："你就直说你和张蔓青是什么关系，她不可能真是你小姨子吧？"

孟秋堂并不想让下属看到警察质问自己，于是把车间主任支走，然后把赵敢先和江华二人请进了自己的办公室。

四下无人，孟秋堂总算开口回应："我俩不是什么亲戚，其实……其实小张是我资助上学的学生，你们应该知道的，小张的家境不太好。"

虽然张蔓青并非出生于什么富贵人家，但也绝不是需要资助的贫困生。赵敢先去过张蔓青母女居住的职工大院，了解张蔓青的家境。

"张蔓青根本不需要资助。"赵敢先厉声警告，"孟老板，你最好说实话，如果不配合我们的调查，我们是有权请你回县公安局接受审讯的。"

孟秋堂的脸瞬间变得煞白，他眼珠子转了又转，整个人像是没了主意。支吾了半天，他终于老实交代："蔓青她……她是我的相好。你们别看她还是个学生，但特别善解人意，跟我家那口子比简直一个天上一个地下，如果有得选，真不想和我媳妇儿过了。"

赵敢先听了只觉得恶心。

江华为人也单纯，不能理解孟秋堂的心理，他硬着头皮问孟秋堂："那你知不知道张蔓青死了？"

孟秋堂拿出手帕擦了擦额头上的汗："一开始我联系不上小张，

后来听说天山岭死了个女的,是北辰卫校的,我就在想……我就在想……"

他没有说完后面的话,但赵敢先和江华已不需要再听下去了,例行问了几句话便要离开。

没想到孟秋堂叫住了他们,小心翼翼地问:"这件事情,可以不告诉我媳妇儿吗?"

赵敢先从鼻腔里哼了一声,说:"找你妻子了解情况是必要程序。"

孟秋堂登时慌了神:"不行不行,如温她一定不会原谅我的!"

两名警员一时间感到有些困惑。这个五十多岁的中年男人似乎软弱得厉害,真不知道他是怎么把灯具厂经营起来的,听说两三年前他这厂子还半死不活的,想必后来是得了什么高人的指点吧。

赵敢先和江华去找孟秋堂了解情况的时候,叶湘西也在光明灯具厂里。叶湘西的四舅是灯具厂的一个小组长,在这厂里干了挺久了。

见叶湘西问起老板的私事,四舅一开始并不愿意说,但最终还是拗不过外甥女:"我们这个孟老板啊,三年前吧,娶了一个年轻漂亮的老婆,两人岁数差了好像二十多岁,我记得是姓谢,叫谢如温。但我也没听说过他们的感情有什么不好的,好像孟老板还挺听这个女人的话的。"

"四舅,那你知道他包二奶的事情吗?"

四舅没想到外甥女竟然能说出这种话,他连忙让叶湘西把声音放低,然后才说:"这话可不能乱说啊,不过孟老板好像是和一个卫校的女学生走得挺近,说是他的小姨子,也不知道真的假的……"

"这当然是假的吧?"叶湘西感觉自己没问出什么有价值的信

息，一时间心烦意乱。

看叶湘西不说话了，四舅又找准机会苦口婆心地劝她："湘西，你也老大不小了，赶紧找个好男人嫁了吧。你看这社会上人心险恶啊，你这一天到晚东奔西走的，总不是个事，你爸妈他们也……"

叶湘西立马打断四舅的话："好了四舅，我心里有数，你不要再说了。"

四舅虽然闭了嘴，但还是心疼这外甥女。当年叶湘西爸妈推着三轮车在路上卖柑橘，没想到被一辆大货车给撞了，二人被冲下山沟当场身亡。后来他们才知道，司机连续开了三天三夜的车，是疲劳驾驶。

从那以后，叶湘西一直都很怕看到大货车。

赵敢先和江华带回关于孟老板的消息后，刑侦大队的众人更觉得这个孟老板有嫌疑了。但他们这种怀疑不敢在程北莹面前过多地表现出来，毕竟他们很清楚这位大队长从来不用"有嫌疑"三个字断案，而是要"讲证据"——这才是刑侦。

看完孟秋堂的询问笔录后，程北莹决定重新分配任务，让江华继续调查孟秋堂，而她则要亲自会会他的妻子谢如温。

赵敢先不理解，还信誓旦旦地说："程队你放心吧，孟秋堂这两口子，我和江华就能搞定。"

程北莹抄起桌上的卷宗敲了敲赵敢先的脑袋："让你去问话，你还真是别人说什么，你就记什么，你怎么就不动脑子想想啊？"

赵敢先哭丧着脸问道："程队，你到底是让我想什么啊？这不都摆在明面上了吗？"

"你这榆木脑袋，要真是这么办案，以后光办冤假错案了。"程北莹倍感无奈，心想这赵敢先的脑子还没叶湘西转得快，"这个姓孟的怎么看都是个孬种，以他的本事能把灯具厂救活吗？我是不信的，但他偏偏做到了，恐怕和他在那时候娶的女人有很大的关系。那个女人，如果不是自己有手段，那就是有人脉和资源，无论如何都不能小觑，懂了吗？"

赵敢先若有所思地点点头。

程北莹又问："郭晓昊的嫌疑排除了吗？"

"排除了。张蔓青出事那几天，他不是在学校上课，就是在打工，没有作案时间。"赵敢先说完，想了想又补充道，"当时郭晓昊和叶记者一起找到了孔雀舞厅，也就是江华和周致远找到的那家，我听他俩说，孟老板这条线索还是叶记者套出来的。"

经过这段时间的相处，程北莹已经不再怀疑叶湘西的能力了。她思索了片刻，随即对赵敢先说："你把叶湘西叫出来吧，让她在谢如温住的地方等我们。"

三人来到孟家时，正是孟秋堂的妻子谢如温开的门。

看到谢如温的第一眼，叶湘西便愣住了。

叶湘西原本以为，孟秋堂之所以会和一个女学生不清不楚，无非是因为家里的糟糠之妻已经人老珠黄。然而令她诧异的是，面前这个女人不仅年轻，而且美丽。

谢如温穿着一件白色的羊毛衫，尽显曼妙的身材。她的脸小而尖，化着精致的妆。一双眼睛温润如水，却因为眼线勾勒得偏长，显得眼神有几分凌厉，像是一把温柔的刀。叶湘西目不转睛地盯了她许久，发现她还烫了当下流行的鬈发。

见到警察登门，谢如温却没有过多意外："几位是找我吗？"

程北莹上下打量了她一番，目光最终停在她并不惊慌的脸上："当然是来找你的，想必你先生已经和你说过了。"

"只说了可能会有警察来问事。"谢如温笑了笑，将他们迎进家中，"进来说话吧。"

进了屋，赵敢先便急不可耐地问道："你认识张蔓青吗？"

谢如温依次给三人倒水，似笑非笑地答道："张蔓青吗？你是说，我家那口子资助的女学生？"

叶湘西不太相信谢如温对孟秋堂的所作所为毫不知情。只是她试探的话还没来得及说，就听见谢如温尖酸刻薄地嘲笑道："怎么，嫌我男人给她的不够多吗？竟然敢报警？现在卖皮肉的也这么猖狂了吗？"

叶湘西和程北莹对视一眼，转头问谢如温："你知道你老公在外面养女人，你难道不管？"

谢如温放下手中的水壶，语气懒懒的："怎么没管啊？我找人打也打了，骂也骂了，我甚至追到她家里让她妈好好管管她，有用吗？他们这对狗男女不还是在我眼皮子底下乱搞？"

蒋素兰知道？

赵敢先后背升起一丝寒意。原来学校里那么多人没有说谎，碎花窗帘也没有说谎——说谎的，可能只是那一个人。

叶湘西也有些恍惚，但心中的火很快被对蒋素兰的同情所湮灭：那个可怜的母亲是在维护自己女儿最后的体面。

程北莹的眼角微微吊起，对谢如温笑着说："那张蔓青死了，你一定很高兴吧？"

"死了？"谢如温的惊讶似是一闪而过，她把水杯递给程北莹，也笑了起来，"当然，我当然高兴。"

然而，她的脸色很快又变了："不过也有不高兴的事，你们怀疑上我了，对吧？"

"凶手是谁，我们会调查清楚的。"程北莹注意到谢如温手指上的绷带，但她没有提起，只是把对方递过来的水杯又放在了桌子上，"你老公的灯具厂，是你救活的？"

谢如温移开自己的视线，声音冷淡："警察同志说笑了吧，我哪里有那本事。"

三人又问了一些问题，谢如温全部答得滴水不漏，见问不出什么，程北莹便决定起身告辞。

就在三人准备离开孟家的时候，谢如温突然叫住了叶湘西："这位女同志，你不是警察吧？"

叶湘西脑子里在想事情，下意识地回答道："不，我是记者。"

谢如温听罢，从茶几的抽屉里取出一张名片递给叶湘西："我一直很想结识一位记者朋友，如果你不介意的话，请收下我的名片，我叫谢如温。"

接过那张印有谢如温名字的卡片，叶湘西点了点头说："我叫叶湘西。"

从小区出来后，叶湘西只顾着回想谢如温的话，渐渐落在了程北莹和赵敢先的后面。看到二人准备开门上车，她突然没头没脑地问道："谢如温她，符合你们内心的凶手画像吗？"

"怎么？"程北莹回过头看着叶湘西，"你觉得她是凶手？"

叶湘西低着头，戴着厚重手套的手还在摩挲那张名片："说不好，我觉得她很像一个凶手，她有足够的杀人动机，有车，有能提供分尸工具和场地的灯具厂……"

程北莹不置可否:"冷静、果断,确实具备罪犯气质。但从谢如温现在的反应来看,她可以说是没有任何破绽。"

"冷静且果断,心理素质强大,用来形容无头女尸案的凶手,我觉得贴切得很。"赵敢先咂巴了一下嘴,也肯定道,"这个叫谢如温的,嫌疑很大。"

叶湘西抬起头:"你们先回去吧,我去查查和她有关的事情。"

程北莹不动声色地看了叶湘西许久,最后打开车门:"上车,我送你走。"

程北莹和赵敢先回到县局,在例会上就最近的案情进展向岑广胜做汇报。

听完针对孟秋堂和谢如温所做的侦查后,岑广胜也拊掌道:"这两个人的嫌疑确实很大,尤其是这个妻子。"

程北莹继续分析道:"虽然灯具厂有切割工具,但以尸体的破坏痕迹来看,凶手应该是有医学背景的人,光有工具是不够的。据我们现有的侦查结果,谢如温没有任何医学相关背景,我注意到她包扎绷带的手法极其潦草,这点有待确定。"

岑广胜没有质疑程北莹的判断和发现,补充道:"他们这两口子共同作案的可能性也不能忽视,最近这段时间让老刘负责监视他们吧,他专业。"

提到刘民松,岑广胜又想起了些什么,问道:"对了,那些猎具,查到什么线索了吗?"

程北莹深吸一口气,答道:"说是在找转手猎具的那个猎户了。"

岑广胜的手指在桌上敲了两下:"北莹,接下来你打算怎么查?"

程北莹翻了翻手头的资料，开口道："先让技侦他们去检测一下那辆桑塔纳。如果车子运载过尸体，那指纹、血迹或毛发等生物痕迹有很大可能会残留下来。如果他们的车子进入过天山岭林区，泥土也会在车上留下痕迹的。另外，我会让江华去查查这两个人的不在场证明。"

"那就先这么办吧。"岑广胜意味深长地对程北莹说，"近三十年来，漠昌都没有出过这样的重案，一旦你破获了这起无头女尸案，你的履历一定会添上浓墨重彩的一笔——你不是一直想到省公安厅去吗？"

程北莹淡然一笑，没有接岑广胜的话。

等岑广胜走后，程北莹忍不住又去摸口袋里的烟盒。最近，她的烟瘾真是越来越大了。

被安排了新任务的刘民松，对程北莹有诸多抱怨，心想这娘们儿想一出是一出。

他在孟家所住的小区门口支起了卖白菜的摊子，伪装成菜农来监视孟家。用来运输大白菜的是柴油三轮车，可在三公里以内对轿车进行跟踪。

带着怨气安静蹲守了许久，所幸刘民松在第三天的凌晨真的有了收获。他看见孟秋堂那辆桑塔纳，在漆黑一片的夜里驶出了小区。

他迅速用对讲机通知附近和他一起蹲守的搭档以及派出所，然后扳起三轮车的减压杆，摇车启动跟了上去。

跟了三公里后，他眼看着那辆桑塔纳左拐，慢慢悠悠往天山岭林区的方向开去了。

第四章 | 嚣张的嫌疑人

刘民松那一刻忽然意识到了什么，他立即按下对讲机，低声吼道："快！拦车！"

然而没等他和其余民警行动，一道黄色的身影径直冲向了马路中间。随着一声凄厉的刹车声响，桑塔纳停了下来，车头的远光灯照着前方的路和一个瘦小的身影。刘民松看见一个女人张开双臂，坚定地站在马路中间。

竟直接用自己的身体逼停了那辆小轿车？

"哪儿来的疯女人！"刘民松才发觉，自己在这么冷的天里冒出了冷汗。他跳下三轮车，周围蹲守的民警也冲了出来。

"下车。"刘民松走到桑塔纳旁，敲窗命令驾驶座上的人。

谢如温置身于昏暗的车厢内，双手紧握方向盘，透过挡风玻璃看向站在轿车跟前的人。她整个人被强光包裹着，浑身褪色成苍白的影子，但谢如温依然能看清对方的眼睛，那双仿佛要看穿她内心所有秘密的眼睛。

谢如温停好车，走了下来。她看向刘民松，微笑着说："你是想卖给我白菜吗？我们家不缺。"

"车钥匙给我。"刘民松没有理会谢如温的嘲讽。

谢如温倒是挺配合，直接把手上的轻巧物件递到刘民松手里。

"把后备厢打开。"

民警打开了桑塔纳的后备厢，看见一个手提袋，拉开拉链，一团带血的衣服露了出来。民警的手有些发抖，声音颤颤地说："民松同志，有……有发现！"

刘民松的视线没有从谢如温身上移开："我们要请你回县局配合调查一桩凶杀案，不麻烦吧？"

谢如温笑着点头："配合警察同志破案，是我们做老百姓的

91

义务。"

把谢如温送上警车,刘民松才转头看向那个惊魂未定的女人。他已经认出了她,有些意外:"你是那个报社的记者?"

虽然叫不出她的名字,但他知道她总是跟在程北莹屁股后面。

叶湘西慢慢放下已经变得僵直的双手,胸口起伏着,嘴巴里不断哈出气:"是,我是。"

刘民松走到叶湘西跟前,皱起眉头:"你在这里做什么?你还敢去拦车?你知道你……"

"她要去毁灭证据,我不能——"叶湘西终于回过神来,她打断刘民松的话,"我认得你,你是县局刑侦大队的刘民松同志。"

刘民松看着四周寂静的街道,叹了口气:"你也跟我回县局吧。"

■ ■ ■

天要亮了。

早上,程北莹开完会回来的时候,发现叶湘西竟然趴在会客室的桌子上睡着了。她把自己的大衣盖在了叶湘西身上,随后,她转身向审讯室走去。

赵敢先和江华正在审问谢如温,谢如温捧着一杯热水,表情平静地看着面前的两个警察。他们问什么,她就答什么。

程北莹站在审讯室后的小房间里,隔着单面玻璃,面无表情地盯着审讯室。

这时,刘民松也走了进来,见到他,程北莹问:"什么结果?"

刘民松最烦程北莹这颐指气使的态度,他没好气地说:"查过了,都查过了,衣服已经和死者家属确认过,的确是属于张蔓青的，衣服上面的血迹也检测出来了，是O型。"

程北莹点点头，又问："那桑塔纳的痕迹检测结果呢？"

"后备厢有血迹，血迹还在鉴定中。车子洗过了，轮胎很干净，但技侦那边还是找到了林区才有的土壤，就在车子底盘下面。"说完，刘民松还有些庆幸，要不是叶湘西及时拦住了车子，保不准这会儿车上全沾了天山岭的泥，那还提取个屁。

这时候，二人听见谢如温说："只靠这些证据，不能证明我是杀人凶手吧？"

赵敢先没想到自己竟然会被对方问到语塞，他重重敲了一下桌面："你说说后备厢那衣服是怎么来的？你大晚上的去林区干什么？"

谢如温吐字清晰，像是在解释什么笑话："死人的衣服放在家里多晦气？我当然害怕了，况且万一被人发现，说不定我就要被怀疑了，你们看现在这局面闹的，多浪费警力。"

赵敢先冷笑一声："你没杀她，怎么有她带血的衣服？"

谢如温提醒道："你忘了吗？我找人打过张蔓青的，我不扒她一次衣服，她怎么长记性？"

赵敢先愣了一下，继续问："那你去林区做什么呢？"

谢如温反唇相讥道："我又不是去林区放火，我开我的车出门，这不算犯法吧？"

江华咬了咬牙："那你车上的血迹怎么说？"

就在赵敢先和江华以为谢如温还要再狡辩什么的时候，面前的人竟选择闭口不谈。

江华以为这是突破口，还要继续发问，面前这位美丽的女人却开口道："你们就凭这些指控我吗？你们找到头了吗，找到作案工具了吗？证据都不全，你们拿什么指控我？"

这一字一句都深深地刺痛了在场所有警员的心，赵敢先几乎是握紧了拳头才让自己保持镇静，不陷入暴怒之中。

刘民松也被谢如温的话气得不轻，但他还是很快冷静下来："至少凶手有眉目了，剩下的无非就是搜集证据。"

"疑罪从无，这个结论还不着急下。"程北莹站在单面玻璃的另一侧，静静地观察了谢如温许久，然后对刘民松说，"谢如温的家还有他们的灯具厂都先搜一搜，看能不能找到第一案发现场。"

尽管没有直接证据指明谢如温就是凶手，但县公安局里的每个人几乎都把她当成了凶手。

赵敢先从审讯室里出来，把袖子往手臂上一撸，还在气恼："搞那么大阵仗，就是为了杀第三者，有必要吗？也不知道姓谢的她到底狂什么！"

江华也无奈地摇头："砍头，真狠啊，女人真惹不起，尤其是漂亮又精明的女人。"

崔浩浩却大剌剌地发问："可是谢如温一看就是十指不沾阳春水的啊，也没学过医，那头她能砍得那么平整？"

办公室里的众人一时间陷入了沉默。

崔浩浩也意识到自己说了不该说的话，于是马上找补："用的切割工具够锋利，说不定就有这效果！虽说凶手大概率有医学背景，但你看谢如温那个心理素质，一口气把头给割下来，我看也不是什么难事。程队不是说了吗？要大胆假设，小心求证。"

说曹操，曹操到，程北莹就在这时候走了进来。

她的视线扫过众人，最后落在崔浩浩身上："聊够了吗？聊够了你就催一下周致远，让他赶快给出后备厢血迹的鉴定结果。"

见程北莹给崔浩浩分配了任务，江华主动给自己揽活儿："我去查一查他们那几天的行程。"

说完这句话，他心里还在打鼓：可别查出谢如温有什么不在场证明。

程北莹点了点头，难得地夸了江华一句："还算机灵。"

叶湘西正在办公室里整理素材，她很认真、很专注，全然没注意到程北莹走了进来。

程北莹站在叶湘西背后，看着她一笔一画地在笔记本上誊写草稿，拍了拍她的后背："写好一点儿，别跟《联北日报》似的，那写的都是什么垃圾东西。"

"程队？"叶湘西茫然地抬起头来看着程北莹。

程北莹拉过一把椅子，坐在了叶湘西旁边，对她挑了挑眉毛："行啊叶湘西，肉身拦车，到时候要不要给你颁发一个英勇市民奖，也算给你们叶家光宗耀祖了。"

饶是叶湘西再愚笨，也明白程北莹不是在夸她，不由得努了一下嘴："你就别笑话我了。"

程北莹无奈地扬了扬嘴角："叶湘西，我真不知道说你什么好，做事情是要靠脑子的，不能光靠感情，我早就跟你说过，你到底明白没有？"

叶湘西看着程北莹的眼睛，那双似乎永远充满理性的、冷静的眼睛，她苦笑着放下手中的笔，慢慢地说道："这几天，我总梦见那幅碎花窗帘，梦见我变成了张蔓青，就坐在她的房间里，坐在那碎花窗帘旁边看书、学习……"

后来叶湘西就睡不着了，她索性从床上爬起来，套上外衣，往孟家小区的方向走去。刚出门，正好看到了那辆桑塔纳。她认出了那辆车，想到谢如温可能会趁天黑去毁灭证据，她来不及犹豫便冲了上去。

"程队，我知道失去至亲的痛，我理解蒋素兰，我不想看她伤心，不想看她女儿死不瞑目。"

程北莹听出了什么，问道："你爸妈呢？"

叶湘西笑着伸手，朝上指了指。

那一瞬间，程北莹想起了叶湘西曾经和她说过的话。当时她问叶湘西为什么要来漠昌，对方的回答是：我爸妈在这儿。

程北莹想说点什么表示安慰，然而她并不习惯直接表达情感，她轻咳一下，柔声对面前的人说："叶湘西，我们现在所做的事，就是打击罪恶，还无辜的人一个公道。总有一天，我们会实现你想要的正义的。"

尽管程北莹早不相信这世上有什么绝对的正义，但此时此刻的她，却想要维护叶湘西那颗真诚的心。

叶湘西看向程北莹，犹犹豫豫地开口："那谢如温她……是凶手吗？"

"她身上有很多疑点，是不是凶手还要我们去查，但能肯定的是，她和这桩无头女尸案有密切的关系。"程北莹站起身来，"先回去好好休息吧，你不要再大半夜的到处跑了。"

令人失望的是，技侦大队对桑塔纳后备厢的血液检测结果出来了——那竟然是猪血。而且在天山岭林区发现无头女尸的那天，这辆桑塔纳竟然在沈城留下过一张违停罚单。除此之外，孟秋堂和谢如温的名字，也白纸黑字地登记在沈城一家招待所的访客簿上。做了笔迹鉴定后，确认是谢如温和孟秋堂的字迹。

第四章 | 嚣张的嫌疑人

好不容易才找到的线索竟然就这样断了,这让刑侦大队陷入了比从前更加低迷的情绪里。

程北莹决定亲自去会会谢如温。她一方面气谢如温竟然把刑侦大队耍得团团转,另一方面则怨自己始终没有找到死者的头颅。

谢如温本以为这次来的刑警,会像之前一样质问她、指责她,可是面前这个短发女人没有——程北莹只是用一种近乎聊天的口吻在和她对话。

程北莹无疑是强势的,但此时,谢如温听见程北莹笑着问她:"我的人没有对谢小姐不礼貌吧?他们都是五大三粗的汉子,你别介意。"

谢如温摇头:"没有,他们……把我照顾得很好。"

"那就好。"程北莹拿起杯子喝了口水,发现靴子的表面沾了一些灰,于是她伸出手来掸了掸,几秒后,程北莹抬起头来看向谢如温,"那么谢小姐,为什么要干扰我们警方的视线?你在替真正的凶手拖延时间吗?"

谢如温轻轻笑了笑,像是听到了什么荒唐的话:"程大队长,没有确凿证据,你们可不能污蔑我,是你们跟错了人,怎么能反咬我一口,说我在干扰你们的视线?"

"你就这么恨张蔓青吗?如果我看人没错的话,你不是那种会拘泥于小情小爱的人。"程北莹盯着谢如温的脸,试图抓住她表情上的细微破绽。

"我只是——"谢如温心头动了动,"一个尽力维护自己婚姻的女人。"

程北莹终于失去了所有耐心。既然谢如温不打算配合,她也没必要再追问下去。更何况,她已经很清楚谢如温的态度了。

她站起来,最后说了一句:"谢如温,孟秋堂妻子这个角色,你扮演得很好。"

当然要扮演好!谢如温对程北莹露出温和的笑。

因为那个"凶手"对她来说很重要,她要用尽一切手段来为"凶手"拖延时间。

那边,叶湘西虽然被程北莹"勒令"回去休息,但她躺在床上翻来覆去,始终无法入睡,脑子里一直思索着一个问题:谢如温是凶手吗?

如果不是谢如温,为什么她会有张蔓青的衣服?又为什么非要在半夜开车出去销毁?她有明显的杀人动机,但如果凶手真是谢如温,那她面对警察的态度实在是太奇怪了——她如今的举动,和自投罗网有什么区别?

叶湘西打开台灯,下床去翻自己的笔记本。

之前她跟老齐一起做过关于漠昌轻工业的专题报道,因此她在这方面有一些人脉,再加上自己的四舅也在灯具厂工作,她很快打听到了这个光明灯具厂究竟是怎么起死回生的。

四舅告诉她,当时灯具厂根本接不到什么订单了,周围人来人往,都只关心漠昌的机械和金矿,怎么会看到那盏小小的灯?灯具厂面临倒闭,四舅那批工人也将下岗,不过在孟老板结了婚之后,一切竟慢慢好了起来,他也想不明白是为什么。

叶湘西又去联系了其他厂子的几个老板,有知情者道出了其中的蹊跷。他们告诉叶湘西,光明灯具厂的很多生意,其实都是老板娘谢如温敲定的,不过谢如温很少露面,很多事情只让自己的丈夫去办。

别看当时的谢如温只有二十岁出头，但她办事很牢靠，知道什么能妥协，什么不能让步，没有半点含糊，比起她男人不知道强多少倍。

叶湘西翻着笔记本，心中的疑惑不减反增。这么说的话，孟秋堂的事业是靠着谢如温才得救的，而且看起来，他对自己这个妻子还有诸多依赖，那又为什么会公然背叛呢？而且听江华他们说，比起张蔓青的死，孟秋堂明显更在意谢如温的感受。

叶湘西不由得去想，像谢如温这样一个可以独当一面的女性，会拘泥于情爱，为情爱犯下杀人的罪行吗？

还有，面对丈夫的背叛，谢如温的态度也很奇怪。她，真的在乎孟秋堂吗？

可是谢如温的动机就摆在这里了，她也有杀人的能力。

已经到了晚上十点多，大院收发室早已锁了门。叶湘西收起笔记本，披上大衣走出大院。来到路边，她从零钱包里掏出一枚硬币，塞进了公共电话亭的投币孔。

县公安局的办公室里果然还有人，接电话的正是程北莹。

隔着电话线路，程北莹的声音听上去有些疲惫："哪位？"

"是我。"

电话那头沉默了几秒，程北莹问道："又睡不着？"

叶湘西嗯了一声："程队，要不要去吃夜宵？"

程北莹没指望过叶湘西一个南方人能找到什么合她胃口的路边摊，但她还真找到了，还是平时自己常去的那一家。

路边摊烟熏火燎的，她们在一张折叠桌旁坐下，点了一盘烤韭菜和几串烤馒头片，默默地等待出餐。在呛人的烟气中，叶湘西竟莫名感觉生活重新变得真实而清晰起来。

烤韭菜很快上了桌。

果木炭烤出来的韭菜混杂着蒜末的焦香，汁水充足，一口咬下去，口感丰盈，叶湘西很满足——这是来自黑土地的滋味。

接着，叶湘西又破天荒地喝了一口啤酒，直窜喉咙的冰凉让她满脑子的困惑暂时消退了些。

"还在想谢如温吗？"程北莹从烟盒中敲出一根烟点上，她看得出，叶湘西一直在为谢如温身上的疑点感到困惑。

"她即使不是凶手，也一定是在替凶手打掩护吧？可是她在替谁打掩护？还有人比她更想张蔓青死吗？她又为什么要引火上身？"叶湘西放下手中的杯子，喃喃着，"我总是在想，可我一个人想不明白，我只能提出问题，我不懂分析案情，我也找不到答案。"

程北莹仰头喝光了酒，手指摩挲着杯子："什么问题，你说来听听。"

叶湘西用手指蘸了一点酒，在木质的餐桌上写下一个"谢"字，然后又画了一个圈把这个字圈起来："抛开谢如温不说，这个凶手杀死张蔓青的目的是什么？抛尸到天山岭林区的目的又是什么？"

程北莹一双眼睛落在餐桌上："之前我不是没有考虑过，凶手砍掉张蔓青的头是不是出于报复，但是后来我排除了这一点。凶手之所以砍掉她的头，绝对是为了隐瞒她的身份，否则又为什么要费尽力气磨掉她的指纹呢？"

"查到张蔓青之后，不就很快查到谢如温了吗？谢如温做的这一切，难道不是为了不让警察查到自己身上吗？"

程北莹摇头，伸手点了点桌上那个"谢"字："谢如温早就知道刘民松在她的住处附近监视着,可她还是大摇大摆地开车出去,还去处理张蔓青的衣物,这不符合大部分凶手的心理。"

"所以说,也许是谢如温故意的?或者她有不得不让警察往自己身上查的理由,比如她想包庇真正的凶手?"叶湘西想了想,又用手掌抹掉餐桌上的字,"张蔓青有没有可能死于变态杀人狂之手?或者说是,交换杀人?这样谢如温就有切实的不在场证据了,我们再怎么查都没有用。"

程北莹扬了下眉说:"作为一名撰写社会新闻的记者,你的推理思路很开阔。但要想查出张蔓青为何被害,我们最好先把注意力放在研究张蔓青这个人身上。"

"好,那我们抛开凶手不说。"叶湘西给程北莹空了的酒杯又倒满,"我们来聊聊张蔓青这个人。"

"张蔓青这个人不仅矛盾,而且还很张扬。你有没有觉得这个案子很奇怪,或者说你有没有觉得张蔓青很奇怪,她做了很多出格的事情,比如和郭晓昊打架,在学校里树立各种各样的敌人,向社会大哥借钱,被灯具厂老板孟秋堂包养……可是我感觉她其实不是这样的人,她做的这些事情,好像在刻意引导我们到处追查,追查她为什么和同学打架,追查她为什么借钱,追查她那混乱的男女关系……"

程北莹也蘸了点酒,在桌子上写下一个"张"字。她淡淡道:"站在我的角度上来考虑,张蔓青就是高危人群。她做了这么多危险的事,引发案件的概率会很大,而且只要是线索,作为刑侦人员就必须要排查清楚。"

听到这里,叶湘西有些绝望。她盯着程北莹写的那个"张"字,忽然觉得自己又回到了起点。

程北莹盯着叶湘西看了许久,喟叹道:"叶湘西,不要试图代入他们,这会让你痛苦,而且不值得,也没有意义。"

叶湘西有些恍惚,她不知道她是在问自己,还是在问程北莹:"那她的头呢,她的头在哪儿?"

这也是程北莹想问的,她从未停止过寻找死者的头颅,但到现在为止,她依然没有任何新的发现。

作为县公安局的刑侦大队长,她承受着旁人无法想象的压力,来自上级的、来自下属的,还有来自社会的——甚至可以说,除开死者的亲属,没有其他人比程北莹更急于破案了。

程北莹确实很焦躁,不过叶湘西的话却在那一瞬间点醒了她——只查死者的社会关系已经不够了,她必须回到首次发现死者的现场,寻找被她遗漏的线索。

▬ ▬ ◼

物证室里整齐地摆放着几排铁质的置物架。周致远在明亮的灯光下清点证物,然后对着清单挨个核对、记录。

"周儿啊?致远!"江华的声音由远及近,飘进了物证室,"找你要的东西呢,找出来没有啊?"

周致远站在房间最里面,听见江华的声音,也没有停下写字的动作,只说:"就在那张桌子上,你们要的张蔓青案的证物袋。"

江华翻了翻,很快找到了自己想要的东西:"谢了啊!"

"记得签字。"周致远顺口提醒了一句,忽然又想起什么,抬头问道,"你们怎么又要看?"

江华从证物袋里拿出一份文件来,咂嘴道:"程队让看就得看！她要我们重新去查抛尸现场的线索，说当时天山岭下了雪，留在雪地里的鞋印很关键。"

周致远皱了皱眉："当时不是已经筛查过好几遍了吗？"

"对，我们也排除了那里所有护林员的嫌疑。"江华叹了口气，"但是程队说我们忽略了重要的一点，发现尸体那天，出现在森林里的鞋印数量不对。"

周致远问："什么不对？"

当时赵敢先也是这么问程北莹的。

不出意料，这招来了程北莹的一顿狠呲儿。程北莹抄起报纸作势要打赵敢先的脑袋，江华看了还直往旁边躲。她严肃地说："当时在天山岭林区的三十五号巡区到四十号巡区发现了七对鞋印，但那天检查站实际只出去了五个护林员还有一个记者，那多出的一对鞋印是谁的？你们做侦查能不能细心点？"

赵敢先还想狡辩："那些护林员天天这么巡山，谁能想到要查谁多巡了，又多巡了哪儿？"

于是，赵敢先毫不意外地被撑出了办公室，被责令即刻上山重新盘查。

"也就是说，那天有别人上过山，只是当时没有引起我们的重视？"周致远若有所思地自言自语道。

钟喜旺今天没有被安排巡山，此时正在检查站里烧热水，准备把中午要吃的黏豆包热一热。

他还不知道，他便是无头女尸被发现那天，山上多出来的那对鞋印的主人。

赵敢先登门时，钟喜旺还热情地招呼他："警察同志，要不要来吃一口啊？"

赵敢先赶忙摆手："钟大哥，我想问问……就是咱们发现尸体那天，你到底有没有出去巡山？"

被他猛地一问，钟喜旺一时间也迷糊了，掐着手指往前推算，想起那天他正准备休息，突然就有同事冲进来跟他说，徐长海那边出了些状况。

"没出去啊，我当时就在这儿待着呢！"

听罢，赵敢先掏出一张照片来问钟喜旺："这双靴子你记得不？"

钟喜旺点点头："记得啊，这是我的，当时不就是你们把我这双靴子拿走调查了嘛！对了警察同志，靴子什么时候能还我？"

赵敢先皱起了眉头，看来他们的调查确实有疏漏："这双靴子有被偷过吗？还是你那几天借给什么人穿过？"

钟喜旺拿起热乎乎的黏豆包，一脸不解地说："怎么这么问啊？我这靴子好好的，还是个漂亮妹子送给我的，我可舍不得丢了。"

"什么？"赵敢先记笔记的手抖了一下。

钟喜旺告诉他，这双靴子是半个多月前，有个女人在早市上送给他的，说是在报纸上看到他们护林员天天要步行几十里地，守卫天山岭的林区，所以想送双鞋表示关心。

赵敢先明显感觉自己的心跳都变快了："那……那个女人长什么样儿？"

钟喜旺咬了一口绵软的黏豆包，认真回忆了一下："不太记得。大冬天的，大家都包头包脸的，我哪儿知道她长什么样子。我只记得她的眼睛很漂亮，应该是个年轻姑娘吧。"

"你回忆一下是半个月前的哪一天，她是在哪个早市、什么位置把靴子给你的。"

赵敢先回到县公安局，立即向程北莹汇报了这条线索。

听完赵敢先的话，程北莹似乎早有预料地冷笑了一下："竟然真是个女人吗？"

赵敢先迟疑道："我们要去找这双靴子吗？凶手可能穿过的……"

事实已经很清楚了，凶手是故意送钟喜旺一双靴子，自己再留一双一模一样的，然后在抛尸那天穿出来伪装。

程北莹略一思索，说道："这双靴子留着是罪证，凶手大概率是扔掉了，你通知分局和派出所的同志找找。"

赵敢先点点头，正要出去，程北莹又喊住了他："谢如温的扣留时间已经到了，你先去给她把手续办好，孟秋堂的车子就在外面等着。"

赵敢先咂了咂嘴："这就放谢如温走了吗？"

"我们没有证据证明她是凶手，也没有证据证明她和无头女尸案有关。那件血衣的来源，她也解释得很清楚了。"程北莹的视线还在地图上，面无表情地说，"时间到了，该放人就放人。"

"可是她……她不是……她嫌疑很大啊，还有那双靴子，可是……"赵敢先急得有些语无伦次了。

"你别忘了，抛尸那天，谢如温和孟秋堂都在沈城的招待所里！"程北莹皱了皱眉，不想再纠结什么，"我们现在要重新侦查现场，要做的事情还有很多，先别在她身上浪费时间了。"

于是，谢如温在这一天下午，重新获得了自由。

阳光和煦，她心情很好地走出县公安局，等到五月份天气再暖和一些，她就可以褪去这身臃肿的袄子了。

才走出大门，她就见到了叶湘西。对方似乎也没料到会碰见她。她笑着走过去，说："叶记者好啊。"

叶湘西笑着回应道:"看来警方对谢小姐的调查已经结束了。"

谢如温点了点头,看着马路对面的桑塔纳,却没有着急过去。她好像有意想和叶湘西多说两句:"叶记者平时是跟犯罪新闻的吗?"

叶湘西有些警戒,含糊地答道:"我做社会新闻,什么新闻都跟一跟。犯罪、经济、民生……不过是混口饭吃罢了。"

听罢,谢如温整理了一下袄子上的褶皱,温声道:"我一直很想请人给我先生的灯具厂做个专访,你也知道,漠昌做轻工业的厂子不多,或许对漠昌来说,这会是一个很好的宣传方向呢。如果叶记者你感兴趣的话,欢迎来我们的厂子看看啊。"

叶湘西做记者以来,确实也有人想借她的身份行方便。她当下客套地笑了笑,没有拒绝对方:"好啊,我也一直想为漠昌出一份力。"

刘民松辗转许久,终于找到了那个猎户。

看到警察丢在自己面前的那个袋子,猎户立马就认出了袋子里面的几套猎具。他随即连连否认道:"不知道,我没见过,这些不是我卖的,我……我不卖这些。"

见状,刘民松好言好语地劝道:"你别紧张,我现在不是来追究你倒卖猎具的事,你只要回答我的问题就行。"

猎户还想抵赖:"不是,我说你们想干什么啊?"

刘民松的脸色变得难看,终于呵斥道:"听着,我就问这些猎具到底是谁找你买的!你要是再不配合,我就只能请你去公安局坐坐了,你不想留案底吧?你进去了,你女儿谁照顾?"

猎户是靠山吃饭的,常年狩猎,对生死看得很淡。但他是个鳏夫,带着一个年幼的女儿生活,刘民松直戳他的命脉,他只好承认:"好吧,这些玩意儿确实是从我这里转手的,都是一个女人找我买的。"

"女人?"这个答案着实令刘民松感到意外。

猎户打开了话匣子:"是啊,是一个女人,所以我才印象很深。她甚至都没怎么挑,直接把我屋外头那堆猎夹猎套都买走了。我当时也觉得奇怪得很,一个女人买这玩意儿干啥?她也不像搞盗猎的……"

刘民松打断了他:"你还记得她长什么样子吗?"

猎户的眼珠子转了又转,最后摇摇头:"这大冬天的,穿那么多我怎么看得出?是胖是瘦,我都看不出来。不过我记得她的眼睛挺漂亮的。"

感觉再问不出更多的话来,刘民松便准备回去,临走前又警告了他一遍:"我盯着你呢,别让我知道你再买卖这种东西,下次我可就没那么好说话了。"

猎户连忙打哈哈:"怎么会呢?我和我女儿都是遵纪守法的老百姓。"

刘民松并不信他这一套,又瞥了一眼地上冒着烟的柴火堆,啧了一声道:"这天山岭,迟早给你们祸祸完了。"

程北莹把江华和崔浩浩叫到跟前,指着墙上的《漠昌行政地图》吩咐道:"切割尸体,一定会导致用水量激增,你们两个去水利局、自来水公司,查查这个月以来漠昌所有的民用水,有没有哪家用水量不正常。"

江华问道:"那工厂和商业用水呢?"

程北莹盯着墙壁思索片刻,说道:"先去查光明灯具厂各车

107

间用水时间有没有异常,他们的车间小,尸体总不能在作业时间处理。"

江华和崔浩浩走后,程北莹终于注意到了站在办公室门口的叶湘西。

"我看见谢如温走了。"

"我放她走的。"程北莹没有多解释什么,从椅子上拿起自己的大衣,"走吧,我们也有要去的地方。"

叶湘西没想到的是,程北莹会把她重新带回天山岭。

这一次,他们没有进入林区,而是在离进山口不远处停了下来。

现在天山岭林区已经进入防火期,林区里的护林员和森林警察都加大了巡山作业的力度,附近的防火横幅更是一条接一条地被拉起。

下了车,赵敢先不解地问:"我们在山里找了那么多遍也找不到张蔓青的头,还回来干什么啊?"

程北莹看着远处山腰上巡逻的森林警察,又转头看向身旁的人:"想象一下你是一个准备抛尸的人,你打算把尸体丢到山里去,那砍下的头呢,要怎么处理?留在自己身边,还是赶快扔到一个别人根本想不到的地方?"

叶湘西歪着头思考程北莹的问题。她正抱着老齐的相机到处取景,在程北莹说完那句话后,她一瞬间竟觉得自己手上抱着的,分明是一颗沉甸甸的头颅。

林区入口前有几间破败的民房,她看着那几间民房,忽然问道:"那些民房后面是什么?"

"是暮河,源头在山里,河口在更北的地方——漠昌林场。"

程北莹顿了顿，又问叶湘西，"你没去看过？"

叶湘西摇摇头："还没来得及。"

听罢，程北莹瞥了叶湘西一眼，转身往民房的方向走去："那就去看看吧。"

叶湘西和赵敢先跟着程北莹穿过民房，一直往东走，又穿过了一排光秃秃的白桦树和云杉树，终于看到了暮河。

河上搭了一座简易的人行桥，叶湘西走上桥，眺望属于暮河的一切。

两岸的树木绵延不绝，一直延伸到了地平线。暮河的河面算不上宽阔，上面那层薄薄的冰还没有融化，冰上似乎还凝结着属于冬天的冷气，冰面下潺潺流淌的水却隐约有了春天的气息。

叶湘西举起相机打算拍下眼前的美景，赵敢先则在一旁发表感想："暮河对漠昌人而言很重要，可惜每一年，这条河都要吸纳成吨的垃圾，最后在河口附近堆积成山，别提多难看了。"

听到这里，叶湘西莫名愣了一下，转头看向赵敢先："你说什么？"

程北莹眼神一凛，她大步朝桥中央走去，盯着河面看了许久："现在已经四月，这个季节，加上雪水融化的水量，将近一个月前丢下的垃圾，这会儿应该能到林场了。"

叶湘西不明白程北莹在想什么："可是结冰了，结冰了怎么会……"

"冰下，才是最得天独厚的藏污纳垢之处。"程北莹抬起头，"赵敢先，你现在马上去联系技侦大队的人，让附近派出所的同志都过来，我们组织一次针对下游的打捞行动。"

下午三点，王健去上游和程北莹会合，周致远和技侦大队的几位同事则穿着厚重的防护服，走进了垃圾成山的林场河滩。

清理垃圾是苦力活，但却是几乎所有做技侦的人都经历过的事情。

周致远还记得自己当年在县公安局实习，连续好些天都要去垃圾场里搜索证物。几天下来，他感觉鼻子都要坏了，每次洗澡都感觉身上的馊味怎么也洗不掉。

技侦大队决定采用由角位向中心的区块法进行搜索。他们排查的速度并不快，但却很见成效——四个小时后，周致远在垃圾山深处，发现了一只熟悉的靴子。

这只棉靴，县公安局的物证室里也放着一对。

他抬头看了看远处重工业园区的烟囱和冷却塔，轻叹一声，把靴子装进了证物袋里，往林场外面走去。他现在要做的，就是回实验室对这只靴子进行痕迹检验。

虽然证物已经被严重污染，但周致远没有死心，当晚，他在靴子上提取到了几枚支离破碎的指纹。

程北莹站在人行桥上，看着渔船在河上一路破开冰面，将暮河撕出一道巨大的口子来。冰层破碎，露出浑浊发黑的河水。

渔船上是县公安局请来的民间打捞队，两名工人正在整理装备，准备下水。

时间一分一秒地过去，工人在水下搜索了很长的时间，仍是没有收获，他们上来歇了一会儿，又接着下水搜索。

这个季节的漠昌，太阳西沉得很快。林区周围缺少照明设施，已经变成漆黑一片。警员们打开了数个强光手电，才勉强照亮了作业区。

不知道过了多久，程北莹终于听见渔船上的人声音洪亮地朝她喊道："找到了！"

她快步走到河边，看到打捞队的工人把一个鼓鼓囊囊的编织袋拿上岸来。

赵敢先已经戴好了防护手套，脸上露出严肃的神情。他从工人手中接过编织袋，和王健一起开袋检查。

腐烂的味道已经漫出。

赵敢先小心翼翼地打开袋子，慢慢拨开，让里面的东西完全露出来——那是一颗腐烂的、已经被水泡得面目全非的人头。

"程队，终于找到了……"赵敢先的手在发抖，声音既带着恐惧又带着激动。

看到这颗高度腐烂的头颅的瞬间，程北莹也愣住了。

"这会是张蔓青吗？"程北莹喃喃道。

第五章

死遁

因为有事情需要回报社处理,叶湘西在桥上和程北莹告别后,便匆匆赶回市区了。

走到报社楼下的时候,天已经黑了。叶湘西正要进去,却看到一个佝偻着背的男人在焦急地徘徊。

叶湘西是天生的热心肠,以为对方是迷了路,她走上前去关切地询问道:"你好,叔叔,你要去哪里呀?"

男人转过身来,他面上的皱纹又多又密,而且皮肤很粗糙,看起来像是常年从事户外劳动的人。男人的头上戴了一顶在漠昌不常见的帽子,帽筒上绣了一圈灰白的格纹,看样式像是内蒙古风格的棉帽。

见叶湘西向自己走来,那个男人有些激动,叽里呱啦地冲着叶湘西说了一大堆话,但她一句都没听懂。

叶湘西尝试用普通话和那个男人沟通,但根本是鸡同鸭讲。正在不知所措之际,她猛然想起老齐就是内蒙古人!她立马指了指楼梯说:"上去,你和我上去。"

男人不知道有没有听懂,但他看懂了叶湘西的手势,于是连连点头,跟着叶湘西往楼上走。

幸好老齐还在报社里加班,没有走。他刚沏了一壶茶,就看见叶湘西带着一个男人进来了,随口问道:"小叶,你又带回来什么人啊?这是谁啊?"

叶湘西摘下围巾,呼了一口气说:"不知道,我在楼下碰到的。我听不懂他说的话,但看装束像是从内蒙古来的。"

老齐啧了一声,只觉得叶湘西这丫头麻烦得很:"你真是!什么人都往报社里带啊!"

虽然满脸写着嫌弃,但老齐还是快步走到那个男人的面前,用蒙古语问他:"你从哪儿来?要到哪儿去?需要帮助吗?"

男人听到家乡话后高兴得很,他连说带比画的,跟老齐说明了来意。

老齐点了点头,把男人的话转达给叶湘西:"他说他是从新巴尔虎左旗来的,叫吉仁泰,他就是要来咱们报社的,说想登一则寻人启事。"

叶湘西听罢,连忙从抽屉里取出纸和笔,说:"齐哥,你让他尽量说详细些。"

老齐和吉仁泰沟通了一阵。过了好一会儿,老齐放下茶杯,跟叶湘西说:"他说他是来找女儿的,他女儿名叫吉兰雅,今年过完年后,来咱们漠昌讨生活。一开始还给家里打电话、写信,可在一个月前便彻底断了音讯,他担心孩子出了什么事,所以就找过来了。"

"原来是来找女儿的。"叶湘西听明白了,"齐哥,你再问问他,他女儿长什么样？最好把外貌特征说详细一点，离家的时候穿了什么衣服也说清楚。"

"他说他的女儿很高，比他还高，长头发，皮肤很白，很瘦，还有就是她背上有个疤。"

叶湘西飞快记着笔记，又问："是什么样的疤？"

"说是孩子妈离家出走前用暖水瓶砸的，结果热水溅出来烫伤了，所以留下了疤……"老齐说完，又指了指叶湘西面前的草稿纸，对吉仁泰说，"大概什么样的？你画下来吧。"

叶湘西把笔和纸递给吉仁泰。

吉仁泰的手冻得有些僵了，握了好几次才勉强握住笔。他颤抖着，画下了一个歪歪扭扭、形似月牙的疤痕，然后递给叶湘西。

叶湘西看完之后蒙了。她语无伦次地说道："嗯？你的女儿？这是你女儿身上的疤？你是想说，张蔓青是你的女……"

不，不是的。

吉仁泰分明是在说他的女儿，不是在说张蔓青！

可是那月牙似的疤痕明明是无头女尸的，是张蔓青的，他女儿吉兰雅身上怎么也有？这个世上，难道还有连疤痕也一样的人吗？还是说——叶湘西心中忽然萌生了一个可怕的想法。

难道从一开始就错了吗？

如果吉兰雅是那具无头女尸的名字，那他们查到的张蔓青又是谁？

叶湘西猛地站了起来，拉着吉仁泰就往外跑，向着县公安局一路狂奔。

在这寒冷的、黑漆漆的夜晚，叶湘西跑得气喘吁吁的，现在她的脑子、她的呼吸道还有她的心脏，仿佛都被这爆炸性的信息填满了。

当叶湘西闯进刑侦大队会议室的时候，整个房间鸦雀无声，所有人都看向了她。

程北莹就站在会议室的最前方，表情是叶湘西前所未见的冰冷，她一动不动地看着闯入会议室的人。

岑广胜眉头紧锁，正要开口呵斥这个明明身为外人却丝毫不懂规矩、不懂礼仪的记者的时候，却听见她开口说："不是张蔓青，死掉的那个人，可能不是张蔓青。"

一小时前。

程北莹面色一如往常，说起他们在暮河上的发现："我们组织了打捞，经过工人四个小时的搜索，在河里打捞到了一颗人头。根据法医的鉴定，并不属于张蔓青。"

听到这里的时候，岑广胜脸色铁青："你是想说死者另有其人？还是想说我们又发现了新的尸体？"

荒谬，这一切都太荒谬了。

程北莹摩挲着手中的笔记本，冷静地回答道："老韩已经鉴别过了，暮河打捞上来的人头，和三月初在天山岭林区发现的尸体属于同一个人，创面的切割轨迹吻合，也符合冻死的特征。"

此时，周致远也拿出了指纹对比结果："我们在下游的垃圾山里，找到了钟喜旺的一只靴子——严谨地说，应该是凶手用来伪装、用于作案的靴子，我在上面提取到几枚指纹，和我们指纹库里面的记录进行对比，发现那是属于张蔓青的指纹。"

岑广胜以为自己听错了，又气又笑地质问道："张蔓青的？这回她又不是死者，是凶手了？"

"是不是凶手,要由刑侦的同志们判断。"周致远的声音依旧冷静,"技侦现在能确定的是,靴子上提取到的指纹,和在北辰卫校张蔓青的宿舍中提取到的指纹,是一致的。"

那一刻,在场所有人的脸色都差到极点,整个会议像是被按下了静音键。

刘民松觉得现在整个刑侦大队都像一个笑话。

连死者都搞错了!当时确定尸源的时候,怎么就不谨慎点?他已经全然忘记,自己还腹诽过程北莹在处理这件事上的婆婆妈妈。

不过幸好程北莹找到了死者的头颅,要不然后面只怕是越走越偏。

但他们迄今为止的侦查工作也没有白做。

即使已经推翻了死者的身份,但案件侦破也迎来了新的转机——他们曾经认定的"死者"张蔓青,大有问题!不管张蔓青是不是凶手,她在案件中扮演的角色,绝对没有那么简单,否则县公安局不会查到她。他们还能在现有的基础上继续侦查。

岑广胜气得发抖,他一边拍桌子一边责问在场的人:"那死者呢,死者又是谁?"

程北莹揉了揉眉心,直言道:"死者的身份,我们会重新查,毕竟现在有了头,我们能做的更多。如今当务之急是发布通缉令——我们要找到真正的张蔓青。"

叶湘西的闯入,竟然意外推动了刑侦大队确认尸源的进展。

虽然意识到自己此刻并不受欢迎,叶湘西还是带着那个男人走了进来,说:"他叫吉仁泰,他是来漠昌找他女儿吉兰雅的……你们可以给他做一个笔录,他应该会比蒋素兰更清楚死者是谁!"

"是吗?"程北莹的眉头舒展了一点,"赵敢先。"

赵敢先立马会意,他收起自己的笔记本,递给江华一个眼色,二人便把吉仁泰给带走了。

"叶湘西,你也出去。"

叶湘西终于恢复了理智,知道现在的场合不是自己能待的,她赶紧转身走了出去。

程北莹他们还在开会,叶湘西只好一个人坐在县公安局的办事大厅里发呆。她把头靠在墙上,让情绪慢慢平静下来。

事情怎么变成这样了?

一直以来,不是都在查杀害张蔓青的凶手吗?她曾花了那么多时间去体会张蔓青的情感,多少个午夜梦回,叶湘西总会想起她,想起那幅碎花窗帘,想起天山岭的雪地。然而,死者竟然另有其人!

不知道过了多久,程北莹和周致远走了出来。

周致远把一杯水递到叶湘西手里,温声道:"湘西,喝口水吧。"

叶湘西接过纸杯,看着周致远,终于笑了一下:"谢谢。"

程北莹站在不远处,以一个旁观者的视角看着她。

她的侧脸轮廓温润流畅,发丝从棉帽中散出几根,整个人显得格外柔软,只是她的脸色始终不太好。

程北莹习惯了抽离情绪,习惯了以旁观者的身份去思考、分析,这样的心态和叶湘西是截然不同的。叶湘西十分感性,她会把自己代入死者,代入张蔓青母女,代入郭晓昊甚至是谢如温。如此强烈的同理心,是她存活于世的证明,也是她感到痛苦的原因。程北莹曾经提醒过她,但现在看来,根本是在做无用功。

作为一名记者,叶湘西一开始参与进来,理应是一个观察者和记录者，然而，随着案件的推进，她仿佛也成了局中人。

"有什么发现吗？"叶湘西抬起头，明亮的眼睛望着程北莹。

程北莹看着叶湘西的眼睛，说起他们在暮河打捞上来的头颅，说起买猎具的女人，说起周致远在下游垃圾堆里发现的靴子。

叶湘西没想到，警方竟真在暮河里找到了死者的头颅。她急急问道："那张蔓青呢，张蔓青是怎么回事？"

周致远离她近些，似乎能感觉到她说话时的声音在颤抖。他看着旁边的人说："现在，张蔓青是这桩凶杀案的第一嫌疑人。"

沉默半晌，叶湘西看着手里的纸杯，不知道是在反问谁："张蔓青从受害者，变成第一嫌疑人了吗？"

程北莹点点头，波澜不惊地开口道："我们的通缉令已经发布了，她逃不出去的。"

叶湘西紧紧盯住程北莹，片刻后，她声音震颤地说："不会的，张蔓青不会逃出去的，她甚至就在漠昌！她还在等，还在等着我们找到她呢！"

明明叶湘西的声音那么轻，可程北莹的心却一紧。过了一会儿，她说道："吉仁泰在做笔录，稍后会让他去认尸。"

叶湘西抿了抿唇，问道："死者的身份……对你有影响吗？"

程北莹知道这个心思单纯的家伙在担心什么，她看向了另一边："这你就别管了。"

周致远连忙安慰叶湘西："程队的侦查方向是没有错的，她依旧是这桩案子的侦查主力，估计没什么影响，你放心。"

"那就好。"叶湘西紧握纸杯的手终于松了松。

"叶湘西，你还要跟进报道这个案子吗？"

叶湘西没想到程北莹会这么问，她下意识地回答："当然。"

程北莹点了点头:"那好,明天上午十点,我们再去蒋素兰家一趟。"

叶湘西点头答应,起身说要去洗手间。周致远听罢,自然地接过她手上空了的纸杯。

看着叶湘西走远,程北莹重新从口袋里摸出烟盒。她不紧不慢地点上一根烟,问周致远:"你喜欢她?"

周致远没想到程北莹直接戳穿了他。他慢慢收回注视着叶湘西背影的视线,转头看向了程北莹。他没有否认,只是反问面前的人:"她,知道吗?"

程北莹深吸一口气,挑了挑眉:"我没兴趣做媒。"

那天夜里,吉仁泰完成了认尸流程,在县公安局里哭了很久很久。从寻亲到认尸,吉仁泰在一天之内经历了他人生当中最痛苦的事。

叶湘西也一直没走,她想安慰吉仁泰,尽管她根本不知道自己还能说些什么。在周致远的陪同下,叶湘西把吉仁泰安置在了附近的招待所。

周致远给吉仁泰垫付了三天的房费。随后,他和叶湘西在附近转了一圈,回来连说带比画地告知吉仁泰楼下有热水,周围有饭店和副食店。

"这段时间你先不要回家,警方还需要你协助办案。"末了,周致远叮嘱道。

叶湘西也留下了她的联系方式:"叔叔,你有什么事情可以到前台给我打电话,这是我的号码。"

吉仁泰早已丢了魂,听着叶湘西和周致远左一句右一句,也只是胡乱答应着。

从招待所离开，已经是凌晨两点半了，周致远还是和从前一样，把叶湘西送到了大院门口。只是这一次，周致远没有着急离开，迟疑了片刻，他对叶湘西说道："案子已经逐渐明朗了，你不要灰心。"

这话说得有点突兀，叶湘西把头往大衣里缩了缩，露出一个在周致远看来有些逞强的笑容："我从来就没有灰心过。"

周致远伸手把叶湘西的棉帽往下拉了拉，遮住她的耳朵："回去睡觉吧，明天不是还要跟着程队工作吗？"

周致远的动作是逾矩的，叶湘西本能地想躲，但终究没有。她又对周致远笑了笑："谢谢你送我回来。"

回去后，叶湘西并没有马上睡觉。她坐在书桌前，给钢笔灌上墨水，摊开了自己的笔记本。

那是一支英雄牌钢笔，是父亲送给她的。笔酣墨饱，形容这支钢笔，也形容叶湘西。她在笔记本上写下脑海中那些挥之不去的、如今还回答不出来的问题。

杀人的是张蔓青吗？

是？

那为什么要误导警方把无头女尸错认成她？她死遁的原因又是什么？

不是？

那张蔓青在这桩案子里，到底充当了什么角色？她和吉兰雅是什么关系？她又去了哪里？

屋子里暖气很足，明明很温暖，可是叶湘西望着笔记本上的一切，只觉得毛骨悚然。

案子真如周致远所说，已经逐渐明朗了吗？

叶湘西起身，拉开了面前的窗帘。透过玻璃，她看向万籁俱寂的夜空，忽然下定了决心——她一定要找出真相。

■ ■ ■

四月，漠昌的雪终于小了。

程北莹远远就看见了叶湘西。

她总是穿着色调明艳的外套，看起来暖融融的，和漠昌萧索的天气形成鲜明的对比。程北莹时常听赵敢先评价她，说叶记者一点儿都不像个北方人，但她很会吃。

叶湘西确实很会吃。

她笑吟吟地朝程北莹走去，递给她一根还冒着热气的苞米："吃！"

这次程北莹没有拒绝，把苞米接过来啃了一口。

"程队，你说蒋老师会不会是张蔓青的帮凶？"叶湘西忽然紧张兮兮地问道。

一粒粒晶莹剔透的苞米被牙齿咬破，香甜的汁水溢满口腔，程北莹打着官腔说："得排查之后才知道。"

"张蔓青之所以死遁，肯定是在酝酿什么大阴谋吧？"叶湘西咽下嘴巴里的食物，一脸认真地开口，"现在想来，一切都解释得通了。张蔓青为什么要搞坏自己的名声？她就是要干扰你们的侦查视线！所以她才故意得罪同学，还跟什么蔡哥、什么孟老板扯上关系。"

叶湘西似乎从困惑的情绪中剥离了出来。程北莹也点头肯定道："你进步了很多。"

"当然，当然。"叶湘西显得有些得意，她从香甜软糯的苞米上抬起头来，又揉了一下冻得通红的鼻子，"但我们好像也浪费了许多时间……"

"不会，至少我们的侦查方向没有错。"说到这里，程北莹又啃了一口苞米，"何况张蔓青做的事情越多，留下的痕迹也越多，她其实已经暴露了很多信息给我们。"

"什么信息？"

"她在争取时间。"

"争取什么时间？"

程北莹眉眼吊起，反问叶湘西："你觉得呢？"

"死遁无非是在利用死亡的假象为自己争取逃跑的时间，那张蔓青逃跑是为什么？欠人钱？被人追杀？"叶湘西偏过头，显然是在认真地思考，"可是躲债、躲追杀，她跑出漠昌不就好了？很明显，张蔓青并不想逃跑，否则何必对吉兰雅做出这种事？"

程北莹吃完了苞米，把苞米芯丢进旁边的垃圾车里，接着说："做着要逃跑的事，但却没有逃跑，这又是为什么？"

叶湘西暂停了啃食苞米的动作："张蔓青她，不是被追杀的那个？"

"我已经让刘民松去查吉兰雅和张蔓青的关系了，看她们是否有瓜葛。"

叶湘西却叹了口气："如果张蔓青真要杀吉兰雅，犯不着要吉兰雅冒充她。"

程北莹冰冷的目光看向路边："现在整个漠昌的出入口都已经封锁，严格排查每天进出的人员和车辆。每个街道都布置了相应的警力，如果她不打算逃跑，我们迟早会发现她的踪影。"

"那蒋老师的家呢？也许张蔓青还会投奔其他亲戚。"

"我们该监视的都会监视,但张蔓青以死遁的方式洗去自己的身份,再投奔亲戚这种可能性不大。"说罢,程北莹催促道,"不聊了,赵敢先已经提前在蒋素兰家门前等着了。"

听到敲门声,精神恍惚的蒋素兰过了好一阵才打开门。她看见门口站着的三人,一时间愣住了。

程北莹冲蒋素兰淡淡地笑了笑:"蒋老师,我们又来打扰了。"

闻言,蒋素兰也马上换上笑脸,招呼他们进了家门。

再次来到这里,程北莹毫无顾忌地打量起这个家。她走到客厅中央,视线从餐桌、椅子等物件上依次扫过,最终,她的视线落在身后的女人身上:"蒋老师,张蔓青在哪儿?"

蒋素兰像是没理解程北莹的话:"什么意思?"

叶湘西没有程北莹镇定,也不懂什么心理战术。她只是又气又急,问蒋素兰:"蒋老师,你为什么要说谎?张蔓青明明没有死,你和她为什么会卷进这桩凶杀案?"

赵敢先也开始向蒋素兰施加压力:"我告诉你,知情不报也是罪!"

"你们在说什么?"蒋素兰皱起眉头,声音也变得激动起来,"什么叫蔓青没死!她现在就躺在县公安局里,什么叫没死?"

程北莹挑了挑眉:"蒋老师,你女儿根本就没死,躺在县公安局的,是别人的女儿……"

蒋素兰一怔,仿佛听到了什么可怕的话,浑身都在颤抖。

叶湘西转头去看程北莹,她仍是那副似笑非笑的神情,让人琢磨不透她的想法:"蒋老师,你真的什么都不知道吗?"

蒋素兰嘴唇紧抿,不愿应声。最后她干脆转身走到了窗边,仿佛只要不去看他们，就可以逃避一切。

叶湘西跟了过去，追问道："有什么事情，你都可以和警察说，现在搞成这样，你知道你和张蔓青都会被指控故意杀人吗？刑事案件可不是儿戏啊！"

蒋素兰的情绪即将崩溃，然而叶湘西还在穷追不舍："蒋老师，你告诉我，吉兰雅到底是不是张蔓青杀的？你们和吉兰雅有仇吗？你为什么要认尸？你明明知道死掉的人不是张蔓青，你到底在帮她隐瞒什么？"

叶湘西的每一个问题，都是蒋素兰答不出来的。她忽然流下泪来，咬着嘴唇摇头道："不，我不知道！"

"蒋老师，我相信你不会拿自己女儿的性命或者是名声开玩笑，但我还是提醒你一句，希望你不要包庇杀人犯——你教书育人多年，我想你不是不懂法的。"程北莹冷冷地说道。

蒋素兰猛然转身，厉声反驳道："不，蔓青她不是杀人犯！"

"且不说张蔓青吧，蒋老师你录假口供，给警方提供虚假信息，干扰警方办案，是在妨碍公务，这也是犯法的。"程北莹对蒋素兰步步紧逼，"你女儿也不想看到她做了错事，反而连累自己的母亲进看守所吧？"

蒋素兰哽咽着，一字一顿地说道："我的女儿，没有做错事。"

看着这个极力维护自己女儿的母亲，赵敢先柔声劝说道："我们都知道张蔓青一直很孝顺，她为了照顾你，甚至放弃了去首都上学的机会。她应该是一个很好的孩子，可为什么会做这些事呢？蒋老师，快让她自首吧，不要再躲……"

"是啊，蔓青她是一个很好的孩子。"蒋素兰打断赵敢先的话，擦了擦眼泪，嘴角露出一丝笑意，"但你们说的这些，我真的不知道。"

"是啊，你们费尽心思地安排了死遁计划，不想在这时候功亏一篑也是正常的。"程北莹不以为意道。

叶湘西有些丧气了，但她不愿就此放弃："张蔓青舍弃自己的身份和姓名，究竟想要做什么？"

蒋素兰又不说话了，目光默默地转向了墙壁，想要再次逃避问话。

顺着蒋素兰的目光看去，叶湘西重新注意到了墙上的空白相框。

相框里空荡荡的，正如曾经幸福的一家三口已经支离破碎、消失不见了一般。事实也的确如此，整个张家只剩下了蒋素兰一人。

叶湘西盯着空白相框许久，喃喃道："你们，难道真的是为了复仇？"

半晌，蒋素兰终于吐出一句话，是对准备离去的程北莹说的："如果我犯了法，你们把我抓起来就是，和我女儿无关。"

程北莹没有回头，只是冷笑了一声："那吉兰雅呢，她就不是别人的女儿了吗？"

蒋素兰一时哑然。

走出张家后，程北莹的神情又淡了几分，她侧头对赵敢先说："我们得再去会会谢如温了。"

赵敢先没反应过来："找她做什么？"

程北莹嗤了一声，慢慢开口："死的人明明不是张蔓青，可是她给我们提供的线索全都指向张蔓青——说她是张蔓青的帮凶不为过吧。"

叶湘西被主编临时叫回了报社，程北莹和赵敢先二人则前往

第五章 | 死遁

光明灯具厂。他们才经过传达室,正撞见谢如温将桑塔纳停在厂子门口。

谢如温自然也看见了他们。她摇下车窗,笑着朝他们打了个招呼:"程大队长,你好啊,你们——是来找我的吗?"

程北莹眼睛眯了眯,挑眉看向驾驶座里的人:"是啊,我有点事情想来问问你呢。"

谢如温目光落在方向盘上,巧妙地避开程北莹的视线,语气是不变的温和:"上车聊吧,外面太冷了,可别冻着了。"

和上次见到谢如温时不同,她看起来不再那么光鲜亮丽,反而显得疲惫极了。她穿着一件宽大的白色毛衣,整个人也跟着柔软起来。车里暖融融的,程北莹坐在副驾驶座上,赵敢先坐在后排,默默打开自己的笔记本。

谢如温从后视镜中注意到赵敢先的动作,微笑着说:"程队,你要问可得快点,厂子里还有很多事情等着我去办。"

程北莹的手指点了点膝盖:"我们也不想耽误你赚钱,只要你配合我们回答几个问题,我相信很快就会结束了。"

赵敢先着急忙慌地插嘴道:"你为什么要在大半夜里去丢张蔓青的衣服?"

谢如温面不改色:"这个问题,我记得上次已经回答过了。"

"那我们换个问法,你为什么要选在那个时候去丢张蔓青的衣服?"程北莹盯着谢如温的眼睛,不动声色道,"死的,又不是张蔓青。"

一瞬间,车里陷入了寂静,赵敢先忍不住屏住了呼吸,握笔的手也硬了几分。

谢如温此时终于苦笑了一声:"你们知道了?"

"你是个聪明人，我喜欢和聪明人打交道。"程北莹的声音中带着一丝压迫感，"如果你不想被指控为帮凶，我希望你能配合警方——谢如温，告诉我，为什么你要干扰我们的侦查？"

　　谢如温的手指交叠在一起，过了许久，她终于开口："我这条命是张叔救的，他女儿找我帮个忙，我想，我没有不帮的道理。"

　　通过谢如温的描述，程北莹得知了她和张家的渊源。

　　"从我记事开始，我就和爸妈住在一个很小的屋子里。那个屋子不仅小，还很冷，爸爸为了让我不挨冻，常常去山里捡树枝，有时候还到别人家门口捡一些碎煤碴儿……在那样贫困的家庭里，谈什么吃饱饭，谈什么读书？"谢如温抚摸着毛衣上的绒毛，声音低低的，"我记得那天，爸爸又出去捡树枝了，我实在是太饿了，就跑出了屋子，想自己找点东西吃。那时候我大概只有七岁，在漠昌的雪地里差点冻死，是张叔在路上发现了我，他把我带到他的家里，还给我饭吃。"

　　赵敢先忍不住问："然后呢？"

　　"然后他问我家住在哪儿，把我送回了家。张叔看我们家这么穷，跟我爸妈说我已经到了上学的年纪，应该要上学，他会资助我。吃饭的事情也不用担心，他会给我做好送去，反正做一个女儿的饭是做，做两个、三个女儿的饭也是做……"谢如温笑了笑，抬头看向程北莹，"张叔和蒋阿姨，都是很好的人。"

　　在提到张叔和蒋阿姨的时候，谢如温的眼神柔和了不少。

　　程北莹的心里一动，但还是只问她所关心的："你知道张蔓青到底想干什么吗？是复仇吗？复什么仇值得搭上她的一切？"

　　谢如温伸手绾了绾发，手漫不经心地搭在方向盘上："我不知道。"

程北莹也不纠结这个问题,她用食指点了点太阳穴,继续发问:"你和张蔓青用什么联络?"

"电话。"谢如温深吸了一口气,"她说如果有警察来找我,就尽快帮她处理掉那包衣服,然后让我在你们面前说那些话。"

"怎么找到她?"

谢如温摇了摇头,又苦笑了一声:"找不到。一直以来都是她主动联系我的,也许还是用公共电话打给我的。"

后来,谢如温又陆陆续续交代了一些事情,但她咬定不清楚张蔓青的复仇计划。

程北莹盯着她说:"你向警方说过一次谎,你觉得你现在说的话,是值得信任的吗?"

闻言,谢如温笑了一下:"信不信我,那是你们的事。"

"你说得对。"程北莹的视线落在谢如温的袖子上,她自然地伸手摘掉上面那根扎眼的碎线头,朝谢如温微微倾过身,"那么,谢小姐你敢发誓你说的都是实话吗?"

程北莹离谢如温很近,谢如温慢慢抬起头来,仿佛能看到她瞳孔中自己的影像。谢如温凝视着程北莹的眼睛,许久后她莞尔一笑:"当然,我发誓。"

程北莹自然是不信谢如温的,只是当下她也看不出谢如温的异常,唯有暂时作罢。

目送来找麻烦的警察下了车,驾驶座上的人脸上褪去了温和,眼睛深处似乎结了一层又一层的寒冰。

她当然是不值得信任的,尽管刚才她认真发过誓。

没有什么不能承认的,她的确在干扰警察的侦查视线。而她所做的一切,包括编造一个动听的故事,也不仅仅是帮张叔的女儿一个忙这样简单。

谢如温的手紧紧握住身前的方向盘,看着挡风玻璃外的那片天,忽然喃喃开口:"该怎么办呢?他们快要找到你了。"

回到县局的时候,程北莹发现叶湘西正在办事大厅等他们。

看见程北莹的身影,她立即起身走过来,一脸紧张地发问:"你们见到谢如温了?她有说什么吗?有说她和张蔓青要干什么吗?"

"显然,谢如温比蒋老师聪明得多。"程北莹快步向办公室走去,"她说她不知情,只是受张蔓青所托,帮忙处理衣物,以此干扰我们的视线。"

"张蔓青确实需要人帮她,蒋老师帮她确认身份,谢如温帮她干扰警方的侦查方向。"叶湘西跟在程北莹的身后,"张蔓青只要确定蒋老师和谢如温的行动没有出错就行,并不会让她们知道自己所有的计划,以免她们说得多、错得更多,让情况失去控制……"

程北莹忽然停下了脚步,转头看向叶湘西:"如果是这样,叶湘西,你不觉得奇怪吗?蒋老师是她最亲近的人了吧?可是蒋老师对这件事情知道的甚至不如我们多,再反观谢如温,张蔓青让她做的事情反而更多。"

叶湘西听罢努了努嘴:"可能谢如温作为她的同龄人,更有用或者是更懂她,也有可能她担心蒋老师会说漏嘴,毕竟蒋老师的内心那么脆弱……总而言之,谢如温只是张蔓青的一颗棋子不假。"

程北莹的脸阴沉下来:"这个张蔓青到底在谋划什么?"

是什么让她精心布下这样的局,甚至不惜葬送一条人命?

省局的人又来指导工作，程北莹又要去开会了。

走出县公安局的大门，叶湘西还在回想张家挂着的那个空白相框，心里始终放不下。

思索再三，叶湘西决定再去一趟居委会。

居委会的阿姨看见叶湘西又来了，还挺高兴，问道："叶记者，上次给你介绍的粮厂那位小秦，你考虑得怎么样？要不要见见再说？那小伙子人挺好，长得挺精神的！"

能有周致远长得精神？

叶湘西心里想着那个人的模样，照例打了个哈哈过去，又向阿姨问起了张家的情况。叶湘西没敢和阿姨提张蔓青从死者变成凶案嫌疑人的事，她不清楚居委会收到通缉令没有，只委婉地问了问别的事情。

"还问蔓青的事？"阿姨给叶湘西倒了一杯热水，若有所思地说，"其实蔓青出事之前，我很久没见她回过家了。自从过了年，蒋老师都是一个人爬上爬下的，没想到……"

叶湘西接过热水，斟酌了一下，谨慎地开口问道："蔓青的爸爸，是什么时候不在的？"

"有八九年了吧。"阿姨拿起一块抹布，擦拭着办公桌上的玻璃，"蔓青爸也是挺可惜的，挺好一个人，有时候厂里发点米啊，面啊的，还往我们居委会送，说感谢平时对他女儿的照顾。"

叶湘西没有说话，只是默默记着笔记。

桌子擦着擦着，阿姨又停下来，颇为怅然地说："当年吧，蔓青爸在黑水机电厂工作，就是凌云路那儿的厂，听说已经是其中一个车间的主任了，和领导们关系都不错，大家都很看重他。"

"后来呢？"叶湘西屏住了呼吸，直觉告诉她，阿姨接下来要说的话很重要。

阿姨重重地叹了口气:"你是外地来的吧?哪年来的漠昌啊?你估计是不知道,当年黑水机电厂发生了一场爆炸,就是蔓青爸待的那个车间,当时里面的人没有一个活下来。"

叶湘西瞪大了眼睛:"爆炸?是爆炸?"

她之前听说过,张蔓青的父亲是在一场工厂事故中丧生的,但她没想到会是爆炸——那该是多么惨烈的事故啊。

"那场爆炸是意外吗?"

阿姨没想到叶湘西会问这个,她哎哟了一声:"不是意外还能是啥?机电厂的工作本来就危险,漠昌也不是第一次发生这样的事了。"

叶湘西点了点头。

阿姨捧起自己的茶缸,慢慢呷了一口,又把茶沫子往脚边的垃圾桶里一吐:"虽然后来机电厂赔了张家很多钱,但自己男人没了,对蒋老师可是个致命打击。如果不是因为老张——蔓青爸没了,蒋老师的身体也不会一下子垮掉,蔓青这孩子也就不会……"

说到这里,阿姨话锋一转:"也都怪蔓青爸,要不是他走错了路,怎么会落得这么个下场?我听蒋老师说,机电厂出事那天,还是蔓青爸的生日!"

叶湘西努力不让自己陷入张蔓青的情绪里,她在笔记本上记下这些信息,又问:"那蔓青和她爸爸关系好吗?"

阿姨似乎觉得叶湘西问了句废话,她眉毛一挑,仿佛在说自家闺女似的:"当然好了,蔓青从小就爱跟在她爸的屁股后头,他们父女俩不仅长得像,性子也像。特别是蔓青爸身上那股子倔劲儿,蔓青全学去了,有时候犟起来,蒋老师都拉不住。"

"不过我也很久没见过蔓青了……"说完,阿姨又颇为惆怅地看向叶湘西,"叶记者,你可不能学蔓青,那性子可不好谈对象。"

叶湘西尴尬地笑了笑:"放心,阿姨。"

与此同时,刘民松正在办公室里向程北莹汇报工作:"都查了,吉兰雅是过完春节,二月份到的漠昌,来了就找活儿干,我查到她在凌云路一家餐馆干了没多久就没再去了。问餐馆老板娘,说是连工钱都没拿,直接就没信儿了。"

程北莹问道:"应该就是她出事那儿大?"

刘民松又说:"老板娘还有餐馆里的几个服务员都说和吉兰雅不熟,因为她性格内向,汉语也不太好,所以不怎么跟人说话,也没交什么朋友。我拿张蔓青的照片给他们辨认,他们都说没见过。"

吉兰雅在漠昌的人际关系已经一目了然,没有能跟进的、有价值的线索。程北莹看了看桌上的笔记本,又问刘民松:"吉仁泰找过了吧,他还说了什么吗?"

"他没说出什么有用的,就说吉兰雅是家里的小女儿,心思细腻敏感,人乖得很,不会跟人结仇的,他也想象不出什么人会想杀了自己的女儿。"

程北莹想了想,说:"吉兰雅的社会关系让江华和崔浩浩去查吧,你还有更重要的事情要跟进。"

这时候,赵敢先走了进来,他拿着两份档案,扬了扬手说:"程队,张蔓青父亲的案子调过来了。"

程北莹接过来,把卷宗在自己的桌面上摊开。

"这是爆炸案的卷宗。"赵敢先凑了过去,在旁边充当解说员,"事故原因是线路老化,电机严重过载,发生爆炸的那个火力,相当于两万根炸药棒同时被引爆。"

程北莹对那场爆炸的印象太深刻。

那一年,她还是派出所的一位民警。午后,一阵巨大的轰隆声打破了漠昌的宁静。紧接着大火绵延,漠昌所有的消防力量全部出动了。所有人都知道,漠昌背靠天山岭,一旦发生火灾,后果不堪设想。

她全程参与了救火。那场火直到半夜才被灭掉,而她的手臂上也永远留下了烫伤的疤痕。

程北莹敲了敲桌子:"意外?"

赵敢先指了指卷宗上的某处:"当时是这么定性的,技侦所有人都过去了,一致排除是人为的。"

程北莹皱着眉翻动手上的卷宗,她的脸色越来越难看:"技侦的报告就这么几页?他们是怎么做的?有这么一笔带过的吗?"

说罢,程北莹把这份档案丢到一旁,叫赵敢先把另一份档案递过来。

"这是黑水机电厂贪污案的卷宗,之前已经移交到省检察院,这份是市里留存的,找它可费劲了。"赵敢先有些得意地说。

程北莹仔细看着卷宗上的字,赵敢先还在旁边滔滔不绝:"这张宝昌啊,就是张蔓青的爹,临近退休了,结果死在厂里了,还是爆炸,简直是死无全尸。不过张宝昌死得不算冤枉吧,竟然敢贪污国家的钱!那可是机电厂两千多人的口粮啊,那不是活该……"

"赵敢先!"程北莹厉声呵斥他,"你说够了没?"

赵敢先终于闭嘴了。

"成语学得够多的啊。要不跟叶湘西干记者去?"

刘民松坐在对面看笑话,他也知道程北莹在烦什么,问了一句:"怎么,觉得案子有古怪?"

程北莹的神色终于缓和了一些,她把卷宗往前一推,身体往椅背上一仰:"死无对证,没有张宝昌的口供,卷宗上能得到的信息有限。"

"查呗!"刘民松推开手头的文件找烟盒,笑道,"反正父女俩查一个是查,查两个也是查。"

叶湘西一个人去了黑水机电厂。她感觉,那里隐藏着秘密,天大的秘密。

她到黑水机电厂的时候,正好赶上工人们中午放工休息。她在工厂门口的红薯摊旁站了没多久,便看到有不少工人陆陆续续出来寻摸吃的。

这些工人几乎都是男人,他们穿着有些脏污的制服。一些工人走到红薯摊旁买红薯,那种甜蜜和焦香结合的滋味,仿佛在往叶湘西的五脏六腑里钻,她还没吃午饭,于是也买了一个烤红薯。

捧着热乎乎的烤红薯,叶湘西站在路边,打量着来来往往的工人。

有两个工人直接就蹲在路边吃起了红薯,见状,叶湘西也走了过去,一边吃一边和他们搭话。从机电厂的工作和福利,聊到上下班路程的远近,工人们果然向她抱怨起来:"前几年机电厂还发点粮油米面,现在都不发了,而且工钱经常不按时结,几个老板也只顾着电机的出产量,哪管工人的死活啊!"

见时机差不多,叶湘西问起了当年的爆炸案。

在这个年代,工人们几乎很少有工作上的变动,都是在一家厂子干到退休。九年前的事情,这几个工人应该都经历过。

然而提起这件事,刚才还在高谈阔论的工人们却沉默了,竟是三缄其口,不肯多谈。

叶湘西眼珠转了转,忽然低下了头:"其实我爸也在你们厂子里干过,当年在爆炸事故中受伤了,这么多年都下不了床……"

其中一个年长的工人果然起了同情心,问道:"小姑娘,当时你们家拿到了多少赔偿款?"

叶湘西哪里知道这个,她低着头,不确定要说拿到还是没拿到的时候,又听见那工人说:"你这还算好的了,从事故中活了下来。你想想当年车间死了多少人啊,家属们都到工厂来哭天喊地,我记得那是张主任吧,他的家属拉了横幅在工厂门口喊冤,结果老板叫派出所的人来赶,那娘们儿死活不走,就在雪地里晕倒了,全身冻伤,要不是被人发现,说不定也没了。"

"也许,家属们要的不是钱。"叶湘西小声说道。

听了这话,另一个年轻工人义愤填膺道:"赔他们钱就不错了!是张主任对不起厂子、对不起我们在先,厂里不追究他的责任已是仁至义尽了,还敢来闹?你又不是不知道望北路那栋烂尾楼,原本是厂里给张主任他们的安置房!"

年长工人冷哼一声说:"你也知道那是烂尾楼?何况张主任再做什么伤天害理的事情,和那老弱妇孺有什么关系?一码归一码好吧?你难道想说什么天道好轮回?"

叶湘西不想再听他们的争执,只想尽快把这个消息告诉程北莹。

回到县公安局,叶湘西轻车熟路地摸到刑侦大队办公室的门口。刘民松和程北莹相对而坐,正在那里翻看卷宗和档案。

叶湘西敲了敲门,探头进来,笑嘻嘻地叫程北莹:"程队?"

程北莹坐在办公桌前,连眼皮子都没抬:"你最好带点有用的消息来。"

"有用有用。"叶湘西走进来,见赵敢先没在,很自然地把他的椅子搬到了程北莹身边,激动地说出她在黑水机电厂打听到的消息。

刘民松也听见了,忍不住冷笑:"呵呵,叶记者,这只言片语不能说明什么吧?"

叶湘西不知道该怎么和刘民松解释这些"只言片语"的重要性。她思考了片刻,回答刘民松:"他们作为车间工人,代表着机电厂底层的一种声音,可能有些片面,但能向我们传达一些平常我们很难注意到的情况。"

刘民松张了张嘴,没说出话来。

看刘民松吃瘪,程北莹竟觉得十分有意思。平时她还真没发现叶湘西有这么一张利嘴。她看向叶湘西:"你怎么看?"

"现在我们得到的信息太少了,什么都看不出来。"叶湘西顿了顿,试探地说了一句,"也许张宝昌的案子是有隐情的?"

程北莹沉吟片刻:"如果当年的事故不是一场意外,那张蔓青的动机就很有问题了。"

听到程北莹这么说,叶湘西一时间变得紧张起来:"这么说,还会有人死吗?"

程北莹没有回答,只说:"我们现在必须要找到张蔓青不得不死遁的原因,事态不能再恶化了。"

事实上,省局已经派专家下来干预了,还要求他们尽快破案。但这些,程北莹还不想让叶湘西知道。

见叶湘西没有再搭话，程北莹突然抬头对刘民松说："张宝昌的案子，我们重启吧。"

听说县公安局的人来调查，黑水机电厂的书记龚学明亲自接待。

把程北莹请进办公室，龚书记给他们用白瓷杯泡上热茶，热情地招呼他们在沙发上坐，和蔼地问道："警察同志，有什么需要我们配合的吗？"

赵敢先向龚书记说明来意，没想到龚书记先是一愣，随即笑着问道："张宝昌的案子不是早就结案了？还有什么问题吗？"

程北莹一脸严肃地开口："记得没错的话，当时也是龚书记你亲自协助警方办案侦查的。"

龚书记推了推老花眼镜，一脸诚恳地点头："是我没错，当时我们该说的都说了。"

程北莹并没有反驳龚书记的话："但是你也很清楚，这个案子还有很多疑点，最后是以悬案的形式封存的。我们还需要了解一些细节，还请龚书记再和我们说详细些，关于张宝昌贪污国有资产这事，你们是怎么发现的？最后又是怎么处理的？"

龚书记有些无奈，不情不愿地和他们说起当年的事情。

当年张宝昌是黑水机电厂的技术主任，是车间一把手，厂里的领导都很器重他。九年前，国家批下来一笔一百二十万的资金，用于黑水机电厂的生产建设，其中当然也包括机电厂工人未来一年的工酬。这笔资金，厂里决定由张宝昌和财政共同分配、调动，没想到后来出了那样的事。

那时候，黑水机电厂正深陷贪污腐败的旋涡之中，几乎所有人的眼睛都在盯着他们。然而，一场突如其来的爆炸，转移了所有人的视线。

叶湘西插嘴问道："有什么证据证明是张宝昌贪污的？"

龚书记看了叶湘西一眼，回答道："当时根本没有人知道张宝昌吞下了那笔钱，直到省里检察院的同志下来，在我们这里成立了专案组。"

叶湘西显然做足了功课，有备而来，她追问道："据我们所知，省检察院成立黑水专案组，不只是为这一百二十万的事，过去的七八年时间里，黑水机电厂涉及上百万资金的贪污，难道都是张宝昌一个人做的？"

叶湘西的问题很尖锐，但龚书记显然已经准备了一套说辞。他不紧不慢地端起茶杯："作为厂里的领导，没能及时发现张宝昌长期侵蚀国有资产的问题，是我们的责任。当时的财务账本，我们机电厂都已经移交给检察院了，如果你们还有什么疑虑，可以再查查看。"

程北莹点头："我们会的。"

龚书记一脸痛心疾首地放下茶杯："黑水出了这样的事，大家的心里都很难受，老张真是罔顾厂里的重视和栽培啊。"

谈话结束，三人离开龚学明的办公室后，不知不觉地走到了机电厂的操场上。几个工人正在操场上打篮球，空旷的场地上时不时传来咚咚的声音。

赵敢先忍不住开口抱怨道："这龚书记的车轱辘话说了半天等于没说，官腔倒是打得一套一套的。"

"这些领导们都是统一了口径的。"叶湘西见怪不怪地说道,她和这些人是打惯了交道的,说罢,她又看向一旁的程北莹,"我们找他是问不出什么更有用的信息了,当年的案子虽然悬而未决,但那些人也不可能因为被问两句,就跟咱们掏心掏肺。"

赵敢先叹了口气:"留给我们的书面资料实在是太少了,不然谁愿意挨个问,再挨个核查!"

看着篮球以一个漂亮的弧线进筐,程北莹平静地说:"这也是没办法避免的,要调查当年的事情,总要见一下当年的人,接下来我们还会见到更多这样不愿意配合的人。"

叶湘西似乎想起了什么:"我在当年的报纸上找到了几个当时爆炸事故的幸存者,或许我们可以从他们那里打探打探?"

说着,叶湘西飞快地从包里翻出一张纸条,递给程北莹,纸条上面写着一名工人的姓名和住址。

赵敢先有点惊讶:"这你都找得到?厉害啊!"

"当然了,我可是专业的记者!"叶湘西笑得眼睛弯弯的,又对赵敢先说,"喂,以后你可不准再说我是假漠昌人了。"

赵敢先顿时语塞。

上车前,叶湘西转头看见程北莹又在口袋里摸香烟和打火机,不由得眉头一皱:"你少抽点。"她毫不客气地走上前去,伸手把烟盒夺了过来,塞给了赵敢先。

赵敢先看着手中的梅花烟盒,张了张嘴,有话也不敢说了。

他们开了很长时间的车,才找到李德祥家所在的村子。

村子里有一大片苞米地。现在不是种植和收获的季节,地里的苞米秆子枯黄,但依旧挺立得比人还高,一眼望去,竟莫名的壮观。

苞米地的尽头耸立着重工业园区的现代工厂和冷却塔，与眼前这番景象有几分说不出的割裂感。

赵敢先注意到叶湘西一直看着那边，随口说道："那都是北兴钢铁公司的产业，可了不得，要不是他们，漠昌这些个工厂估计还得晚几年才有。"

"北兴钢铁公司是省里人过来建的吗？"

"是咱们当地的，你不知道吗？北兴的老板可是土生土长的漠昌人。"

叶湘西点了点头，视线重新落在面前的土路上。

据说，李德祥在当年的爆炸事故中受了重伤，失去了行动能力，至今仍卧床不起，性格也变得孤僻，十分排斥和外人打交道。

三人终于找到了李德祥家。一个女人正在门前用锄头凿冰，正是李德祥的妻子马凤琴。看见有人走过来，她满脸狐疑地问："你们找谁？"

在程北莹和赵敢先说明自己是警察后，马凤琴当即脸色大变，竟猛地举起锄头，厉声道："走，快走！这里没人欢迎你们！"

叶湘西没想到对方的反应如此激烈，她试着上前安慰道："李德祥他……他在九年前不是发生意外了吗？我们今天来，是因为当年的案子重……"

听叶湘西提起当年的事，马凤琴更是怒不可遏。她又扬了扬手上的锄头，骂道："一群狗东西，当时怎么不来？现在来有什么用？我不想看到你们，死了那么多人，我男人也变成废人了，你们现在来是干什么？走，都走！"

赵敢先只觉得这女人不可理喻，他上前准备与她理论一番，叶湘西忽然意识到让马凤琴情绪激动的原因，连忙拉着赵敢先后退一步，和马凤琴保持距离，然后柔声道："好吧好吧，我们会走的，但请你相信我们，我们没有任何恶意，我们是来帮助你们的。"

三人离开了李德祥家，但并没有直接返回，而是在不远处的水渠旁观察马凤琴的一举一动。在他们走后，马凤琴丢下了手中的锄头，蹲在凿了一半的冰块旁掩面哭了起来。

赵敢先挠挠头，这样反应激烈的家属他确实有点招架不住："这叫什么事啊？配合警方问话是她的义务！"

"这事先缓缓吧，马凤琴的情绪还不稳定，就算强行和李德祥对上话，俩人也不会配合的。"程北莹淡淡地说道。

看着眼前的一幕，叶湘西心头涌起说不清的滋味。

"有时候留下来的人，才是最痛苦的。"她喃喃自语道。

"什么？"

"蒋老师和张蔓青，她们也是这么痛苦吧？"叶湘西抬头看向程北莹。

但程北莹没有回答她的问题，她的目光飘向了更远的地方："我们该回去了。"

虽然猎户极不情愿，但刘民松还是把他请回了县公安局。

程北莹让刘民松尽快确认买卖猎具的那个女人的特征，刘民松便往市公安局打了一个电话，让他的发小回漠昌一趟。他发小是市局刑侦支队的模拟画像师，是东北公安系统里少见的技术型人才。

两人约在饭馆里碰面。

见到发小，刘民松也不跟他客气，开门见山地问道："只认得局部五官行吗？"

发小好久没吃上家门口的炖菜了，他一边用筷子翻着锅里炖得软烂的粉条，一边答应着："行，我都能给你画下来。"

吃完饭，发小心满意足地抹了把嘴。回到县公安局，他拿出纸笔来便准备开工。刘民松坐在旁边，对猎户说："既然你只记得那个女人的眼睛，那就好好给我们说一下。"

一个小时后，发小把画纸从画板上取下，递给刘民松："拿去吧。"

纸上，杏眼蛾眉画得惟妙惟肖，眉间那一颗痣是显眼的，却不喧宾夺主。刘民松那一瞬间甚至以为这双眼睛在眨，是活生生的。

他正要夸奖自己的发小两句，便听见他说："对了老刘，咱们晚上吃什么去？"

傍晚，马凤琴照例打了一盆热水给李德祥擦身子。

当年为了逃出火场，李德祥慌不择路，不小心被电缆绊倒，脑袋砸在了车床上，从此落下了半身不遂的毛病，已经卧床九年了。幸好有马凤琴悉心照顾，这九年来，李德祥身上甚至连一个褥疮都没有生过。

今天，李德祥发现自己的妻子眼睛红红的，不由得问道："今天怎么这么吵？你和别人吵架了吗？"

马凤琴帮李德祥翻过身，把毛巾拧干后给他擦拭后背。她轻描淡写地开口："有几个警察来了。"

听到这句话，李德祥的眼神也在那一瞬间黯淡下来："他们来干什么？"

"不知道,我把他们赶走了。"

李德祥凝视着家中光秃秃的四壁,露出一丝苦笑来:"如果不是当年发生那样的事,说不定我们也住上敞亮的楼房了……"

马凤琴的手顿了顿,不屑地哼了一声:"望北路离菜市场那么远,住那儿有什么好。"

李德祥注意到妻子的脸色:"我听说……那儿的房子停工了。"

"早烂尾了,出了事以后没多久就烂尾了。"

二人正说着话,忽然听见门口传来咚咚的声响,一下又一下,在寂静的傍晚里格外响亮。马凤琴朝窗外看了看,放下毛巾对李德祥说:"我出去看一下。"

马凤琴推开门,发现一个年轻女人正拿着自己家的锄头在凿门口的冰。

"你……你是今天那个?"马凤琴看了又看,才把叶湘西给认出来,她诧异道,"你怎么又来了?"

叶湘西停下手中的动作,握住锄头,紧张地解释道:"我看见门口的冰没有清理完,所以我就……"

听罢,马凤琴只觉得这个女人脑子有问题,她恼火地说:"我们家的事,和你有什么关系?"

叶湘西连忙放下锄头,从口袋里掏出一支药膏:"我是想给你送药的!今天下午我看到你的手上长了冻疮,就想着给你送点药膏来,我又看到了你家门口的冰才……才……你别误会。"

马凤琴愕然,骂人的话已经到了嘴边,却一句也说不出来了。但她并不打算接受叶湘西的好意,依旧横眉冷眼地对她说:"我不需要,你赶紧走吧。"

叶湘西只好把药膏放在李家门前的大酱缸上,又指了指旁边的水桶："我给你们送了水,我看这里不是很好打水。"

说完这些话,叶湘西就掉头走了。

看着叶湘西那道鹅黄色的身影消失在夜色中,马凤琴心情复杂。村里只有一口水井,离他们家还很远,她只能每次尽量多打一些水回来,长此以往,她的腰也不太好了。没想到这个女人竟注意到了这点。

更让马凤琴没想到的是,这个女人竟然一连三天都过来送水,有一次甚至还送来了棉被。但她一次都没进过门,也从没有表露出想进门的意思。

这天叶湘西又来了,马凤琴终于忍无可忍,她直接站在门口把人一拦,冷笑着对叶湘西说:"你还有完没完了?我们不需要你的帮助!我知道你和警察、和机电厂的人是一伙的!你不用在我这儿猫哭耗子——假慈悲,我不会让你进来的,别再做这些事了,没用!"

叶湘西想说些什么,却什么都说不出来。其实她也不知道自己为什么要这么做,到底是为了打动马凤琴,好获得和李德祥对话的机会,还是出于对事故幸存者的同情。

"我……"叶湘西嗫嚅着,不知道该说些什么。

突然,屋内传来一声巨大的闷响。马凤琴和叶湘西站在门外,都被吓了一跳。

"德祥!"马凤琴的心猛地一跳,转身跑进屋,见状,叶湘西也赶紧跟着进去。

屋子里,李德祥全身抽搐着躺在炕上,他的腰部上挺,形成了夸张的角弓反张。他的脸上已经口歪眼斜,嘴巴里咕噜噜地冒出分泌物来。

眼前的景象甚是骇人，马凤琴没经历过这样的事，她向李德祥扑过去，声音都在发抖："德祥，德祥你怎么了？"

"是突发性癫痫，这很危险！"叶湘西看着李德祥，脸也白了。

她大步走上前，正要去查看李德祥的状况，却被马凤琴一把推开："干什么！你不要碰他！"

叶湘西踉跄几步，心下一沉，板起脸来，厉声开口："让开！你难道想看他死吗？"

马凤琴愣了一下，终于从炕头旁起身。叶湘西伸手拿过炕桌上的毛巾，利落地把它拧成绳子，然后小心翼翼地塞进了李德祥的嘴里。接着，叶湘西费劲地给李德祥翻身，让他侧躺着，转头对马凤琴说："去找电话，快打电话！"

马凤琴早吓没了魂，只是喃喃道："电话，电话在村口……"

这里离村口很远，可叶湘西看李德祥的样子，已经耽误不起了。于是她当机立断，对马凤琴说："你马上去村口打电话，让卫生所的人赶快来接人，我现在背他出去，不能再等了。"

说着，她背起已经陷入昏迷的李德祥，一路走向了村口。

村里灯火稀疏，照不亮叶湘西和马凤琴脚下的路。直到他们身后有一辆牛车经过，马凤琴才如梦初醒般地跑去拦车。

得救了——那一刻，叶湘西喜极而泣。

程北莹和周致远赶到卫生所的时候，叶湘西正坐在走廊的凳子上发呆。她驼着背，用手揉着自己的肩膀，眼神失焦，不知道在想些什么。

"湘西。"

听到周致远的声音，叶湘西转过头，看见程北莹和周致远向自己走来，终于露出了微笑，轻声道："你们来了？"

程北莹看了一眼叶湘西身后的病房，问她："发生什么事了？"

叶湘西低声回答道："李德祥突发癫痫，我和马凤琴把他送了过来……大夫说还得观察二十四小时，大概明天或者后天能醒过来。"

程北莹皱眉道："你怎么会在李德祥那儿？"

叶湘西正要说话，病房的门吱呀一声开了，穿着白大褂的大夫从里面走了出来。

程北莹拍拍叶湘西："我们先进去看看吧。"

李德祥还在昏迷中，马凤琴坐在床头的椅子上，那并不宽厚的背影一动不动。她一直盯着自己的丈夫，即使此刻有人进来，她也没有任何反应。

叶湘西他们也静静地站在马凤琴身后。过了许久，病房里终于响起马凤琴那略显疲惫的声音，她苦笑一声："我真的，好累。"

叶湘西微微一愣，意识到马凤琴的心防终于全部瓦解。

马凤琴伸手摸了摸丈夫的额头，轻声说："德祥大概也不想让我再提当年的事，但是这九年来，我们俩过得实在是太苦了，凭什么……凭什么要让那些畜生好过？"

"当年，到底发生了什么事？"

马凤琴重重地舒出一口气，思绪回到了九年前。

那是九年前的一个夜晚，李德祥从单位下班回到宿舍后，就神色慌张地对马凤琴说："出事了。"

马凤琴从没见过丈夫流露出这样的神情，心中一下子也乱了："怎么了？"

李德祥在宿舍里来回踱步，半晌才咬牙说道："老张，你知吧?他准备给专案组写举报信,打算举报厂里的领导!"

当时的马凤琴并不理解李德祥口中所说的举报的意义,但她知道老张。李德祥和张宝昌虽然不在一个车间作业,但关系一直很好。

"德祥一直很敬重张宝昌,说他品德好、技术好,跟他走在一处总是没错的。但是德祥一直不肯告诉我,张宝昌到底要举报什么,不过后来我还是知道了。"马凤琴看向叶湘西,哽咽着说道,"我翻到了德祥和张宝昌来往的信件,我不认得什么字,信上的内容我也是一知半解,直到很久以后我才理解了上面的话。"

"你是想说……"叶湘西的睫毛颤了颤,似乎猜到了马凤琴接下来要说什么。

马凤琴咬了咬下唇:"张宝昌当年发现机电厂的账面上出现了极大的亏空,所以他要举报,举报黑水高层贪污腐败!"

程北莹不是没想过这种可能,但亲耳听见马凤琴说出这些事,她还是倒吸了一口凉气。

马凤琴缓了缓,接着说道:"那个时候,省检察院已经派人下来查了,张宝昌知道这是一个很好的机会,可是专案组到漠昌没几天,车间就出事了。"

虽然马凤琴没有明说,但在场的另外三人都听出了她的弦外之音。

叶湘西恍惚了一下,喃喃道:"杀人灭口吗……"

程北莹脸色一凛,对马凤琴说:"这话,你不能乱说。"

"乱说?我和德祥都到这个地步了,我还有什么好乱说的?"马凤琴突然激动地站起身,用怨恨的表情看着三人,眼泪已经夺眶而出,"难道你们想说这是巧合吗?我问你,你信吗?他们贪了那么多钱,害死那么多人,多少个家庭被他们毁了?可是,他们没有得到任何惩罚,直到现在还在漠昌混得风生水起!"

程北莹的语气依旧强硬:"马凤琴,你要对自己说的话负责,我希望你冷静一下。"

叶湘西看向马凤琴:"所以,你认为张宝昌是被冤枉的?"

"冤枉?难道我们不冤枉吗?难道老苗他们不冤枉吗?最冤枉的,难道不是给张宝昌陪葬的我们?"马凤琴转身擦了擦脸上的泪水,低头给李德祥掖好被子,"现在想想,张宝昌死了也是活该,为什么要和他们斗呢?他哪里斗得过他们?"

从病房里出来,叶湘西一直沉默着。待三人出了卫生所的大门,程北莹才转头看她:"叶湘西,你先别胡思乱想了。"

从刚才开始,周致远一直没有说话,直到现在他才开口:"程队,让老刘过来给他们录个口供吧?"

周致远在转移话题,程北莹心里清楚,但她没有打算就此放过叶湘西,继续说道:"关于案子的事情,有我们警方在查,你别忘了你的工作是观察、记录,而不是介入——叶湘西,你知道吗?你真的做得太多了。"

叶湘西无法否认程北莹的话,她愣了一下,但随即便笑着对她说:"你可不能过河拆桥,当初是你说的,我帮得上忙。"

程北莹盯着叶湘西,久久没有出声。终于,她叹了口气:"老刘那边有了新进展,买猎具的人就是张蔓青,那个把猎具转手给张蔓青的猎户,通过警方模拟画像的技术,指认出了她的眼睛。"

"那确实是一双很漂亮的、让人印象深刻的眼睛。"叶湘西点点头,她甚至还记得张蔓青的眉间有一颗痣。

"你也忙了一天，早点回去休息吧。赵敢先已经连夜开车去了市里，我让他去市局、市检察院申请调看黑水机电厂的账目了。"程北莹拍拍叶湘西的肩，轻声说道。

赵敢先回到漠昌时，已经临近中午，他正在办公室的沙发上补觉，没有察觉到屋里来了人。

"赵敢先。"

听到熟悉的声音，尽管声音不算大，赵敢先还是条件反射地从沙发上弹起来："怎么了？"

程北莹用手指点了点卷宗的其中一页："这就是我们目前能调动的全部档案了，对吧？"

赵敢先揉了揉眼睛："是，是！"

程北莹点点头："这是九年前黑水那笔资金的调拨记录，里面还有当时留存的单据。这些东西你看得懂吗？"

赵敢先挠着睡得乱糟糟的头发，嘿嘿一笑："不是很懂，程队，你指点指点我？"

程北莹把其中的单据和合同从卷宗当中抽出来，指给赵敢先看："这些是当时张宝昌经手的，这里，还有这里，都有他的签字……"

赵敢先接过来，认真看了好一会儿才开口："这些都是机电厂买办车间生产设备的预付款项目凭证，还有验收凭证，那张宝昌虽然是车间的技术主任，他能直接签字敲定吗？按理说还要经过会计之手审核吧，否则怎么能批款？如果我是厂里的高层，无论如何也不会认可的。"

程北莹接过赵敢先的话头："而且一旦预付款长时间挂账又无法收回的话，会形成不良资产，后续也会给工厂的财务状况带来一系列的不良影响。"

赵敢先两手一摊："是啊，那他们这么做的意义何在呢？"

程北莹用指关节一下接一下地敲打着桌面，神色凝重："正是如此，他们才有更多的操作空间。他们使用的资产类别是买办生产设备，但事实上那年黑水根本没有这些设备入库，虚构支出，却有张宝昌签字的验收凭证，如此一来，预付款顺利冲销，资产就被神不知鬼不觉地转移洗白了。"

赵敢先深吸了一口气："这……检察院会发现不了？"

"已经死无对证。"

听了程北莹的话，赵敢先不由得汗毛倒竖："如果不是因为张蔓青，恐怕这些事……"

程北莹挑眉问他："你想说什么？"

"没有。"赵敢先连忙摆手，"我没有忘记我们查张宝昌案的目的。"

他知道，现在的首要任务是找到张蔓青死遁的原因，而不是翻案。

"无论这假账是谁做的，我们现在先要搞清楚，为什么这些账、这些凭证上面会是张宝昌的签字。"程北莹再次伸出手，在张宝昌的名字上点了点，正色道，"我们得找他们的会计聊聊了。"

腊月的时候，林会计在院子里酿了一缸大酱，算算时间，已经发酵得差不多了。

林会计张罗着开缸取酱，十岁的孙子小志拿着大碗站在旁边：

"爷爷，这个熟了吧？可以吃了吗？"

林会计笑呵呵地摸摸小孙子的头："熟了熟了，今天晚上爷爷就给你做红烧茄子吃好不好？"

小志也笑了起来："好啊好啊，爷爷做的红烧茄子最好吃了！"

正说着，他看见自家院子外站着三个陌生人，他有些狐疑："你们找谁？"

赵敢先站在栅栏外，笑呵呵地说："林老爷子，我们就是来找您的。"

"警察叔叔？是警察叔叔！"小志眼睛一亮，忙放下大碗去开那栅栏的门。

叶湘西笑着摸了摸小志的头："小朋友，谢谢你帮忙开门。"

林会计也放下了手中的活儿，一脸疑惑地看向那三人："你们有事吗？"

程北莹踏入院子里，直接说明来意："来找您问问张宝昌的事。"

林会计脸一沉，转头招呼自己的孙子："小志，回来！"

九年了。九年没有人再提起那桩事了。

当年，林会计几乎没有犹豫，便向厂里申请了内退。从事故中逃生后，他已经清楚，这世上再没有比活着更要紧的事了。

赵敢先的话将林会计从回忆中拉回来："据我们了解，当初您和张宝昌是同事吧？关于他参与……"

没想到赵敢先的话还没说完，就被林会计给打断了："哎呀，我跟他不是很熟，你们怎么会想到找我问张主任的事呢？而且都那么久的事了，我早不记得了。"

"不熟吗？"叶湘西围着林会计的大酱缸走了一圈，"我问过黑水的人,都说当年您和张主任的关系不错。"

林会计打了个哈哈:"毕竟一起共事过嘛,面上总得过得去啊!"

赵敢先对林会计这人很快有了初步判断,他知道迂回策略玩不过这老爷子,于是清了清嗓子:"张宝昌当年可在您的账上签过字,您对他的事情难道一点都不了解?"

林会计从桌子上拿起一块抹布,低头给小志擦了擦脏兮兮的手,嘴上说着:"哎呀,我只是个会计,每天在厂里做做账,能了解到什么事?几位警察同志,我敢用生命担保,我这辈子没做过一次假账!"

程北莹挑了挑眉,问道:"那张宝昌做过吗?"

林会计又哎哟一声:"那我可就不知道了。"

程北莹没心思和林会计这种老油条兜圈子,她逼问道:"张宝昌一个技术主任,怎么能在你们的账目上签字?即使他有这权力,但那几笔资金是他这个职位无论如何都调动不了的。"

"这……这我也不知道啊,你们问错人了。"林会计依旧不打算向他们吐露实情。

叶湘西看着林会计一下一下搓着小志的手心,想了很久,终究还是忍不住开口了:"林会计,做人不能没良心。我听街坊说,当年小志重病,如果不是张宝昌伸出援手,把身上所有的钱都借给您,您现在还能和他一起在这院子里酿大酱吗?明明知道些什么,您为什么就是不肯说出来?"

听到面前的人说起当年的事,林会计的太阳穴突突地跳了又跳。他的脸一下垮了下来,转身看向叶湘西:"你说这话是什么意思?"

叶湘西见林会计有了反应,继续冷笑着说:"我什么意思?我看张主任真是救了一家的白眼狼！"

一旁的小志感觉到现场的气氛怪怪的，怯生生地抬头问："爷爷，怎么了？"

林会计低头看着自己的孙子，脑海中浮现出当年他冒着雪，挨家挨户借钱的情景。

其实走到张宝昌家门口的时候，他已经有些绝望了，但他仍带着哭腔苦苦哀求："宝昌，我求你，我就这么一个孙子……"

林会计握住小志的手，慢慢扶着石桌坐下来。过了半晌，他终于开口："我真的没有办法，我真的，什么都不知道。"

程北莹知道林会计已经松了口，她喟叹一声："林老爷子，我们这次过来也不是要为难您，您只要告诉我，到底是谁把张宝昌签字的凭证交到厂里去的就行。"

"是厂长，还是龚书记？"赵敢先猜测道。

林会计摇了摇头，说出了另外一个名字："是袁会计。"

"袁会计？"叶湘西愣了愣，她在了解黑水机电厂的组织架构时，对这个姓氏是有印象的，"袁庚生？"

林会计摸了摸小志的脑袋，冷哼了一声："当时买办车间设备的账，一开始是袁会计做的，后来他就撒手没管了，直到省里的专案组下来，他才把账拿了回去，说要再看看。"

他们三人沉默着，等林会计继续说下去。

"我不知道你们懂不懂看账。"林会计想了想，接着说道，"那些买办预付款一旦长时间挂账，会出大问题的。但是袁会计说没有关系，他能处理好，我知道他想做什么，我试过阻止他，但是……"

赵敢先忙问："但是什么？"

林会计移开自己的视线，打量起自己的院子，接着冷冷地说道:"但是他说,如果他不这么做,黑水就完了。"

"可是您一生的名誉也随他完了!"叶湘西说道。

林会计紧紧抱住孙子,在那一瞬间仿佛苍老了十岁。他苦笑着说:"是啊,是完了。"

从林会计家出来后,程北莹看了看还算晴朗的天,转身对赵敢先说:"你马上去联系这个姓袁的,他估计会比林会计知道得多。"

赵敢先挠了挠头,像是十分苦恼:"看来张宝昌这个案子还真的有隐情……"

他找了一家小卖部,准备往县公安局拨电话,程北莹和叶湘西站在马路牙子边等他。

叶湘西的双手插在大衣的口袋里,跺着脚驱寒:"这冬天什么时候才算过去啊?"

程北莹看了看远处天山岭的山:"还早。"

叶湘西眼珠转了转,凑近程北莹:"程队,你看到林会计家那缸大酱没有?看起来发酵得真好,舀一勺出来做红烧茄子,一定特别香!好久没吃红烧茄子了!"

程北莹瞥了她一眼:"一天到晚,脑子里净想着吃。"

"什么!你再说一遍!"有关红烧茄子的对话,被赵敢先突如其来的喊声打断了。

马路边的俩人一怔,转身看向赵敢先。

只见赵敢先失魂落魄地放下话筒,向程北莹和叶湘西走来。

他连话都说不利索了,过了好一阵才终于开口:"程队,局里接到报警电话,说是孔雀舞厅发生了命案,死者……死者是袁庚生。"

袁庚生死了?

叶湘西茫然地看向程北莹,以为自己听错了:"他说,谁死了?"

第六章

复仇

他们赶到孔雀舞厅时，天已经黑了。若不是舞厅门口挂着霓虹灯，怕是伸手不见五指了。在叶湘西的印象里，这个季节的漠昌很少有白天，不是在夜里，就是在进入夜里的路上。

孔雀舞厅门口熙熙攘攘的，都是来围观案发现场的群众。警车上的红蓝警灯交替闪烁，亮度一时间竟盖过了舞厅招牌上的霓虹灯。

赵敢先费尽力气才拨开一层又一层的人，把程北莹从人群最外面送到了舞厅门口。程北莹保持着一贯的从容，抬手挑起警戒线，大步走上台阶。

韩法医正在现场做初步勘验工作，他看见程北莹戴上手套朝自己走来，打了声招呼："来了？"

程北莹的脸色很难看，她盯着平躺在地上的中年男尸问："什么情况？"

"死者袁庚生，男性，五十一岁，尸斑和尸僵尚未形成，根据尸体温度以及报案的时间推断,死者的死亡时间应该在晚上七点十五分左右。"韩法医看着尸体,程序性地汇报,"嘴里有苦杏仁味,死亡原因初步判定为氰化物中毒。"

"看来,他是当场毒发。"

韩法医不置可否:"可以这么说,具体还要看他体内的毒药剂量。"

他说完便脱下了手套,指挥自己的徒弟拿尸袋过来。

江华这时候也朝程北莹走来,看样子有些无奈:"程队,我已经请派出所的同志配合我们,给舞厅里的人逐一做笔录了。"

舞厅外仍旧人声嘈杂,程北莹有些心烦意乱:"怎么还有人聚集在门口,把人都清一清,没看到警察在办案吗?"

派出所的姚所长连忙应道:"已经安排几个同志去疏散了,一会儿人就清了。"

"报案人是谁?"

"孔雀舞厅的老板。"

程北莹找了把凳子坐下,跟姚所长说:"把他们的老板叫来。"

叶湘西慢慢走出孔雀舞厅,两只手掌互相摩挲着,脑子里也乱得厉害。

袁庚生怎么就死了?

事情为什么会发展到这个地步?

难道袁庚生真是害死张蔓青父亲的元凶,而她又非要用这样的方式复仇不可吗?

叶湘西忍不住想,如果她是张蔓青的话,面对突然倾塌的家,面对近在咫尺、只要伸手就可以手刃的仇人,她又会怎么做呢?

第六章 | 复仇

她能像张蔓青一样，舍弃姓名和性命来为亲人复仇吗？

那一刻，叶湘西忽然想到了那个司机，想到了散落在山沟里的柑橘——她觉得自己是如此的懦弱，竟不能像张蔓青那样痛痛快快地恨上一场。

叶湘西想事情想得出神，走到舞厅门口的台阶时没有注意脚下，差点被一团东西绊倒。她趔趄了两步，在台阶下站稳，这才看见舞厅门口放着一个鼓囊囊的黑色塑料袋。

是谁把垃圾丢在这里了？刚才进舞厅的时候还没有呢，可别绊着别人了。叶湘西这样想着，俯身去捡那个塑料袋。

只是，她刚提起那塑料袋，一捆被烧得黢黑的电线，就从塑料袋底部的破口中哗啦一下掉出。

叶湘西愣愣地看着地上那团东西，任凭手指钩着的破塑料袋随晚风轻盈地飘着。

孔雀舞厅内，舞厅老板诚惶诚恐地站在程北莹面前，听她问道："袁庚生的酒水和酒杯都是你店里提供的？"

那老板虽然在社会上摸爬滚打已久，但面对今天发生的事还是无法保持镇定。他擦了擦汗，说道："杯子是我店里的，但酒是他们自己带来的。"

赵敢先担心老板怕影响自己的生意不敢说出实情，于是安慰道："我们就是了解一下案发现场的情况，不是来追究什么的，你不要有负担，知道什么就说什么。"

老板看了赵敢先一眼，继续对程北莹说："这位死了的大哥我有些眼熟，但不是我这儿的常客。"

老板告诉程北莹，当时袁庚生是与他老婆，还有好几个年纪和他差不多的中年人一起来的，来了就是喝酒、跳舞，没有别的异常。

姚所长在旁边补充道："程队，那女人不是死者的老婆，是他对象，俩人还没结婚呢。"

赵敢先也听见了，小声嘀咕了一句："那就是姘头呗！"

程北莹白了赵敢先一眼，对老板说："你这里所有的杯子、酒水，我们都要拿回去化验。还有你这舞厅，暂时先别开了。"

老板叹了一口气："我们一定配合警方工作。"

叶湘西在这时候走了进来。

此时的孔雀舞厅里，是别样的热闹，四周都是忙碌取证的技侦人员，还有正在做笔录的刑警和派出所民警。

嘈杂的声音汇集到叶湘西耳畔，但她仿佛什么都听不到了。她径直走到程北莹跟前，把用黑色塑料袋包着的东西递了过去。

她努力让自己的声音显得镇静："程队，有人把这个东西放在了舞厅门口。应该是刚刚趁乱放的，我们来的时候还没有。"

程北莹听罢，递给赵敢先一个眼色。赵敢先如往常一样立即领悟了大队长的意思，快步走出了舞厅——他要马上去找舞厅门口驻守的同事核实情况。

程北莹重新戴上手套，问叶湘西："这是什么？"

"一捆烧焦的电线。"

程北莹拨开袋子的手一顿。

叶湘西笑了笑，轻声说："这是奖励，是她给我们找到了袁庚生的奖励。"

"这不是奖励，是挑衅。"程北莹眼底寒光乍现，扬了扬下巴示意姚所长接过那团东西，然后对叶湘西说，"叶湘西，你先回去。"

叶湘西又独自一人走出了舞厅。

出门的时候,她看见一个三四十岁的女人正歇斯底里地问旁边人:"我也喝了,那酒我也喝了,我会不会死?我会不会死啊?"

围观的人都远远地躲开了她,几个派出所民警走过去控制她:"同志,你别激动,先冷静下……"

那女人似乎绝望极了,哭得泪眼婆娑:"不关我的事啊,我什么都不知道,不要报复我,不要报复我啊!"

叶湘西不忍再看,低头快步走进了夜幕中,心下忽然一阵悲凉。她走在并不宽阔的马路上,走在人声鼎沸的人行道旁,看着头顶已然冒出新芽的树,不知不觉中已经泪流满面,那一瞬间她惊讶地发现,自己竟是在祈祷:"张蔓青,可不可以不要是你?"

■ ■ ■

派出所的民警好不容易把那大吵大闹的女人控制住了,好说歹说把她架到了程北莹面前。

这个女人便是袁庚生的对象肖丽芬。程北莹打量了她片刻,转头问舞厅老板:"你说这酒是他们自己带来的,那除了死者,这个女人喝了吗?"

没等老板回答,肖丽芬忽然挣扎着扑到了程北莹面前。她指着自己的喉咙,一遍又一遍地说:"我也喝了,我也喝了。"

姚所长担心肖丽芬失控,往程北莹跟前拦了拦,大声问:"说,你这酒是哪里来的?"

肖丽芬双眼通红,嗫嚅着开口:"家里酿的,这……这是我妈酿的。"

程北莹摩挲着手上的照片,举到肖丽芬的眼前:"你有没有见过照片上的女人?"

肖丽芬摇了摇头,又带着哭腔求程北莹:"你救救我好不好?我不想死!酒里有毒!救我……"

程北莹揉了揉太阳穴,知道现在问话无异于对牛弹琴。她看向姚所长:"先把她送去卫生所吧,她受刺激了。"

此时,赵敢先走了过来,程北莹便招手叫他:"她那酒瓶子记得让周致远拿上,千万别落下重要证物,还有袁庚生随身带的手帕、钥匙串,都让他们技侦拿去化验。"

周致远、周致远,又是周致远!赵敢先腹诽两句,嘴上还是痛快地答应道:"知道了!"

因为这突如其来的命案,程北莹和赵敢先又忙到夜里才收队。

二人走在深夜街灯寥落的街道上,赵敢先不知道想起了什么,忽然侧头问程北莹:"程队,你有没有觉得叶记者刚才怪怪的?"

"怎么怪了?"

赵敢先形容不出那种感觉,想了半天才说:"我以为她会愤怒或是伤心,可是她没有——难道是叶记者变成熟了?"

"和成不成熟没关系。"程北莹抬头,瞥了一眼立在路口的路牌,"走吧,找她吃夜宵去。"

有人敲门的时候,叶湘西还没有睡。她以为是邻居,没想到打开门,门口站着的竟是程北莹和拎着饭盒的赵敢先。

"你们……"

赵敢先拎着饭盒朝叶湘西晃了晃:"找你吃夜宵啊!"

于是,三个人挤在叶湘西小小的房间里吃起了夜宵。

叶湘西的折叠餐桌很久没有用过了,她在上面铺了几张旧报纸,赵敢先把沉甸甸的饭盒放上去,打开盖子,食物的香气立刻扑面而来。

饭盒装得满满当当的,里面是炸藕盒、韭菜饼,还有红烧茄子——叶湘西不久前才说过自己好久没吃红烧茄子了。

她果然眼前一亮,抬头看程北莹:"谢谢程队!"

茄子油汪汪的,裹着浓郁咸香的大酱,叶湘西吃上一口,觉得全身的细胞都活了起来。

看着叶湘西吃饭,赵敢先莫名也觉得胃口大开。在他的印象里,无论是什么食物,只要到了她面前,都会变得很美味,哪怕只是一碗白米饭,她都能吃出许多滋味来。

冷不丁地,程北莹拿起筷子敲了赵敢先一下:"看什么呢你。"

赵敢先连忙收回自己的视线,低头去夹自己面前的韭菜饼。他才吃了两口,就听见叶湘西问程北莹:"袁庚生是怎么死的?"

"毒死的。"

叶湘西哦了一声,尽量平静地问道:"那下毒的人,是……是她吗?"

他们还不清楚袁庚生在张蔓青或是张宝昌的人生中,做了多么不可饶恕的事情。他们现在唯一掌握的线索,只有袁庚生可能在张宝昌的签字上动了手脚。

但赵敢先觉得形势已经十分明了了。

"这还用说吗?我们查到这儿,人就死了,这肯定是张蔓青干的……"他嚼着韭菜饼,酥脆的面皮发出嘎吱嘎吱的声音。

程北莹没有接赵敢先的话:"他们今天去孔雀舞厅跳舞,说是为了庆祝袁庚生的生日。那么凶手,是有意挑他生日这天下手?"

叶湘西倒是觉得这个问题很好回答:"张宝昌,不也是死在他生日那天吗?"

叶湘西的话音刚落,程北莹就敏锐地捕捉到了她的情绪——那不是悲悯或是无奈,而是一种理所当然的口气。

程北莹把一块茄子夹进面前的小碟子里,不动声色地开口:"所以,你也觉得是张蔓青干的?"

这话并非疑问句,然而叶湘西不置可否。她对程北莹粲然一笑,露出一排洁白的牙:"这世上还有人比张蔓青更想他死的吗?站在张蔓青的立场上来说,袁庚生他,该死。"

袁庚生该死。

赵敢先傻眼了。这是叶湘西口中说出的话吗?她明明最害怕有人伤亡的!

程北莹放下手中的筷子,盯着叶湘西的眼睛问:"叶湘西,你也活在仇恨中吗?"

叶湘西握住筷子的手忽然抖了抖。

这个问题对她来说应该是很好回答的,可此时此刻,她却久久没有吱声。

叶湘西的视线落在面前的茄子上,她有意回避程北莹的目光:"我妈妈也经常给我做红烧茄子吃。小时候,我最盼望的就是能快点长大,有能力赚钱养他们,这样他们就不用在那么冷的天去路边卖柑橘。可是等我真的长大了,他们已经不在了。"

叶湘西顿了顿,重新看向程北莹:"难道我不能恨吗?那个撞死我爸妈的人,也像袁庚生夺走张蔓青的一切一样,夺走了我的一切。"

赵敢先第一次听叶湘西说这样的事,他张了张嘴,却什么话也没说出来。

程北莹像是听到了什么有意思的话，竟然笑了："那么，你希望那个人死吗？"

叶湘西没吱声。

是啊，她有想过要杀了他吗？那一瞬间，叶湘西的思绪一下回到了那个柑橘满地的山沟。她想起了那个年轻司机的脸，想起摔得头破血流的他从侧翻的大货车下爬出来的场景。

"我希望——"叶湘西低下头，发丝柔顺地垂下来，表情隐匿在阴影中，"我希望他，能在上路之前好好睡上一觉。"

程北莹重新拿起了筷子："叶湘西，这就是你和张蔓青的区别。"

— — ■

清晨六点。

程北莹坐在叶湘西的书桌前，终于从写得密密麻麻的笔记本上抬起头来。

她转头看了看蜷缩在床上、熟睡中的叶湘西，又瞥了一眼大刺刺睡在自己脚边的赵敢先，毫不客气地抬脚踢了他一下。赵敢先睁开眼，她低头说道："动静小点，我们该走了。"

他们还有重要的会要开。

进入会议室之前，岑广胜在走廊尽头叫住了程北莹。

岑广胜已经听说了死者和张蔓青有牵扯的事，他单刀直入地问道："人是张蔓青杀的？"

"目前还不知道。"

岑广胜冷笑了一下："我从警三十年，还从没见过如此残忍的凶手！先是杀人分尸，然后死遁逃脱追捕，好一个缜密的复仇计划！她把我们警察当什么了！"

程北莹轻轻摇了摇头："我知道这时候大家都顶着很大的压力，我们所有人都希望能尽快破案！但张蔓青究竟杀没杀人、怎么杀人的都还未知，一切都要经过调查才有结果，我想岑局你，也不想再错一回吧。"

岑广胜坚持自己的看法："但无论如何，必须先找到张蔓青！她是破案的关键，你自己也很清楚。"

程北莹侧过头："我们需要加派人手寻找第一案发现场，不能还原吉兰雅的死亡现场，我们也就不能给任何人定罪。"

见状，岑广胜也不打算与她再争执什么，摆了摆手，最后说："当务之急仍然是找到张蔓青，你想知道吉兰雅是在哪儿被冻死的，怎么被冻死的，人抓到了你自然就知道了。"

程北莹跟随岑广胜进入会议室，刑侦和技侦大队的人都在。正在整理照片的韩法医抬头看见二人进来，很自然地把尸检报告递过去："那我就开始说了。"

岑广胜点点头，示意可以开始了。

韩法医用食指关节敲了敲白板："死者袁庚生，通过尸检，判断死亡时间是昨天下午七点十五分。根据死者体表的中毒特征，以及药物检测结果，确认死者死于氰化物中毒，毒发时间不超过两分钟。"

程北莹问周致远："毒物是在哪里被检验出来的？酒、杯子，还是随身携带的物品里？"

周致远拿起面前的一个证物袋："是手帕。"

众人的视线都聚集到证物袋上，透明的袋子里装着一块崭新的蓝白拼色的格纹手帕。

赵敢先打了个哈欠:"手帕上投毒?那肯定就是冲着袁庚生一个人去的。"

可是这毒,到底是怎么投的呢?

程北莹的脸阴沉了几分:"能想到甚至做到在袁庚生的手帕上投毒,凶手比我们想象的心思更深、更缜密。"

虽然程北莹用的是"凶手"一词,但在场所有人都默认凶手是张蔓青。袁庚生也许就是张蔓青死遁的原因。

"我们接下来要做的第一件事,是查毒物的来源。"程北莹扶了扶自己酸痛的肩膀,开始分派任务,"去查有没有卫生所失窃,或者回北辰卫校看看,这都是张蔓青能获取氰化物的地方。"

既然张蔓青对袁庚生下手了,也就意味着她会留下更多的破绽。

程北莹又看了一眼周致远面前的证物袋,继续说道:"既然是新手帕,手帕的来源也要查清楚。"

赵敢先脑中灵光一闪,想到送手帕估计也和送靴子的套路一样,这是张蔓青的拿手好活儿。

程北莹又看向江华和崔浩浩:"让你们两个查吉兰雅的事情,有什么进展没有?"

二人冷不防被程北莹这么一问,先是对视一眼,随即由江华作代表回答道:"我们在排查吉兰雅的社会关系,找到了她在漠昌暂住的地方,刚和房东联系上。"

程北莹嗯了一声,坐在她身旁的刘民松,这时候不紧不慢地指着桌子上的那捆电线问道:"那又是什么玩意儿?"

"应该是和机电厂当年的事故有关系。"程北莹看向刘民松,"正好,你来查吧。"

岑广胜听出了程北莹的弦外之音:"你怀疑张蔓青不会罢手?"

程北莹嘴角勾起:"既然她把这东西送上门了,没有不查的道理,她既然要玩儿,就陪她玩儿到底。"

散会后,程北莹和赵敢先决定找肖丽芬了解情况。

肖丽芬在酒醒后终于恢复了意识和冷静,二人找到她的时候,她正在家中清扫堆了满地的酒瓶子。在听说袁庚生是被手帕上的毒药毒害了时,她竟显得兴奋而激动,她握住一只酒瓶子站起来,咬牙开口道:"手帕,那块手帕是老袁女儿送的!那是他女儿送给他的生日礼物!他那天晚上才舍得拆,好啊,好啊,竟然敢杀自己爹,真是太有本事了!"

肖丽芬说到激动处还扬了扬酒瓶子,赵敢先皱眉制止她:"有话好好说,拿酒瓶子干什么,打人吗?"

肖丽芬哼了一声,将手中的酒瓶子丢到了脚边的纸箱里。

程北莹嘴角动了动,问道:"你说手帕是袁庚生女儿送给他的?"

肖丽芬转身从地上捡起自己的背包,翻出一张比巴掌大些的卡片来:"这生日贺卡就是他闺女送的,和手帕放在一起,老袁还让我给他收起来,说闺女难得给他写张贺卡,真他娘的晦气!"

"这劳什子贺卡不会也有毒药吧?"说完,肖丽芬忽然又意识到了什么,脸一白,她跟跄了两步跑向厨房,慌乱地拧开水龙头开始洗手,"休想我陪你们一起死,休想!休想!"

程北莹没工夫管肖丽芬,戴上手套拿起那张生日贺卡将它放进了证物袋里。

贺卡上有一行工整的字:"生日快乐,爸爸。"落款是袁晓香。

没想到这块手帕竟然是袁庚生女儿送的。

从表面来看袁晓香存在弑父的可能,但程北莹更倾向于袁晓香和张蔓青有牵扯，或者说，张蔓青在借袁晓香的手杀人。不论是哪种情况，都要先见见袁晓香。

只是还没等他们上门，袁晓香便主动找了过来。

"你们还查什么？一定是肖丽芬那女人干的！你们把她抓起来啊，是她下的毒！一定是她！"

远远听到年轻女人的尖叫，程北莹只觉得太阳穴疼得厉害。赵敢先快跑两步去查看情况，心中也感到十分无奈：袁庚生周围还有没有正常女人了！

"这里是公安局！你乱吼什么！"赵敢先喝止道。

见有人回应她的撒泼打滚，袁晓香找准了赵敢先这个靶子，指着他大叫："你是警察吧？我要求你们把肖丽芬抓起来，给我爸偿命！"

赵敢先最烦袁晓香这样的家属，他皱了皱眉，但还是保持着礼貌："别说什么把她抓起来的话了，现在是我们要求你配合调查！"

"肖丽芬不就是想要钱吗？为了钱杀人你们不管？你们还是警察吗？我要投诉你们！"袁晓香哪里听得进赵敢先的话，说到激动处竟想冲上去抓赵敢先的脸——直到有人揪住了她的胳膊。

程北莹紧紧攥住她的手腕："闹够了没有？你知道你在这里大呼小叫、妨碍公务是犯法的吗？"

袁晓香一下感受到了程北莹带来的压迫感，她的脑袋下意识地往后缩了缩，随即又恶狠狠地说道："你是管事的？来得正好啊，你们今天一定要给我一个说法，否则我就不走了！"

程北莹没有说法给袁晓香，她单刀直入地问道："你爸生日那天，你给他送了手帕？"

袁晓香一愣，像是听到了什么无法理解的话："什么？"

程北莹挑眉，示意赵敢先将证物袋拿过来。她将那张生日贺卡举到袁晓香面前，一字一顿地问她："这贺卡是你送的吧？和那块手帕一起送给了你爸，对吧？"

袁晓香瞪大眼睛去看生日贺卡上的字，大惊失色道："这……这不是我送的，我从来没有写过什么贺卡！"

"这贺卡不是你送的？"赵敢先有些讶异，又将装着手帕的证物袋递到袁晓香面前，"这个呢，这个你见过吗？"

袁晓香茫然地摇了摇头："这到底都是些什么东西？和我爸又有什么关系？"

"这是……"赵敢先忽然语塞。他已经意识到，这块手帕可能和袁晓香没有任何关系，有人在借她的名义送袁庚生一份"礼物"。这份"礼物"也许是由什么人转交的，也许是直接放在了信箱里，只是袁庚生根本没有怀疑过。

看到程北莹和赵敢先都没有再出声，袁晓香在那一瞬间汗毛倒竖，她变得有些结巴，但仍大声说："这到底是怎么回事？是肖丽芬干的吗？你们愣在这里干什么？你们快点去抓杀人凶手啊，快去啊……"

然而片刻后，袁晓香再也说不下去了。她心中那口气仿佛彻底泄了，她浑身发软，瘫坐在办事大厅的地上，掩面痛哭起来。

看着面前的人，赵敢先到底有些于心不忍，突然之间就原谅了袁晓香刚才的撒泼打滚。

他不敢把那血淋淋的实情说出口，只怕会更加刺激那颗为人子女的心。

江华和崔浩浩找到了吉兰雅在漠昌暂住的民房，那地方就在她打工的饭馆后面。

房东姗姗来迟,是一个穿着貂皮大衣的中年男人。他看见身穿警服的二人,连忙给他们递烟:"两位警察同志,辛苦了!我刚从沈城回来,哎呀这段时间我还真挺忙的,一个领导非要叫我去他那儿吃饭……"

"行了行了,"江华并不想听无关紧要的事情,"我们也不多耽误你的时间,就是来找你问点事。"

房东听说他们是来找吉兰雅的,他一拍脑门儿:"你说那小姑娘啊,普通话说得可真不行,不过人长得还挺水灵的。"

江华又拿出另一张照片让他辨认,他咂巴了一下嘴,说道:"这个姑娘我从没见过,不是我这儿的房客!"

"你想清楚了,你没见过吉兰雅和她一起?"

房东用力点头,生怕两人不信似的:"真没见过!我拿我的人格担保!"

崔浩浩有点困惑地嘀咕了一句:"奇怪,难道吉兰雅从不跟人打交道的?"

房东嘿嘿笑了两声,露出一排四环素牙:"谁说的,人家有相好的!我还见过有辆小汽车来这儿接过她呢……现在的小姑娘可真是厉害啊,来了没两天就勾搭上爷们儿了!"

另一边,刘民松拿着烧焦的电线去黑水机电厂寻找线索,没想到在那里撞见了叶湘西。她站在小卖部门口,笑吟吟地把卷饼递给旁边穿着制服的工人:"呀,我买多了一个,请你吃吧!"

刘民松静悄悄地站在他们身后,听他们说话。

"你在厂里干很多年了吧?"叶湘西捧着卷饼,一边吃一边和工人闲聊，"你们这种车间作业是不是很危险？我听说九年前，还发生过爆炸呢。"

"是危险，自从出了那个事，黑水开始注重作业安全了，每年都会定期检查。"卷饼做得很扎实，里面的土豆丝和煎鸡蛋把饼皮撑得鼓鼓囊囊的，工人大口大口地吃着，瞥了叶湘西一眼，"你不是我们厂的吧？"

叶湘西编起瞎话来也毫不含糊："我来看我哥的。"

工人哦了一声，不疑有他。

叶湘西接着问道："我听说那场事故的原因是电线老化啊，你们当时没发现吗？"

工人摇摇头："我又不是管车间设备的，哪会知道这种事啊！"

"那你知道你们用的哪种电……"

叶湘西话还没说完，一只粗糙的手越过她直接伸到了工人面前："你们用的是这种电线吗？这个总知道吧？"

叶湘西愣了一下，转头看到是刘民松，只见他手上拿着一捆崭新的电线。工人吃完卷饼，拍了拍手上的碎屑："你们从哪儿找的这东西？这种电线好多年前就不用了，因为发生过事故。别说是几年前，黑水十几年前就陆陆续续淘汰这东西了。"

"叔叔，你知道袁庚生吧？"

"怎么不知道，我们的袁会计嘛！"工人吃了叶湘西的卷饼，不好意思直接拍拍屁股走人，他压低声音神秘兮兮地说，"昨天他不是死在舞厅里了吗？厂里都在说呢，消息传过来快得很！"

叶湘西刚要继续提问，工人却打开了话匣子，主动与她聊起厂里的流言蜚语："不过袁会计也是活该，在厂里整天跟在领导屁股后面，想着法子打我们的小报告！这人没有礼义廉耻的，真不知道当年张宝昌怎么跟他那么要好？"

"他们关系很好？"叶湘西有些意外。

"是啊！关系挺好的，他和老苗经常跟袁会计走动，忙起来的时候，他还会把自家闺女放在袁会计那儿。"说到这里，工人又忍不住补充，"现在想想，张家闺女的数学成绩那么好，也不知道是不是小时候总跟着袁庚生的缘故……不过我们都担心那闺女跟着袁庚生学坏了，唉，老张的心真是大啊！"

工人走后，叶湘西和刘民松站在一起，久久没有说话。终于，刘民松开口打破了沉默："已经让市局经侦大队的人过来调查了，袁庚生的账到时候会由他们拿回去看。"

刘民松虽然和叶湘西没有多少交集，但经过这段时间的观察，他发现这年轻记者确实有两把刷子。

听说叶湘西也要去县公安局，刘民松便把她捎回去了。到了县公安局，叶湘西和刘民松把在黑水机电厂打听到的事情告诉了程北莹。随后，刘民松顺口问了一句："袁庚生的死，有什么发现吗？"

在听程北莹说了手帕一事后，叶湘西突然问："能不能给我看看手帕？"

程北莹听罢，说道："好啊，那我叫周致远过来。"

赵敢先在旁边忍不住嘀咕道："怎么哪儿都有他！"

待周致远把证物袋递给叶湘西，她只说了声谢谢，便盯着那块手帕陷入了沉思。

程北莹的手肘支在办公桌上，食指撑住太阳穴，问叶湘西：

"怎么，你想到了什么？"

"这不是流水线生产的帕子，这是手工做的。"叶湘西抬起头来，"张蔓青应该会做这个。"

程北莹认可道："嗯，以张蔓青做窗帘的手艺，做块手帕轻而易举。"

周致远插嘴问道："程队，袁庚生的家属今天上午不是来过吗？家属是怎么说的？"

程北莹摇了摇头："这块帕子，袁庚生的女儿毫不知情，我们现在基本能确定，是那个人假借他女儿的名义送的礼物。"

"哪有人会防备自己女儿送的礼物？可能袁庚生注定逃不过这一劫吧。"叶湘西把证物袋还给周致远，深吸一口气，"程队，我们必须要确认袁庚生在张宝昌的案子里，究竟充当了一个什么样的角色。"

赵敢先不禁叹道："现在袁庚生和张宝昌都死了，侦查难度可不是一般的大啊。"

"死人没有办法开口，但活着的人可以。"叶湘西那一瞬间想到了舞厅门口那个女人，"昨天晚上在孔雀舞厅门口的那个女人，是袁庚生的朋友吗？"

赵敢先纠正叶湘西："是姘头！"

叶湘西没有理会他们之间究竟是什么关系，只说道："当时我听见那个女人说，不关她的事，不要来报复，不要来报复……"

程北莹想了想，点头道："当时肖丽芬不知道手帕的事情，不知道袁晓香有可能是凶手，那么她在恐惧之下说出那样的话来，确实很耐人寻味……也许她真知道点什么。"

"我想，从肖丽芬这里入手未尝不可，既然她害怕被报复，那么袁庚生死了,她有可能想通过指认袁庚生来获得解脱。"周致远也赞同程北莹的看法。

赵敢先却先想到袁庚生那令人头疼的女儿:"到时候肖丽芬和袁晓香万一打起来,我们可一定要把架给拉住了。"

"对了,程队,还有一件事。"周致远想起了什么,转头对程北莹说,"我们对那捆电线做了检测,结果已经出来了,我们王队说请你过去看一下。"

叶湘西听罢马上举手表示:"我也去!"

于是,给肖丽芬录口供的工作又落到了赵敢先头上。这下他看周致远更是气不打一处来,心想他倒是轻松,带着叶记者参观实验室,而自己又要苦哈哈地去找那个"疯女人"问话。

赵敢先这一去,就是两个小时。回到刑侦大队办公室的时候,他累得够呛,一边叉着腰拿起水杯,一边说:"交代了,肖丽芬交代了。"

程北莹皱眉道:"急什么,好好把水喝了再说话。"

赵敢先喝完水,喘了好几口气:"肖丽芬说袁庚生收了钱,往家里藏了真账!那些交给机电厂的账,签了张宝昌名字的账,全都是袁庚生伪造的……"

叶湘西愣了一下:"这么重要的事情,肖丽芬全招了?"

"可不是嘛,上次我和程队去她家里,就看到她一直在忙叨叨地收拾屋子,丁零当啷的,吵得街坊邻居都要报警了。我估计她从出事那晚就慌了,到现在都没缓过来,看到我就跟看到救命恩人似的!"

程北莹用手敲了敲桌子:"去申请一张搜查证,带几个同志去肖丽芬家、袁庚生家翻一翻,看看有没有什么所谓的真账本。"

叶湘西喃喃道:"袁庚生他,是收了钱的吗……"

赵敢先听到叶湘西的话,接茬道:"肖丽芬说不知道袁庚生的钱是哪儿来的,只说好多年前,他往家里带回一大笔钱,然后叮嘱她不准和任何人提起这件事,尤其是张宝昌。"

程北莹似笑非笑:"看来袁庚生和张宝昌的关系确实很'好'。"

赵敢先一拍脑袋:"肖丽芬也知道当年张宝昌要举报的事,当时张宝昌还求过袁庚生和他一起举报,但袁庚生没答应,一转头竟然……唉!"

叶湘西听罢表情复杂,但还是整理好思绪,将这些内容记录在自己的笔记本上。

赵敢先好像想起了什么,一拍手问程北莹:"程队,你们这边有情况吗?那电线……有头绪吗?"

程北莹的表情淡淡的:"没有发现任何有效指纹,不过这也是意料之中的。但王健提到的一点我觉得很值得关注,张蔓青送来的电线是新的,上面那些烧焦的痕迹是新形成的。"

"也就是说,这很有可能是张蔓青新购入的。"

"我和民松同志问过黑水的人,这种电线十几年前就逐渐被淘汰了,估计现在漠昌也没几家有卖的,这或许是一个不错的调查方向。"叶湘西接过话来,继续说道,"前几天绿坝路的派出所,不是接到了卫生所失窃的报案吗?看来毒药来源也……"

听罢,赵敢先看向叶湘西,笑着说道:"跟着程队就是好,叶记者你进步很大啊。"

这时候,一名警员敲门进来:"程队,好像有情况了。"

"怎么了?"

第六章 | 复仇

"又有十几个有关张蔓青的举报电话,您要来看一下吗?"

刘民松继续去追查电线的线索,程北莹他们则去跟进那十几个举报电话。

程北莹告诉叶湘西:"每次通缉令发布后,公安局都会接到大量举报电话,但不是每条信息都有用,我们还需要进行二次筛查。"

叶湘西若有所思:"漠昌地方小,张蔓青在这里土生土长的,不被人发现也是一件难事。"

赵敢先却并不乐观:"但是以张蔓青的反侦查能力,还真说不好。"

他们把举报电话中的信息都筛了一遍,果然没有什么收获。此时,电话铃再次响起,接线员在程北莹的示意下按下免提:"喂,警察吗?我在这里看到一个女的,长得挺漂亮的那个,你们是不是在抓她啊?"

接线员问:"是什么样的女人?"

"哎呀,就是派出所门口贴着的那个,不就那一个女的吗?"

接线员迅速问道:"说一下你发现对方的地址。"

"地址啊……"男人似乎是用公用电话打来的,周围很嘈杂,"就北方集市啊!集市入口这儿。"

听到这里,程北莹倏地站起身朝接线员走去,她拿过接线员的话筒:"你就站在原地不要走开,听懂了吗?我们十分钟后过去。"

随后,他们三人匆忙离开了指挥中心,朝北方集市赶去。

■■■

天气回暖,路上的行人也多了起来。

在北方集市入口的牌子前，三人果然看见一个混子模样的男人，手揣在衣服兜里，站在一家小卖部门口。那男人很年轻，头发染成了黄色，干巴巴的像是枯草一样，脖子上面还文着劣质的文身。

赵敢先顿时觉得有些头疼："这不是街溜子吗？咱们别被耍了。"

看见有警察朝自己走来，那男人眼睛一亮："警察？你们是找我的不？"

程北莹单刀直入地问道："说说，你不是看见通缉令上的女人了吗？"

"可不是嘛。"那男人缩了缩脖子，伸手摸自己的后脑勺，"我从小跟这儿长大的，哪个人我不眼熟啊？我看那女的在这里出现了好几次呢！虽然每回都包头包脸的，不过确实是长得挺漂亮的，我当然就记得了。"

叶湘西立马听出他的话里有不对劲的地方："既然她包头包脸的，你怎么看出她漂不漂亮的？"

那男人的眼白很多，眼睛转的时候尤其明显，他支支吾吾的，一时间竟没有说出话来。

程北莹打量着面前的男人，发现他一条腿站着，另一条腿还抖个不停。她眼睛眯了眯："她做什么让你记住她了？还是你对她做了什么？"

男人有些心虚，他吭吭哧哧地说道："我就是……我就是看她像是外地来的，估计在这里也不认识什么人，想找她要点钱花花，最近我手头不怎么宽裕……"

赵敢先翻了个白眼，心想要是这人知道他在打一个背了两条人命的凶犯的主意，指不定被吓成什么样。

程北莹很了解这种人,冷冷地问道:"你把她堵后巷了?"

男人忽然猥琐地笑了笑,但又一下收敛住:"前几天晚上她就在这儿,我看她一个人,就跟她进了后面的民房,我知道她住的地方就在后头。不过……不过我什么都没做啊,我把她给跟丢了……"

混账东西!叶湘西忍不住在心里骂道。

程北莹不再多说,瞥一眼那男人:"带路。"

男人松了一口气,见警察没再多问什么,连忙转身带路,走在前面还不忘回头向程北莹打听:"她是黑户吗?犯了什么事啊?"

赵敢先不耐烦地瞪了他一眼:"赶紧走,别废话。"

程北莹立即让附近派出所的同志出警,又调动了一部分县公安局的警力过来,挨家挨户排查北方集市附近的民房。

好在这次排查很快有了线索。

赵敢先气喘吁吁地跑回来,向程北莹汇报:"找到了,找到她住的地方了。"

叶湘西和程北莹对视了一眼,很快跟上了赵敢先。

北方集市后面的民房都是老房,集市里的小摊小贩多居于此地。民房区的道路狭窄,只能勉强容纳两个人同时通过。

与这片民房区仅一墙之隔的,是一片新建的居民区,小区里的楼房大概有五层,里面已经住满了人。叶湘西看了一眼:"如果北方集市被拆了的话,这里也会被拆吧。"

赵敢先还在想那男人的话,忍不住嘀咕道:"刚才那个街溜子,为什么要说张蔓青是个外地人?"说着,他又瞥了一眼旁边的叶湘西,心中不忘腹诽:明明叶湘西才一点都不像本地人。

程北莹瞥了赵敢先一眼:"你又寻思什么呢?"

"没有！"赵敢先连忙否认，然后在一间民房前停下，"就是这儿了。"

门锁已经被派出所的同志破开了，赵敢先推门而入，门对面有一扇窗，透进来的光线不算充足。

叶湘西走进房间的时候，只感觉周遭有一种说不出的压抑。房间的布局很简单，一张单人床，还有一张折叠餐桌，地上也堆满了各种各样的杂物。有日用品，几件棉袄，还有好几捆不同种类的电线。

程北莹注意到床边的电暖炉，那是刚上市不久的款式。她笑了一下："这个暖炉不便宜。"

程北莹指着地面那几捆电线："她应该在这里住了有一段时间了，如果不是这些电线，咱们也找不到这里来。"

"她好像很久没回来了。"叶湘西摸了摸折叠餐桌上的灰尘，打量着这间凌乱不堪的房间，忽然想到了蒋老师的家，"这么乱，她到底是怎么住下来的？"

赵敢先心想，这叶湘西真是少见多怪："张蔓青离开家以后，一个人东躲西藏的，哪儿还有心思打扫房间？"

叶湘西避开脚下的杂物，往前走了两步，看到角落里摆着一台半人高的商用冰柜。她有些恍惚地开口："程队……"

程北莹见叶湘西正一动不动地盯着角落看，于是顺着她的视线看去，在看到冰柜的那一瞬间，程北莹的脸色一变，她立马对赵敢先说："找韩法医和技侦的人过来吧。"

叶湘西不敢靠近那台冰柜，不自觉地往窗边退了两步。这时候，一道刺眼的光射进她的眼睛，她下意识地拿手挡了挡。

等眼睛适应光线后，叶湘西发现旁边就是石墙，石墙后是新建的居民楼。她若有所思，双手撑在窗沿往隔壁楼上看。

其中一扇窗敞着，和周遭紧闭的窗户格格不入。一道人影飞快掠过，最后消失在了那扇窗边。一面巴掌大的红色塑料化妆镜，正立在窗台上。

叶湘西听见自己喉咙里发出空洞的声音："程队，好像有人在看我们。"

没等程北莹回应，她便像只敏捷的兔子似的，拔腿就往门外跑。

"叶湘西！"程北莹喊着她的名字追了出去。

是谁在看他们？是张蔓青吗？难道从警察找到北方集市开始，她就一直在监视他们的动向吗？叶湘西那一瞬间只觉得毛骨悚然，难道说张蔓青一直就在他们身边？

叶湘西不敢细想，只是凭着本能往居民楼的方向跑去。

那堵石墙上没有任何通道，她看到墙边堆放的石磨，想都没想，双手撑住那块积满豆渣和石灰的石磨，跳了上去。

叶湘西的脚蹬在墙壁粗糙的边缘上，然而墙头还是太高，她扒着厚厚的墙壁，用尽全力，也还是上不去。但这尴尬的局面很快被改变，叶湘西忽然觉得身体一轻，上半身一下翻上了墙头。

是程北莹的手托住了她。

叶湘西借力翻过了石墙，转身去拉程北莹的手："快。"

二人平安落地，叶湘西指着三楼那扇窗户："在那儿。"

程北莹从口袋里抄出对讲机，发出指令："集合，马上封锁北方大院最西边的那栋居民楼。"

她边说边跑，朝叶湘西追去。

叶湘西这时候已经到了居民楼的门口，她深吸一口气，扶着楼梯扶手，三步并作两步跑上了楼梯。

程北莹很快超过了她，还不忘告知落在身后的人一句："左手边的第三间。"

叶湘西心想，等抓到了张蔓青，回去一定要锻炼！她加快速度，终于勉强跟上了程北莹，两分钟后，她们到达了三楼左手边的第三间房门前。

门虚掩着，推开一看，里面一个人都没有。窗户大开，寒风呼呼灌入，朝叶湘西和程北莹迎面吹来。

叶湘西的视线扫过窗台上那面被放倒的镜子，喘着气问："人跑了吗？"

"你看到人了？"程北莹环顾这间宽敞的房间，只觉得四周安静得过于诡异。此时，她的手放在了腰间的枪上，她让叶湘西跟在自己身后，依次查看房间的衣柜和床底，没有发现任何问题。

"是，我看见了。"说着，叶湘西又看了看窗台上的镜子，久久没有移开自己的目光——刚才，这面红色的塑料化妆镜明明是立在窗台上的，现在怎么倒下了？

有点古怪。

叶湘西的心头敲起鼓点来，她鼓起勇气走到窗户旁边。

叶湘西微微探头向窗外看去，楼下的景象尽收眼底。她最后收回了脑袋，伸手拿起窗台上的镜子，重新把它立起来。

这种镜子是可以 360° 扭转的，背面是某位女明星的照片。叶湘西看了看照片，又慢慢地将镜子从下往上翻转过来，然而下一秒，她猛地把镜子摔了。

叶湘西脸一白，指着那面镜子失声叫道："张蔓青！"

当镜子从下往上翻转的时候，镜面将窗台外上下的境况尽数照入其中。叶湘西在镜子中看见,一个女人正躲在窗台正上方的管道上,一动不动地注视着自己!

她们的目光没有直接接触,她们只是通过一面镜子看到了彼此。

叶湘西认得那个女人的眼睛。那双眼睛,以及眉间的那一颗痣,是叶湘西无论如何都忘不掉的。

程北莹大步走到窗台边,一把推开了叶湘西,反身倚在窗台上,朝管道上的人迅速开出了第一枪。

砰!

然而张蔓青动作利索,早已顺着管道滑下,落在了自行车车棚顶上,最后轻松跃到了地面上。

程北莹也毫不犹豫,迅速收起手枪,从窗台上翻身跳了下去。

"程队!"叶湘西想要追上她们,但她从来没有从这么高的地方跳下去过。

只是那个时候,追上张蔓青的念头完全占据了叶湘西的心。于是她咬紧嘴唇,学着程北莹的样子翻上了窗台,双手钩住窗户边缘,最后松手跳下。

当叶湘西掉到自行车车棚顶的时候,她的恐惧感忽然全部消失,已经没有了任何会摔伤自己的顾虑。

叶湘西和程北莹追到了北方集市上。

现在正是晚市开始的时间,市场里人头攒动,叶湘西走在人群中很快迷失了方向。她心急如焚,却不熟悉这里的路,只能像只无头苍蝇一样乱窜,最后不知道拐进了哪条狭窄的巷子里。

巷子两侧是民房厚重的砖墙,和集市隔绝开来。叶湘西在其中奔跑,仿佛只能听见自己的心跳声,而集市上的嘈杂声,只是在身后若隐若现地响起。

北方集市的尽头就是派出所，张蔓青应该不会往那边跑。于是叶湘西沿着相反的方向追去，不知道在巷子里兜转了多久，终于听到不远处传来程北莹的声音："站住！"

随即，接二连三的巨响在旁边的巷子里响起，叶湘西被吓到了，明明双腿已经发软，但还是朝着那巨响处飞奔过去。

就在几分钟前，程北莹将张蔓青逼到了一条巷子里。

那条巷子更为狭窄，巷子里正在施工，竖立着许多脚手架。程北莹眼看着前面的人就要跑出巷子，当机立断侧身放倒了旁边的脚手架。

脚手架是临时搭建的，结构格外松散。仅仅几秒钟后，竹竿和木板如同多米诺骨牌一般，一个接一个地倾倒，伴随着噼里啪啦的声响从张蔓青的头顶上倒下来。

然而在脚手架倒下之际，一个熟悉的身影出现在巷子尽头。

"叶湘西！"

巷子里很快恢复了平静，巷子外传来晚市热闹的叫卖声。程北莹拼命拨开地上的竹竿和木板，朝叶湘西所在的位置跑去。在她清理这些障碍的当口，张蔓青一把推开叶湘西，逃跑了。

尽管戴着皮手套，程北莹的手还是被破裂的竹竿划伤了。她全然不顾，只担心叶湘西的安危。她跌跌撞撞，终于找到了叶湘西。对方正跪坐在一摊血迹上，扶着头茫然地抬眼看她："程队？"

看着面前的人，程北莹流血的手紧紧攥起，一字一顿地问叶湘西："你怎么敢的？"

刚才，叶湘西和张蔓青在巷口相撞，一起摔倒在地上，那个时候的张蔓青已经头破血流。

第六章 | 复仇

叶湘西抬起头时，猛然看见张蔓青的头顶上，一块长木板正朝她笔直落下。她几乎来不及思考，径直扑到了对方身上。

叶湘西的身体罩着身下的人，而自己的后脑勺很快传来一阵剧痛。紧接着，一块厚重的木板咣当一下掉在了她们身旁。

然后，叶湘西看见鲜红的液体顺着自己的头发，一滴一滴地落在面前人的脸颊上。

当周致远赶到卫生所，慌慌张张地找到叶湘西所在的病房时，却看见脑袋上裹着几圈白纱布的病患本人，正和程北莹坐在一起开开心心地吃冰糕。

"这个奶味的吃起来好丝滑，我好喜欢……致远同志？"叶湘西有些惊讶，"你怎么来了？"

程北莹的手心也缠着绷带，她看了周致远一眼，笑着说道："你倒是来得挺及时。"

周致远走到叶湘西身边，低头查看她的伤势："怎么样，严重吗？"

叶湘西摇摇头："我没事。"

程北莹在一旁说道："大夫说还好戴着帽子，只是有些外伤和轻微脑震荡，这段时间好好休息一下就行。"

周致远一时间说不出话来，但叶湘西抬头看向他，没事人一样笑了一下："我们差一点点就抓住她了。"

"程队，你让她跟着你去抓人了吗？"

程北莹摆了摆手："你别问我，你知道她这丫头片子从来不听劝。"

周致远又何尝不知道这一点，他苦笑了一下，坐在叶湘西旁边，柔声说："下次就抓到了。"

刘民松很快收到了市公安局发来的电报，说袁庚生当年做的账目造假已经坐实，包括张宝昌的签名也是假的。而在袁庚生家中新搜出来的账本才是真的，虽然当事人已经死亡，但如果还有人证在，想以此来确定他的犯罪事实还是可行的。

刘民松拿着那份电报，并没有觉得宽心，依旧压力重重。一是以袁庚生的能力，想在账上偷天换日是不可能的，其中一定涉及更深层次的问题；二是如果没有张宝昌和袁庚生的口供，想查黑水机电厂，更是难上加难。

那么，有这个必要吗？

与此同时，民房里，韩法医和技侦大队的王健有了重大发现。

在冰柜里，他们发现了血迹，以及无数块人体皮肤组织。

经过化验，他们确定这些东西都属于吉兰雅。

一想到接下来要加班，王健忍不住揉了揉太阳穴："看来第一案发现场找到了。"

韩法医却乐呵呵的，拍了拍王健的肩膀说："好好干啊，年轻人。"

程北莹和周致远把叶湘西送回家，叮嘱她赶快上床睡觉。叶湘西嘴上答应着，但在场的三人都很清楚，今晚注定又是一个不眠之夜。

叶湘西把枕头垫高，换了一个舒服的姿势躺下。可闭上眼睛时，今天发生的事情还是一幕幕地在她的脑海中闪过。她想到那个男人猥琐的笑容，想到民房窗户外刺眼的反光，又想到镜子上出现的那双眼睛。

张蔓青是土生土长的漠昌人，难道真的无依无靠吗？何况她不过是一个卫校的学生，哪里来的钱置办冰柜，置办两个能落脚的地方？是蒋素兰资助她的吗？可程北莹一直在密切监视着蒋素兰和张家的亲戚，从衣食住行到信用社的提现记录，都没有发现任何异常。

难道说张蔓青早就做足了准备，所以现在才有能力一个人逃亡？叶湘西忍不住想，这种东躲西藏的日子，张蔓青究竟是如何撑下去的？

那么，你的复仇计划结束了吗？你的旅途到达终点了吗？你接下来又打算做什么呢？

叶湘西猛地睁开了眼睛。

要想知道张蔓青接下来打算做什么，就得知道她过去经历了什么。张宝昌的死必须尽快查出真相！

叶湘西已经好久没有睡过这长的觉了，第二天醒来的时候已经是中午。她收拾好衣服，吃了一颗消炎药后，便走出了家门。

叶湘西此行的目的地是漠昌图书馆。

她去查阅了漠昌的县志，在当地工厂的介绍里，翻到了与黑水机电厂有关的资料。

黑水机电厂是漠昌首屈一指的机电大厂，县志上详细地记录了黑水机电厂的建厂历史，以及各个年份发生的大事件。随后，叶湘西又来到报刊存放区域，查找九年前各家报纸对黑水机电厂爆炸事故的报道。

新闻报道中提到的大部分内容，叶湘西和警方都已经掌握了。但其中一篇报道引起了叶湘西的注意。之前，黑水机电厂的几个工人说过，张宝昌的家属曾经在工厂门口喊冤，结果黑水的领导过去把人赶走了。据新闻报道，当时来黑水"闹事"的多达十几人，事前都无一例外地获得了巨额赔偿。

叶湘西揉了揉发痛的脑袋，不由得想，蒋老师那样温文尔雅的人，会是"闹事"的人吗？尤其是他们已经拿到了赔偿，又到黑水"闹事"的原因是什么？难道根本没有赔偿？

得找个机会问一问蒋老师。叶湘西这样想着，又拿出自己的图书卡，借阅了县志还有一些九年前的旧报刊，打算拿回去再研究研究。

从县图书馆出来，叶湘西直接坐公交车去了县公安局。

还没到刑侦大队办公室的门口，叶湘西便听见了岑广胜的声音，于是默默地站在门口没有进去。

"既然第一案发现场已经找到了，剩下的工作也很明确了，现在我们最重要的任务，就是抓捕张蔓青归案！"说罢，岑广胜看向程北莹，"还是没什么线索吗？听说你们差点在北方集市抓到她！"

赵敢先支支吾吾地说："是的，那叶记者都把头磕破了……"

听到这里，叶湘西忍不住伸手摸了摸自己的头。其实她也不知道，当时怎么就敢用脑袋去给张蔓青挡下木板呢？她可是去抓张蔓青的啊！

岑广胜没好气地瞥了赵敢先一眼："又不是把你头磕破了，你但凡蹭破点皮，我都得表扬你两句！"

数落完赵敢先，岑广胜又转头去看程北莹，叮嘱道："张蔓青既然监视着自己的住所，恐怕自己的家也不会放过。狡兔还有三窟呢，这段时间，你让同志们在蒋老师所在的大院和大院附近的居民楼好好排查排查，也许还能发现什么重要线索！当然，电线来源还有毒药来源也不能忽略，都是你们侦查的重点。"

第六章 复仇

程北莹对江华说:"你跟岑局说说,吉兰雅那边有什么发现。"

江华赶忙翻开自己的笔记本,组织了一下语言:"我们这边发现吉兰雅和张蔓青不认识,两个人也没有接触的机会。但这一点,我们还需要再排查看看。"

岑广胜摆了摆手:"张蔓青选个替死鬼,还要有什么社会关系?没有关系就是最好的关系!"

"但我觉得,张蔓青选择替死鬼并非无差别的,她一定是很了解吉兰雅才会下手。"程北莹反驳道。

没等岑广胜开腔,程北莹继续冷冷地说:"何况张宝昌的案子还没有下文,我们很难判断她接下来会做出什么事情来。想要抓住她,我们必须知道她还想干什么,还打算去哪儿!"

岑广胜沉默了片刻,叹气道:"已经没有多少侦查时间留给我们了,北莹,你们尽快吧。"

随后,他走出办公室,看见了站在门口的叶湘西。叶湘西的头上缠着几圈纱布,还戴着一个灰粉色的棉帽,整个人显得颇为滑稽。

叶湘西在岑广胜面前站得笔直,笑吟吟地叫他:"岑局!"

岑广胜原本不想教育叶湘西,但听到她主动开口,他还是忍不住唠叨了两句:"你呀,你是记者,不要做危险的事!你要是有个三长两短,我怎么跟你们报社交代?"

叶湘西连忙点头,表示以后不会这么做了,一定会爱惜自己的生命。

送走了岑广胜,叶湘西松了一口气,走进了办公室。

她低声问道:"你们是定案了吗?确认杀害吉兰雅和袁庚生的凶手就是张蔓青吗?"

程北莹挑眉看向她："你还能想出别人吗？总不能是有人冒充她、陷害她吧？"

叶湘西似乎也陷入了思考之中。

程北莹见叶湘西神情复杂，不由喟叹一声："按照岑局和上面的意思，张蔓青的案子是要定了，接下来就是要实施抓捕工作。"

叶湘西点了点头，却鬼使神差地反问了一句："这也是你的意思吗？"

程北莹盯着叶湘西的眼睛："现在证据链闭合，如果一切线索和证据都指向张蔓青，这也是我的意思。"

叶湘西心中依旧不安，又试探着开口："那张宝昌的案子呢，我们不是知道的吗？张蔓青想要的是报仇，想要告诉全天下人，她的父亲没有做违背良心的事！"

刘民松在一旁听着，也笑着问程北莹："是啊，九年前的案子，你还打算查吗？"

赵敢先正吃着花生米，也插话进来，满不在乎地说："还查什么啊，岑局的意思不是很明显了吗？我们查的是凶杀案，要抓的是杀人凶手，他可不管张蔓青为什么杀人……"

叶湘西却无法认可赵敢先的话："可是，既然涉及那么多条人命，就更要管下去！这也是为了阻止更多人死去。"

赵敢先没想到叶湘西会说出这样的话，他只好咳嗽一声掩饰尴尬："当然，叶记者你说的也有道理。"

"重启张宝昌的案子是我说的，我不会让这个案子再次变成悬案——但我们现在首先要做的是，查到张蔓青在哪儿。"程北莹语气平淡，意欲终结二人的争论。

"接下来是抓捕工作的实施，我们必须在张蔓青再做出更骇人听闻的事情之前，把她给抓起来。"

"可是……"

"没有什么'可是'的了。"程北莹不想与面前的人在这件事上争执不休，"你的记者工作，我想应该暂时告一段落了，你回去好好休息，养养你的伤吧。"

叶湘西摸了摸自己的鼻子，没有再说话。

其实程北莹知道叶湘西在担忧什么，不找到真相，也许永远都追查不到张蔓青的行踪，而张蔓青就藏匿在九年前的案子里。但刑侦大队有自己的办案模式，寻找真相并不是唯一的途径。

目送叶湘西离开后，程北莹拿起桌上的笔，走到了《漠昌行政地图》前——她现在要做的，是找出张蔓青。

■ ■ ■

出了县公安局的大门，叶湘西觉得一切都变得不真实起来，这些天来来回回走了无数遍的路，竟然在此刻变得陌生起来。她想起程北莹最后和她说的那些话，还有一些恍惚——就这么定案了？

叶湘西再次想到了死在生日那天的袁庚生。

张蔓青杀掉袁庚生，目的显而易见是为了给张宝昌报仇。可张蔓青的复仇计划仅仅止步于此吗？

袁庚生固然可恨，他用假账陷害张宝昌，是害张宝昌身败名裂的元凶不假，但叶湘西并不认为袁庚生是张蔓青舍弃姓名和人生、布下偷天换日的大局的唯一理由。

仅仅为了杀袁庚生，张蔓青不需要做到如此地步。

那么，张蔓青的目标究竟是什么？

事到如今，这一切好像都已经不再重要。

叶湘西能做的事情，现在已经全部做完。

正如程北莹所说，她的采访工作可以告一段落了。

五月将至，天已经没有那么冷了。

街边的树枝上，一茬又一茬的新芽争先恐后地冒出来——是春天了啊。

回到报社，叶湘西开始整理最近的采访笔记。这时候，她才发现自己这段时间跟着刑侦大队做了那么多的事。

从在天山岭发现无头女尸，到推翻、确认死者的身份，再到查出张宝昌、查到袁庚生……

如果，如果还能看到警方成功抓获张蔓青就好了。她想，不知道自己有没有机会亲眼看到这一切的落幕。

叶湘西坐在桌前，拿出稿纸，又给钢笔灌上墨水，开始写稿。原本叶湘西写文章很快，所有稿件几乎都是一气呵成。可是这一次叶湘西却怎么也下不了笔，她提起笔又放下，钢笔墨水已经洇了好几页草稿纸，却仍不知道该从哪里写起。

思来想去，叶湘西还是把笔放到了一旁。

她想起了之前在县图书馆借的资料，既然没有思路，不如再去翻翻那些旧报纸，于是她又把那些报纸翻出来逐一阅读。

翻着翻着，叶湘西意外地发现了一个熟悉的名字！她猛地转头看向老齐，激动得一下子站了起来："齐哥，我有事要问你。"

当年张宝昌涉嫌贪污的案子竟然是老齐跟的，她直到现在才发现。

这会儿工夫，老齐正坐在窗台边上，调试着手里的收音机。他抬头看见叶湘西喜形于色地向自己走来，已经开始头疼了："有事你就直说！"

叶湘西把杂志递到老齐面前，指着张宝昌的照片问："你认识这个人吗？"

老齐有些意外，他收起了几分懒散，问道："你看这些资料干啥啊？"

"我在查当年张宝昌的案子。"

老齐扯了扯嘴角："还有什么好查的，人都死了，案子都封存了。"

叶湘西意识到老齐知道些什么，不由得追问道："齐哥你和张宝昌接触过吗？你知道他要举报的事吗……"

"小叶！"老齐忽然打断了她的话，手指头有一下没一下地叩着手里的收音机，过了半晌，他终于烦躁地开口，"你别瞎猜了，我什么都不知道。"

叶湘西露出一个尴尬的笑容："是我唐突了，齐哥。"

看着叶湘西一脸失落地转身，老齐的眼皮子不由得颤了颤。

老齐在这报社里待了小十年，早从当年的理想青年变成了职场老油子。在他心中，什么都没有和老婆孩子过好小日子重要。

想到这里，老齐下意识地低头看了看自己脚边的抽屉。按理来说，他不应该再去蹚这趟浑水了，可是……

这几年，老齐可以说是看着叶湘西成长起来的，尽管她平时总是给自己"找麻烦"，但能伸手帮忙的，他从不含糊。他总想帮这个年轻同事多兜着点，让她能尽快成长起来，而叶湘西也从来没有让他和杨主编失望过。

为什么他总是愿意对她施以援手呢？

好像她的初心，就是当年他的初心啊。

终于，他还是出声叫住了叶湘西："等等，小叶。"

老齐走回自己的工位，从最底层的抽屉里翻出一个档案袋来，递给叶湘西："拿去吧。"

"这是……"

"我确实也没留下什么资料，当时都处理了……这是爆炸事故后，我从一个受害者家属那里得来的，他们请求我一定要曝光张宝昌，是他害得他们家破人亡……后来他们搬出了漠昌，好像去了沈城吧，我也不太记得了，你要是感兴趣，就拿回去看吧。"

叶湘西一时间不知道说什么好，只感觉鼻子一酸："谢谢你，齐哥。"

老齐也不再多说什么，双手背在身后，拿着自己的收音机，慢悠悠地走出了办公室。而叶湘西如获至宝般捧着沉甸甸的牛皮纸档案袋站在原地，心也跟着沉了下去。

回到座位上，叶湘西解开档案袋的绳子，把里面的东西都倒出来。里面有张宝昌所在车间的资料、张宝昌在黑水机电厂所做的技术文件，还有他们车间所有工人的个人档案。

叶湘西一份一份地翻阅着，看着那些工人的名字和生平履历，她心里明白，那些人已经和张宝昌一样死在了那场爆炸事故中。

一张年代久远的合照，夹在这些文件中间。

叶湘西一开始都没注意到这是一张照片，因为是反扣过来的，上面密密麻麻写着人名，直到她摸到相纸光滑的表面。

她把照片抽出，翻转过来，发现这是张宝昌所在车间的全体工人与家属的合照。一眼扫过去，合照里的人仿佛都在咧着嘴笑。她莫名觉得心中一酸，低头仔细观察每个人的脸。

张蔓青也在吧。

叶湘西这样想着，用手指点住左上角的人的脸，一个接一个地看过去。没过半分钟，叶湘西便在照片偏中间的位置发现了那个女孩。当时的张蔓青没有笑，额头上的刘海分成两边，别在左右耳后，一双杏眼弯弯。她眉间的那一颗痣，在照片上很模糊了，但并不妨碍叶湘西认出她来。

为了验证自己没有认错，叶湘西又把合照翻过来，去看对应的人名。然而，映入她眼帘的却是一个完全陌生的人名。

"苗欢。"

苗欢又是谁？

叶湘西忽然觉得头上的伤口开始隐隐作痛，她又把合照翻回来，重新去看那女孩的脸——没错啊，虽然比现在稚嫩一些，但她不可能把张蔓青认错，那张秀气的脸庞她亲眼见过。

可苗欢又是谁？

叶湘西决定先找找张蔓青的名字。可让她毛骨悚然的是，这密密麻麻的名字里，竟然没有"张蔓青"三个字！

砸坏头了，一定是砸坏头了。

叶湘西扶着额头，忽然想到了居委会阿姨，连忙挎上自己的小包，拿起照片离开了办公室。

前往蒋素兰居住的家属大院途中，叶湘西恰巧路过一家派出所。

布告栏上贴着通缉令，其中一张白纸上印着的，正是她曾经在梦中见过的脸。那张照片下面，印了张蔓青的名字、户籍所在地，以及被通缉的原因：一九八七年三月，涉嫌一起重大凶杀案。

那么苗欢到底是怎么回事？叶湘西下意识地握了握手中卷起的合照。

叶湘西在布告栏前站了许久，直到听见有人喊她："叶记者？"

"阿姨？"叶湘西回头看见居委会阿姨提着一兜菜，显然是刚从集市上回来，"您刚从外面回来？"

"是啊，我想着多买点菜，也给蒋老师送一些去。"

这时候，阿姨注意到叶湘西面前的布告栏，也看见了通缉令上的照片和文字。

"我真是太久没见蔓青了，跟以前长得都不一样了⋯⋯"阿姨摇摇头说道。

叶湘西没反应过来："什么？"

阿姨仍在感叹："蔓青挺好一闺女，怎么就走上这条路了？她爸的事⋯⋯也是天意，她还是赶快找警察自首吧，不然蒋老师该多伤心⋯⋯"

叶湘西的声音带着不易察觉的颤抖："阿姨，您印象中的张蔓青不长这个样子吗？"

阿姨显然没明白叶湘西的意思，她张了张嘴，过了半晌才说："也可能是我记错了吧，我太久没见到她了。"

叶湘西把手中的合照摊开，递到阿姨的面前，艰难地从喉咙中挤出声音："您能帮我认认吗？这里面哪个是张蔓青？"

叶湘西失魂落魄地走在大街上，眼前的一切似乎都变得扭曲起来。

她终于回到了报社楼下，却发现前面有一个熟悉的身影："郭晓昊？你来这里干什么？"

郭晓昊手里也拿着一张通缉令。

"叶记者，你可算回来了，你的头怎么了？你们报社的同志说你出去了,我也不知道去哪儿找你……"见到叶湘西,郭晓昊喜出望外,但很快他的脸上又愁云密布起来,"叶记者,这个通缉令是怎么回事啊?蔓青她不是死了吗?怎么又成通缉犯了?"

"郭晓昊,你告诉我,她是张蔓青吗?你确定吗?"不知怎的,叶湘西那一刻忽然死死抓住郭晓昊的手,神情恍惚地问道。

郭晓昊没想到平时总是笑吟吟的叶记者,此时反应居然这么大。他也吞吞吐吐起来:"她……她是蔓青啊!"

"她是蔓青?"叶湘西哑然失笑。

"叶记者,你能不能先松手……"

闻言,叶湘西如梦初醒般松开了手。

后来郭晓昊再说什么,她都没有听进去,浑浑噩噩地回到了报社。

合照上名叫苗欢的女孩,派出所门口的通缉令,还有居委会阿姨和郭晓昊的反应……一切的一切就像一团找不到线头的毛线,让叶湘西感到头痛欲裂。

叶湘西忽然想到了马凤琴的话。

她当时是怎么说的?

"冤枉?难道我们不冤枉吗?难道老苗他们不冤枉吗?最冤枉的,难道不是给张宝昌陪葬的我们?"

一个可怕的念头占据了叶湘西的心——苗欢,他们正在追查的那个杀人犯,那个杏眼蛾眉、眉间生着一颗痣的女人根本不是张蔓青,而是苗欢!

叶湘西手忙脚乱地从抽屉里翻出她早先整理好的、那场爆炸事故中的遇难者名单,终于找到了苗立伟的名字。

没错,苗立伟当年也和张宝昌一样,死在了那场爆炸事故中。

难道在这个偷天换日的局中，根本就没有张蔓青这个人，有的只是苗欢？

那一刻，叶湘西只觉得一股彻骨的寒意，慢慢浸入了她的每一寸肌肤。

再次见到蒋素兰的时候，叶湘西的心情已经平复了。

蒋素兰正在东和小学给学生们上课。叶湘西静悄悄地从教室后门走进去，搬了一张凳子坐在最后一排。

蒋素兰教的是语文，此时她正带着学生们朗读课文。她一手握住课本，念道："姐姐的胆子真大，敢从天上跳下，蓝天上花儿朵朵，也不知道哪朵是姐姐的花……"

下课了，蒋素兰朝叶湘西点头示意了一下，缓步走出了教室。叶湘西跟了上去，蒋素兰仍保持着属于知识分子的优雅和从容："叶记者，我还有十分钟就要接着上课了，不介意的话，陪我到楼下打个水吧。"

叶湘西没有拒绝。

到了一楼的水房，她看着冒着热气的开水，源源不断地落入蒋老师的保温杯里，开口道："蒋老师，我听说当年事故发生后，黑水机电厂和遇难者家属达成了和解，还给了巨额的赔偿款。"

蒋素兰笑了笑，没有说话。

叶湘西看着蒋素兰的脸，继续问道："既然如此，您和其他家属为什么还要去黑水门口喊冤呢？您是讲道理的人，我相信您不会无缘无故去做这种事……"

"那你觉得，我应该以什么理由去呢？"蒋素兰关掉了水龙头，问叶湘西。

"总不会是嫌钱太少,何况我调查过,黑水的赔偿款确实给到了。"

蒋素兰面露苦涩之色,看向叶湘西:"叶记者,这些事情对你来说很重要吗?"

叶湘西几乎没有犹豫便脱口而出:"是的,对我来说很重要。"

"我能感觉到,你和那些警察不同,他们想要的是抓住蔓青破案,而你——"蒋素兰没有说完接下来的话,只是慢慢转身,朝楼梯间走去,"你不是想知道为什么吗?好,告诉你也无妨。当年黑水是给了一笔赔偿款,但你觉得会是巨额的吗?也许对一个人来说是吧,但那笔所谓的'巨款',是分给整个车间的遇难者家属的!他们,根本没有诚意。"

叶湘西怔住了。蒋素兰回头看向她,咬着牙说道:"更何况我们张家,不要他们黑水的一分钱,我们要的,是黑水血债血偿。"

如果蒋素兰也是这样想的,那张蔓青岂不是……

她们是以血缘纽带联结在一起的至亲!

叶湘西快步追上蒋素兰:"您从一开始就知道张蔓青假死的事情,是不是?"

蒋素兰看着面前的人,久久没有说话。过了许久,她终于苦笑着说:"其实也不是一开始就知道的,我甚至不知道她打算做什么,只知道她要复仇。她很多年前问过我,'妈妈,你不想他们死吗',我当然想,可是我却没有办法向她承认。"

"所以您明知道会发生什么,还是默许了她的复仇,默许了她不顾一切地复仇?您难道就没有阻拦过她吗?"叶湘西的情绪不免有些激动。

"我怎么拦?你教教我,我怎么拦?"蒋老师的声音蓦然高了起来，她用手指着自己的鼻子，"蔓青那个性子，如果我敢拦她，她就敢死给我看！我总不能让她死在我面前！"

叶湘西被这突如其来的诘问噎得说不出话，只能呆呆地站在原地。

那一刻，她才发现自己先前错得离谱——她是永远也无法真正站在张蔓青的立场上去思考问题的，她们本质上是截然不同的人。

片刻后，蒋素兰的声音恢复了平静："这些年我一直不知道她做了什么，我也不想知道，为了不成为她的累赘，我们也减少了见面的次数。在你们来找我之前，蔓青只跟我见过一次面，那时候我看见了她后背上的疤，没多久，你们就带着我去认那个女孩的尸体——虽然我和蔓青真的很久没见了，但那个女孩是不是我的孩子，我还是一眼就能认出来的。当我看到尸体上那个和蔓青相同的疤时，我就明白蔓青的复仇开始了，作为母亲，我可以为她做的，就是成全她——哪怕只是帮她拖延一点时间。"

"那苗欢呢？那个替你们张家复仇的人，那个舍弃了自己的姓名也要向袁庚生和黑水复仇的苗欢又是谁？她又为什么要卷进你们的仇恨中？"蒋素兰的话对叶湘西而言是巨大的冲击，但她仍努力保持镇定，"蒋老师，我同情你们的遭遇，可是她现在是在玩火，她的所作所为，会让更多的人变成当年的你们！这是你们想看到的？蒋老师，我请您阻止她，她不能再错下去了！"

这时候，上课铃响了。

在刺耳的电铃声中，蒋素兰没有回应叶湘西的话，只是轻声问她："叶记者，一团九年前就被点燃的火，今天的我们还有机会扑灭吗？"

第七章

影子的牺牲

从东和小学出来,叶湘西想了又想,还是去了县公安局。没想到刑侦大队的办公室空无一人,她去找办事大厅的值班警察打听,才知道程北莹一早带着大批刑警出去搜查了。

无奈之下,叶湘西在县公安局的办事大厅坐下,打算等程北莹回来。然而这一等,就等到了天黑。

"湘西?"远远看到大厅里那个熟悉的身影,周致远有些惊讶,"你怎么坐在这儿?等程队吗?"

叶湘西后知后觉地抬起头,发现叫自己的是周致远,她点点头说:"我有很重要的事情找程队。"

"我陪你等她。"周致远没有多问,坐到了叶湘西旁边。

没过多久,外面传来喧嚣的警车鸣笛声。叶湘西一下站了起来:"程队,是程队回来了。"

程北莹刚关上警车门,转头就看见叶湘西兔子一样飞奔而来,身后还跟着一脸无奈的周致远。她微微蹙眉问道:"你怎么过来了？"

叶湘西紧张得要命，拉住程北莹的胳膊，有些磕巴地开口道："不是张蔓青，那个人，不是张蔓青！"

那天晚上，程北莹抽了很多烟，烟头堆满了烟灰缸，叶湘西在旁边看着，却不敢再劝。

赵敢先第一次听到这个消息时，比叶湘西更难以接受："你们是说，那个叫苗欢的女人用了张蔓青的身份杀人，然后又让吉兰雅用张蔓青的身份去死？"

程北莹看着面前苗立伟的档案，一直没有说话。终于，她从抽屉里拿出一张化验单，丢给了叶湘西："看吧。"

"一张血液报告？"

程北莹又点燃了一根烟，她朝旁边吐出烟雾，慢慢开口："我们收集了张蔓青留在巷子里的血迹，经过化验，是 B 型血。"

叶湘西仍是一头雾水："所以呢？"

程北莹熟练地掸了掸烟灰，接着补充道："张宝昌是 A 型血，蒋素兰是 O 型血，他们不可能生出 B 型血的孩子。"

叶湘西慢慢放下手中的化验单，恍然大悟："原来你早就知道了？你早就知道那个女人不是张蔓青，为什么你……"

"我们只知道她的血型，能做的事情太少了，既然她要用张蔓青的身份活着，那就用吧。"程北莹盯着叶湘西的眼睛，似笑非笑地说，"而你，找到了那个女人的名字，很好，叶湘西，你真的做得很好。"

赵敢先似乎还在状况外，他一脸迷茫："为什么啊？为什么她要用张蔓青的名字？这实在是……"

"反正苗欢的复仇对象和张蔓青的并无差别,用张蔓青的身份,又怎么会引起怀疑呢?"叶湘西苦笑着说。

程北莹没有过多纠结这个问题,她掐灭了手里的烟,对面前的两个人说:"回去休息吧,明天我们还有一个重要的人要见一见。"

叶湘西想了好一会儿,才意识到程北莹说的人是谁:"谢如温吗?你还觉得她有问题?"

"现在还不好确定谢如温到底知不知道苗欢的事,但是一直以来,她都把那个女人称作张蔓青。"

叶湘西倒不觉得这有什么问题:"可是,郭晓昊也一直以为苗欢就是张蔓青。"

"但据她所说,她从小就认识那个女人,而郭晓昊则是在北辰卫校才认识的张蔓青。总之,明天问过就知道了。"程北莹坚定地说道。

—■■

赵敢先打电话到光明灯具厂,是孟秋堂接听的。谢如温正在办公室里修剪盆栽,听到丈夫的转述,她只觉得心烦意乱。

孟秋堂擦了擦额头上的汗:"如温,你看这……他们说已经到门口传达室了,你打算见他们吗?警察来找,也不好不见吧?"

谢如温放下手上锋利的剪刀,笑着反问自己的丈夫:"见啊,为什么不见?"

孟秋堂又慌张地问:"是不是还是和张家有关的事?如温,你下次可别让我在警察面前说谎了!我上次真是不知道怎么编了,为了编瞎话我连我这张老脸都不要了!这样帮她,不是个办法的……"

"一个忙而已。"谢如温摇了摇头,又低声喃喃道,"何况,我们已经被警察看穿了。"

孟秋堂一向是没主意的,他也不知道此刻该说什么话,只好叮嘱了一句:"那你这一次可要好好配合人家警方啊。"

"不过是他们问什么,我答什么。"谢如温停顿片刻,木然开口,"毕竟,我跟他们发过誓的。"

程北莹和赵敢先在灯具厂的一间会客室等谢如温。没过一会儿,她便推门进来了。

再次见到程北莹,她微微一笑道:"我们又见面了,程队。"

"我们这次还是长话短说,不会影响你忙生意的。"看着面前的人,程北莹也不得不承认,这个女人的确既精明又美丽。

谢如温眉毛轻挑,不咸不淡地开口:"怎么会呢?有什么要问的,你们尽管问。"

程北莹拿出一张女人的照片,递给谢如温:"你认识她吗?"

谢如温的眼睛扫过那张熟悉的脸,似乎有些困惑:"当然,我认识她,她是张叔的女儿。我记得我跟你们说过的。"

程北莹慢慢向谢如温走去,盯住对方的眼睛,一字一顿地问:"既然你认得她,那你告诉我,你见到的人是张蔓青吗?"

谢如温一怔:"你什么意思?"

程北莹也疲于和面前的人拉扯,她伸手点了点照片上的人:"我的意思是,你见到的这个女人,不是张蔓青。"

那一瞬间,谢如温脸上流露出无法掩饰的震惊,她不可思议地看着程北莹。

程北莹把苗欢的照片卷在自己的手心里,用它一下一下敲打会客室的桌面,发出嗒嗒的声响,像是某种可怕的倒计时。片刻后,她终于丢下手中的照片,似笑非笑地对谢如温说:"既然你接受过张宝昌的恩惠,既然你从小就认识张蔓青,你别告诉我你根本分不清楚她们谁是谁——如果我说得没错的话,你从始至终在帮的那个女人都不是张蔓青,而是苗欢,对吧,谢小姐?"

谢如温苦笑一声,知道有些话必须在今天说出来了。

"我没想到你们竟然发现了她——"她抬头看向程北莹,终于缓缓开口,"是,我知道她不是张蔓青,我也知道她在借张蔓青的身份复仇。可是那又怎么样?对我来说,她叫张蔓青还是叫苗欢,都不重要,我从始至终只是在还张叔的人情而已。"

程北莹的脸阴沉了几分:"她和张蔓青到底是什么关系?"

谢如温避开程北莹的视线,低头看着桌子上那张卷翘了的照片。过了许久,她才轻声回答程北莹的话:"是朋友,是亲人,在我认识张叔以前,她们就形影不离。"

谢如温说到最后,似乎陷入了回忆之中。

回过神后,她又笑了笑说:"张叔去世后,我跟她们便没什么联系了,直到前阵子苗欢找到了我,说实话,我真希望她们没那么要好,这样苗欢也不会为张蔓青、为张叔做到这个地步。"

"是啊,她们真是要好啊,能为对方做到这个地步,真是让人羡慕的要好啊。"程北莹似乎冷笑了一下,"只是这些都不重要,你承认你认识苗欢就好。我想,如果你愿意劝她回头的话,那是最好不过了。"

谢如温抬头看向程北莹,似乎觉得她的话很可笑:"她凭什么会听我的劝?"

程北莹却反问道:"那她听谁的劝呢?张蔓青的吗?可是张蔓青人呢?她就眼睁睁地看着苗欢为了她万劫不复?"

谢如温咬了咬嘴唇："其实，苗欢也在找她，她跟我说张蔓青去了哈港以后，再也没有音讯了。"

从光明灯具厂回到县局办公室，程北莹看到叶湘西和刘民松都在，便问道："电线查得怎么样了？"

刘民松挠了挠耳朵，龇着牙回答道："查是查到了，她是在绿坝路的一家五金店买的，不过依旧没有摸到什么有用的线索，你也知道，她有些反侦查的本事。"

程北莹思索半晌，对刘民松说："电线的事情先放一放，你继续监视谢如温吧，说不好她会和苗欢联系。对了，你再找人去哈港查一查张蔓青的下落，虽然这个人目前看来和案子没什么关系，但活要见人，死要见尸。"

刘民松答应下来。

转过头，程北莹看见叶湘西还杵在那里，不由得叹了口气，三言两语把刚才和谢如温的谈话转述给她听。叶湘西抿了抿唇，过了半晌才问道："你觉得，她说的那些话是真的吗？还是她在说谎？"

程北莹瞥了她一眼："叶湘西，有时候我觉得你挺机灵的，有时候又愣得可以。她说的每一句话，当然都是需要我们核实的，难道指望她上下嘴唇一碰，就领着我们破案吗？"

刘民松眼神冷冷的："这个谢如温，恐怕比我们知道的更多，让她参与到案子里来，或许是个好主意。"

赵敢先发现，叶湘西总是能轻易找到谁家的门牌号，这让他十分警觉，对着叶湘西一通阴阳怪气："你真是个危险分子，应该让你像锁匠一样去派出所报个备。"

叶湘西早已经不像当初一样怕程北莹这个人高马大的跟班了，她瞪他一眼："你少啰唆，程队还没说什么呢！"

"行了，消停会儿！"程北莹没工夫给他们俩调停矛盾，她命令两人赶紧闭嘴，然后走进了苗立伟一家所住的二河里大院。

苗立伟家在四楼，一层楼有三户人家，楼道空间十分逼仄。

叶湘西敲了好几分钟的门，然而回应他们的，只有走廊里空荡荡的回声和门上扑簌簌掉落的灰。

她不死心，伸手又要敲门的时候，突然听到隔壁那一户传来落锁的声音。

三人转头看去，一个两三岁、扎着双马尾的小女孩从门后探出头来，对他们说："不要敲了！你们好吵！"

三人还没开口，门后又伸出一颗脑袋来，一位大妈打量了他们一番，狐疑道："你们找谁啊？"

赵敢先连忙说："阿姨，我们找苗立伟的家属，他们家人呢？"

"老苗？你找老苗媳妇儿？"大妈瞥了一眼叶湘西刚才敲的那扇门，"他们早死了，全死了，没人住这儿了。"

小女孩一听，抬起头来问："奶奶，什么是全死了？"

叶湘西愣了一下。

"小孩子不要问。"大妈拍了拍小女孩的肩膀，又问赵敢先一句，"你们是什么人？"

程北莹的视线从小女孩身上移到大妈身上，她笑了笑："我们是警察啊。"

"警察？"大妈先是惊讶，随后问道，"是他们家的户籍出什么问题了吗？"

程北莹没有继续解释，只是问道："你知道他们家出了什么事，对吧？"

"亚男啊，你先进去等奶奶。"大妈让小孙女先进了屋，然后推开门，露出有些肥胖的身子，站到了三人跟前，"唉，还能是什么？不就是黑水那事吗？自从老苗死后，老苗媳妇儿就一病不起了，没多久就病死了……他们家闺女从那以后就很少回来了，这几年这房子一直空着，早没人住了。"

"那你见过她吗？"

大妈看了叶湘西一眼，像是听到了什么废话，喷了一声道："见过啊，苗苗，邻里邻居的怎么可能没见过？小的时候她还经常来我们家玩呢！不过老苗媳妇儿走了之后就再也没见过了……苗苗这闺女也是可怜，小小年纪就没了爸妈。"

那一刻，叶湘西忽然觉得心口堵得厉害——苗苗她……她的爸妈也都不在了。

大妈好奇的目光依次扫过走廊里的三人："你们是来找苗苗的？"

叶湘西勉强笑了笑说："算是吧。"

大妈哦了一声："那我还真不知道她去哪儿了，也不知道老苗家还剩下什么亲戚……"

程北莹找来派出所的民警，强行打开了苗家的门，进屋一看，茶几、饭桌、柜子……所有家具都落了厚厚一层灰，果然是很久没有人住了。

程北莹环顾四周，拍了拍手，说："我们也是时候让苗欢露个面了。"

第七章 | 影子的牺牲

听到程北莹的话,叶湘西转头问:"你打算怎么做?"

"既然苗欢的计划是给自己的父亲复仇,那用苗立伟作饵最适合不过。"说着,程北莹从一个柜子里拿出一块奖牌,转身对门口的几个民警说道,"进来吧,把这里所有东西都搬走。"

叶湘西隐约明白了程北莹要做什么,她不由得问道:"一定要这么做吗?"

程北莹知道叶湘西在想什么,她看着民警们搬家具的忙碌身影,笑了一下:"当然,只要能抓住那个嫌疑人。"

尽管已经到了初春,晚上的风依旧像刀子似的。苗欢早已习惯了这种冷风,但今时与往日相比还是有几分不同的。

警察找到了她的落脚地,她已经不知道自己还能去哪儿了。

真希望自己也能回家啊,可是她已经没有家了。

当初,黑水机电厂在望北路给他们盖了安置房,苗欢还幻想过和爸妈一起住进新房后的生活,可没想到,最后他们不但没有新房,连家也没了。

如果没有黑水机电厂,没有袁庚生,没有那个人的话,也许她还能回到自己的小家,吃上爸爸做的土豆炖芸豆。

最近一次吃这道菜,是什么时候呢?好像是十三还是十四岁那年吧。她最喜欢吃炖得软烂的芸豆了,浸满醇香的汤汁,绵软到入口即化。

想到这里,苗欢抬头看了看天。曾经的她,又有过什么烦恼?是担心考不上高中让爸爸丢脸,还是担心在寒冷的冬天里被老师安排去学校门口扫雪?

她真想回家啊,哪怕是去张叔家也好。

记得那会儿自己也常去张叔家蹭饭吃，在张叔家里，她留下了她短暂的前半生里最美好的回忆——和张蔓青有关的回忆。

这一切到底为什么会消失，苗欢知道，自己一辈子都不会忘记。

在市场后面的垃圾堆里，苗欢捡到一块破镜子。

她蹲下身来，对着镜子的残片查看自己被竹竿割破的脸。

其实她已经感觉不到疼了，也不在乎自己的脸会不会被毁掉。

苗欢又想起了那条窄窄的巷子，那个女警察像鹰一样紧追着她。最后那个女警察竟然绊倒了脚手架，想要困住她。

那些削尖的竹竿劈头盖脸地掉下来，她当然避之不及。

只是她想不明白，那个突然出现在巷子尽头的女人为什么要救她？她还记得那女人替她挡了一块木板，头都砸破了。

那个女人真是个傻子。

只差一点点，只差一点点了。

苗欢把镜子反扣在地上，心里念叨着，她要活下去，要替张蔓青也活下去——哪怕只能再活几天也好。从那场爆炸发生以后，她们只剩下了彼此。即使现在张蔓青已经不在她身边了，她也必须活着，哪怕是这样不见天日、没有姓名地活着。

苗欢站起身来，裹紧了身上的棉衣，把围巾拉到鼻子处，低头朝药房走去。现在满城都是她的通缉令，她必须要更加小心。

那张拍卖二河里大院老房子的布告单，正好贴在药房外。

布告单只是一张十六开的纸，上面印了几张黑白照片，不算很显眼，是上面熟悉的地名和照片逼停了她的脚步。

那一瞬间，苗欢的瞳孔收缩，揣在兜里的双手紧紧握成了拳。

那是爸妈的房子，也是她的房子！

只是现在，那个房子里空空如也，一件家具都没有了。

为什么要卖掉她的家？为什么要卖掉她爸妈留在这个世界上的最后的东西？

一定是警察！苗欢知道，他们已经发现了她。

即使知道自己这一去是羊入虎口，必定是有去无回，苗欢终究还是没能控制住自己。她如今所做的一切都是为了自己的家，可如果家不在了，她杀人放火又有什么意义？

趁着夜色，苗欢辗转来到了二河里大院附近。她不敢过去，只是走到大院对面的一家杂货店里，埋头在货架处，假装挑选商品。

苗欢的眼睛一直在往对面瞟。没过多久，大院门前停了一辆货车和一辆警车。

一个身穿警服的民警朝杂货店走来，苗欢赶紧把自己藏在货架之间。

"老板，来盒长白参。"

"三块。"老板看了民警一眼，又转头去看对面，"你们这是干吗呢？二河里出事了？"

民警把钱放在桌子上，随口回道："来收拾房子。"

老板没管桌上的钱，还在向民警打听："收拾房子还要警察来看着啊？"

民警似乎不愿多聊，不耐烦地回了一句："警察什么不管啊？上次你丢了货不是还找我来着？"

老板又探出身子去看那辆货车："那些家具值不少钱吧？送哪儿去啊？"

民警提高嗓门道："扔了呗！你想要？去咱这边最大的垃圾场翻翻，估计还在。"

老板连忙摆手，阴阳怪气地说："别，说不定是死人的房子，死人的家具我可不敢用。"

等民警以及外面的货车、警车都扬长而去了,苗欢才慢慢从货架后面走出来。她低着头,在踏出杂货店大门的时候,眼泪终于淌了下来。

在她离开之后没多久,杂货店的"老板"也推门而出。他悄无声息地拐进了附近的一条小路上,低声说:"任务执行完毕,我们去跟程队会合吧。"

"嗯,上车吧。"刚刚进店买烟的民警说。

程北莹一夜没有合眼。

她在漠昌最大的垃圾场布置了警力,不眠不休地蹲守在那里。

一开始,叶湘西质疑过程北莹:"你怎么知道苗欢会去呢?她那么聪明谨慎,怎么会看不出你们设下的局?"

程北莹看着她,冷冰冰地反问道:"如果你爸妈的遗物被我丢到了垃圾堆里,你去不去捡?"

叶湘西没想到程北莹会说出这样残忍的话。对她来说,这个答案是显而易见的,是不需要思考的。

虽然叶湘西心中愤然,但她知道程北莹是对的。

她亦恳切地希望刑侦大队能顺利执行抓捕任务。

只要苗欢能够落网,她就还有认罪和救赎的机会。

破晓时分,他们终于看到了苗欢。

她还是来了。

那个即使裹着厚实外衣也依旧瘦削的身影从出现的那一刻起,就让在场所有人都屏住了呼吸。

程北莹并没有发出任何指令,只是静静地看着苗欢走进垃圾堆深处，俯身徒手去翻脚下的东西。

苗欢认出了自己家的茶几和柜子，她知道，自己家的东西已经全在这里了。

她忽然觉得荒唐又可笑。

自己因为复仇早就成了别人眼中的垃圾，如今他们苗家的一切，也像她一样变成了垃圾，被丢进了垃圾堆里。

苗欢心如刀绞，徒手拨开垃圾堆，想要一件一件地捡回父母的物品。

终于，苗欢发现了一包用编织袋包裹着的熟悉的物品，里面有爸爸的收音机，妈妈的皮手套……还有那块奖牌。

奖牌方方正正，从前爸爸最爱护这个东西，苗欢用手指摩挲着上面的字：一九七八年，黑水机电厂，车间劳动楷模苗立伟。

苗欢把奖牌埋进自己的胸口，眼睛通红。

天要亮了，这里不能久待，她知道自己必须走了。但就在这个时候，程北莹通过对讲机下达了命令："抓人。"

随后，从垃圾场的三面跑出了七八个警察，朝苗欢冲过去。

苗欢听到四周传来的动静，猛地转头看见了他们。而叶湘西也在那一刹那，重新看清了那张脸——那张她曾经以为是张蔓青的脸。

苗欢攥紧手中的奖牌，毫不犹豫地转身向身后的缓坡跑去。

叶湘西嘴唇发白："程北莹，那边是铁道……"

垃圾场旁边是一条跨境铁道，是漠昌地区最重要的交通线路之一。铁道被修建在地势较高的平原上，铁道旁的碎石被层层堆成缓坡，缓坡之下便是容纳着数百吨垃圾的垃圾场。

七分钟后，一辆火车将会途经漠昌。

"给我把她抓回来！"程北莹眉头紧皱，她抓紧了手中的对讲机，朝着苗欢逃跑的方向追去。

北边传来了火车的轰鸣声。

苗欢的动作很利索，几乎没用多长时间就爬上了缓坡，跑向铁轨。

她看见了太阳。

那轮镀着金边的太阳在平原的尽头缓缓升起，将大片的云和天染得斑斓。

程北莹站在缓坡上，拿着喇叭，语气冷到极点："苗欢，下来！"

苗欢身后是震动的铁道，人站在碎石上已是摇摇欲坠。她面无表情地看向那群警察，沉默不语。

叶湘西费了好大力气才爬上去，看见苗欢的那一刻，她不由得瞳孔震颤："苗苗，别做傻事，快下来！"

苗苗？

在火车的鸣笛声中，苗欢听到了自己的小名——已经很久没有听人喊过她的小名了。

苗欢侧头看向叶湘西，她认出了对方。

那一瞬间，苗欢心头强撑的那口无论如何都要活下去的气松了——活着又能怎样？

如果她被发现了，如果警察抓住了她，那她岂不是成了复仇计划之中最大的障碍？苗欢心想，即便复仇失败，她也不要成为障碍——她不想看到张蔓青对自己失望。

她心甘情愿地，为张蔓青做任何事。

火车的车轮撞击着铁轨，咣当咣当的声响伴随着鸣笛的呼啸声，已经向苗欢越逼越近。她却置若罔闻，只是一动不动地盯着叶湘西。

最后，她朝叶湘西笑了笑，迎着她生命中的最后一道朝阳，义无反顾地跳上铁轨，奔向她的末路。

"苗苗！"那种前所未有的恐惧，让叶湘西失去了所有思考能力，她抬腿要往前冲，幸亏被身旁的程北莹死死地拽住。

程北莹朝周围的人喝道："快把苗欢拉下来啊！"

然而一切都太晚了。

回去以后，叶湘西大病了一场。

虽然她找卫生所开了一些安神的药，但是在后来的十几天里，她都没有办法彻底入睡。每天晚上，只要她一闭上眼睛，就会想起那天轰鸣的火车，想起苗欢的微笑，还有轨道上那破碎的尸体。

程北莹去看叶湘西，她坐在叶湘西的床边，说了很多很多的话。

"我已经把苗欢家重新清理归置、恢复原样了，东西都很完整，没有受到污染……叶湘西，我知道你因为苗欢的死不能释怀，再告诉你一件事吧，省局邮递了一份死亡证明过来，是张蔓青的。张蔓青已经死了，几年前她去了哈港，一边打工一边上访，结果死在了那儿……各地的派出所是不通气的，我们也是现在才知道。"

叶湘西侧躺着，没有对程北莹的话做出反应。

程北莹继续对叶湘西说："现在证据链很完整了，吉兰雅的案子，袁庚生的案子……分尸工具、冰柜还有氰化物，都在苗欢那儿找到了，凶手确定是苗欢，我们准备结案了。"

叶湘西忽然翻身坐起，盯着程北莹，像是不解："就这么简单吗？就这么结束了吗？苗苗她杀了吉兰雅，用了两个身份，只做了这么一件事情？你不觉得太可笑了吗？"

许是因为长时间没有讲话,叶湘西的声音极度沙哑难听。

程北莹平静地说:"叶湘西,你记住她叫苗欢,她对你来说是一个陌生人,不是什么苗苗。"

叶湘西沉默了一下,微不可闻地嗯了一声。

听到叶湘西的回应,程北莹不由得软下声音:"我知道苗欢的死对你打击很大,你同情她,可怜她和你一样无父无母,你希望她能回头,能知错就改,可是叶湘西,她是她,你是你。"

叶湘西喃喃道:"我当时以为我能救她的,我之前找过蒋老师,我有强烈的预感,她们是一定要黑水机电厂血债血偿的!如果苗欢还活着,她也一定不会罢手!"

程北莹摇了摇头:"可事实是苗欢已经死了,而蒋老师也要为自己做伪证的事承担刑事责任。叶湘西,你说的这些没有意义。"

"我只是……我只是想知道真相而已,这也是我一开始跟随你查案的目的,我想还吉兰雅一个公道,也想还苗欢一个公道。"说到这里,叶湘西的手不自觉地抓住程北莹的胳膊,似乎在试图说服对方,"程队,我们不是收到了那捆电线吗?你也知道当年的爆炸不是一场事故,陷害张宝昌的袁庚生是死了,可是害得张宝昌和苗立伟死无全尸的人呢?恐怕苗欢的死还不是终点。"

叶湘西从始至终都不相信,这件事会就此结束。苗欢明明还没有完成复仇计划,以她布下惊天大局的心智怎么可能这么轻易赴死?为什么她宁肯痛苦地死去,也不愿意回头?

叶湘西想知道真相。

从跟随程北莹查案开始,她就在追逐着这个真相。

只是让叶湘西难以接受的是,在这个过程中竟然有这么多人死去——她想起雪地里的吉兰雅,想起舞厅里的袁庚生,最后又想起了那列在她面前飞驰而过的火车。

她不想再看到有人死去了。

程北莹没有回答叶湘西的问题。她只是慢慢抽出自己被叶湘西抓住的手，从床边站起身来："也许你说的是对的，但现在的你还没有做好去寻找真相的准备。我希望你好好睡一觉，等你睡醒以后，还是当初我在天山岭第一次见到的叶湘西。"

程北莹走后，叶湘西仍坐在床上思索着她最后说的话。

她在天山岭第一次见到的自己，是怎样的自己？自己又是不是如她所说的那样，还没有做好去寻找真相的准备？

真相，真相。

是啊，这是她成为记者的初心，也是程北莹第一次遇见的她的初心——她想做的，是一个记者该做的事。

连睡了几场大觉后，叶湘西终于恢复了精神。

尽管苗欢的死让她短暂地消沉了几天，但她明白自己现在能做的，就是把吉兰雅和苗欢的故事记录下来，形成一篇深度报道，给所有关注此案的漠昌群众一个交代。

只是她很快发现，有关张蔓青的部分她无论如何都写不下去，有关她的信息实在是太少了。她不确定这是否和自己认为的、还未浮出水面的"真相"有关，于是思来想去，她决定再去收集一轮素材。

虽然程北莹说过，张蔓青早在几年前就死了，但叶湘西仍然觉得这件事和张蔓青脱不了干系，否则苗欢的第一目标不会是袁庚生。

况且,苗欢不也曾让警方以为她"死了"吗?

打定主意后,叶湘西重新去找了居委会阿姨。这次她打听到了张蔓青上的哪所保育院、哪所小学还有哪所初中,然后挨家找了过去。

可是这些地方并没有留下张蔓青的照片,叶湘西对张蔓青的模样依旧一无所知。在她试图想象张蔓青和苗欢并肩站在一起的画面时,只有苗欢清晰的面容。

叶湘西没有气馁,她拿着苗欢的照片去找当年教过她们的老师,从那些人的口中打听张蔓青的消息。既然张蔓青和苗欢是从小一起长大的,那么她们看到苗欢也许就能想到张蔓青。

很快,叶湘西的脑中对张蔓青有了画像:那是一个非常聪明的孩子,数学成绩很好,脑袋灵光。

在她拿出苗欢的照片后,几乎所有老师都在第一时间作出了类似的反应:这不是老跟在张家那孩子后面的那个姑娘吗?

这让叶湘西不由得开始分析,张蔓青死后,苗欢到底是用什么样的心情去顶替她的?

她决定去采访一下李德祥和马凤琴。当时他们曾经提到过"老苗",也许他们知道什么有关苗立伟的事情。

李德祥早已出院,叶湘西又来到了他们家。看见她来了,夫妻两人都有些意外。

提到苗立伟,躺在床上的李德祥慢悠悠地说:"你要是问老苗的话,他其实没什么存在感。我只记得他人不错,是张主任车间里的老好人,为人正派,做事也认真,我记得他当年还评过什么劳动模范，就是人闷闷的……"

叶湘西问："他和张宝昌的关系很好吗？"

李德祥嗯了一声："张宝昌带着老苗，和做财务的袁会计经常走动。"

叶湘西在笔记本上飞快地写着字，继续问："那你们记得他们的女儿吗？两个小姑娘。"

这时，李德祥犹豫了："这我记不住了，时间太久了，而且我也没什么印象。"

马凤琴在旁边烧好热水，把水杯递给叶湘西，开口道："我记得，工人家属毕竟总有来往的。"

叶湘西赶忙说："那麻烦你跟我说说。"

马凤琴眼睛往上看了看，似乎在回忆："我就记得张主任家的孩子，一个小姑娘，长得挺漂亮，又聪明机灵，谁看谁喜欢，当时我还跟老李说，以后我们也生一个呢……"

说到这里，李德祥和马凤琴不由得苦笑了一下。顿了顿，马凤琴继续说："我听说车间出了事以后，蒋老师到黑水门口喊冤，他家姑娘后来好像去了哈港吧，去那儿上访，不过再后来我就没有听说过她的事了，当时老李重伤，我也没心思关注。"

叶湘西又问："那老苗家的女儿呢？"

马凤琴皱着眉头想了一会儿："我对她也没什么印象了，好像挺随她爸的，很少说话，只喜欢躲在人后面。"

李德祥忽然想起了什么，一拍被子："老苗家的孩子我有印象！那次，张主任家的闺女调皮捣蛋，打翻了车间十几个人的盒饭，还不承认！后来是老苗那孩子站出来说是她干的，张主任闺女才认错。"

从小相识相伴，互为后盾和软肋，叶湘西意识到，苗欢和张蔓青相互信任，相互扶持，并且对彼此有着绝对的忠诚。她们之间的感情，也许早已超出了友谊的范畴，更像是亲情。

苗苗，你当初到底是以什么样的心情奔向这条注定没有归途的路的呢？

与此同时，刑侦大队也在调查九年前张宝昌的案子。程北莹亲手重启了这个案子，自然要追查到底。

程北莹已经记不清自己是第几次到黑水机电厂了。她把一个档案袋丢到龚书记面前，严肃地说："龚书记，和我们解释解释这个吧？"

龚书记仍是笑呵呵的："程大队长这回过来又有何贵干啊？"

见他这副不见棺材不落泪的样子，赵敢先冷哼一声道："你看看，看了就知道我们来干什么了。"

龚书记根本不把面前的两个人放在眼里。他连说了两声好，表情轻松地打开了档案袋。

然而，在看了第一张纸后，龚书记的脸色就陡然大变，他慌张地翻看后面的内容，颤声道："这……这，你们从哪里弄来的？"

"我们警察的办事效率还行吧？"程北莹笑道。

档案里，正是当年袁庚生做的几份假账，以及他和龚书记的来往书信。

"龚书记，袁庚生死了，你没有想过你和他会是一个下场吗？"程北莹有意进一步刺激龚书记，"哪怕你知道你有可能会死，也不肯拿出这些来换你一条命？"

龚书记一下从沙发上站起来，气急败坏地说："这是袁庚生的污蔑！这都是伪造的！这些事我完完全全不知情！"

"龚书记,你不知道公安局有笔迹鉴定这回事吗?你赖不掉的。"看着龚书记终于坐不住了,赵敢先总算出了一口恶气。

这时,程北莹朝龚书记走去:"龚书记既然站起来了,就别坐下了,跟我回县局协助调查吧。"

龚书记后退两步,重新跌坐回沙发上:"不,不是我,我也是被逼的,当年我也是没有办法!"

见他的心理防线已经松动,程北莹步步紧逼:"那你倒是说说,是谁让你这么做的?"

龚书记瘫坐在沙发上,脸色惨白:"是厂长指使的,我和袁会计一样,不能不听。"

"厂长?你们那个姓雷的厂长?"程北莹皱了皱眉头。

"不,是高代表。"龚书记眼神涣散地说道。

赵敢先愣了愣:"哪个……高代表?"

漠昌还有哪个高代表?如今漠昌只有北兴钢铁公司那一个高代表!

那一瞬,程北莹的眼底笼上了一层寒霜:"你想说高咏梅吗?"

龚书记过了很久才有所反应,他缓缓地点了点头:"当年她是黑水机电厂的副厂长,九年前的爆炸事故发生后,她便引咎辞职了。其实,高代表她是走了内退流程,然后离开了黑水。"

高咏梅离开黑水机电厂后的事情,在场的三人都十分清楚。她利用过去三十年积累下来的人脉和资源,乘上了改革开放的春风,开了北兴钢铁公司,一跃成为漠昌乃至北方地区都赫赫有名的企业家。尽管高咏梅没有什么切实的权力,但由于北兴钢铁公司对地方发展作出了重大贡献,高咏梅很快成了地方政要们的座上宾。

这几年,高咏梅一直待在省里。

从黑水机电厂出来，程北莹的脸色十分难看。

她站在警车旁，一动不动地看着门口那块写着"发挥工人阶级的主力军作用"的墙面。

看着程北莹的脸色，赵敢先连大气都不敢出。刚才龚书记所说的话，对他们而言无疑是平地惊雷，赵敢先甚至在想，早知道如此，还不如不问呢。

天似乎要下雨了，黑压压的云将天空压得很低很低。

大雨如期而至。一阵噼里啪啦的雨声惊动了叶湘西。她从笔记本上抬起头，才发现下起了雨。原本她站在一棵树下，这时候不得不匆忙躲进身后的一家商铺。

老板看见门口有些狼狈的叶湘西，招呼道："你在这儿等等吧，一会儿雨就停了。"

叶湘西忙连声道谢。

外面阴云密布，天昏地暗，店里却宽敞明亮，天花板上挂着一盏暖光灯，叶湘西一时间觉得心里暖烘烘的。

灯？

伴随着店外的雨声，叶湘西突然想到了谢如温。

对啊，她怎么忘了谢如温呢？既然张宝昌对谢如温有那么大的恩情，那她对张蔓青和苗欢肯定有了解，何况她也曾经帮过苗欢，也许还知道什么更有价值的线索。

等雨停了，乌云渐渐从漠昌上空散开，叶湘西踩着湿滑的地面，直奔公交车站。

光明灯具厂离市区挺远，叶湘西坐了很久的公交车才到。她在传达室门口匆匆登记完，便一路小跑着来到谢如温的办公室门口。

第七章 | 影子的牺牲

叶湘西抬手敲了敲门,里面传出轻快的女声:"进来吧。"

她推开门,看见谢如温正坐在玻璃窗前的藤椅上晒太阳。

叶湘西不知道该怎么形容那幅画面——恰到好处的阳光铺在谢如温身上,打出了一道柔和的光影。此刻她闭着眼睛,卷翘的睫毛在她眼下投下一片阴影。窗台上摆放着几盆绿植,宽大的叶子也泛起阳光般的金黄色。

她恍惚了一瞬,终于开口:"谢小姐。"

谢如温睁开眼睛,看向说话的人。她怔了怔,随即笑道:"是你啊,我记得你,你是和警察查张——哦不对,查苗欢案子的那个女记者,真是好久不见。"

叶湘西点了点头。

谢如温招呼她坐到自己旁边,温和地笑着:"真是稀客呢。"

谢如温和自己是截然不同的两种人。为了便于外出采访,叶湘西总是穿得随性而休闲,反观谢如温,却总是穿得知性优雅,彰显女人味。

叶湘西正在胡思乱想,一旁的谢如温又说:"本来我想过段时间去找你的,不过我看报纸上还没登那个案子,叶记者你应该还在忙工作吧?"

叶湘西有些好奇:"你原本也要找我吗?"

谢如温点头回应:"是啊,我想请你给我们光明灯具厂做个专访,你忘了吗?我之前和你提过的。"

客套的话没想到谢如温还能记得,真是细心。叶湘西这样想着,也笑了笑说:"嗯,我记起来了。"

谢如温从藤椅上起身,走到茶几旁,去拿水壶和杯子:"对了,你来找我是?"

叶湘西斟酌着措辞，说明自己的来意："我现在确实还在写那起案子的报道，所以想来找你了解一下关于张蔓青和苗欢的事情。"

热水从壶嘴缓缓流入透明的玻璃杯中，谢如温了然，道："原来是这样，那我可能帮不到你什么。虽然我知道她们很要好，但我当初帮张蔓青，哦，应该说是帮苗欢，也只是为了还张叔的人情而已，我和那两个人其实说不上很熟。"

谢如温的回答就像她给人的印象一样，是那么妥帖，但叶湘西从中找不到任何有价值的信息。只是她没有放弃，对谢如温说："请你务必再帮忙回忆一下她们，既然你是见过张蔓青的，她到底是怎样的一个人？"

"那么多年前的事情，我没什么印象了，当时我也只是个小姑娘呢，真要说的话——"谢如温没想到叶湘西这么执着，只好开口，"她是一个学习成绩还不错的人，但好像也只会学习了。"

只会学习的人？叶湘西没想到谢如温这样评价张蔓青，不由得愣了一下。

说着，谢如温放下水壶，走回玻璃窗前，把水杯递给了叶湘西："你先喝水。"

叶湘西连忙起身去接谢如温手中的玻璃杯，不料伸手的时候她的动作幅度过大，导致玻璃杯中的水直接溢出来洒到了谢如温的手上。

"哎呀！"

"真对不起！"叶湘西慌忙道歉，赶紧去翻自己的背包找纸巾。

谢如温放下玻璃杯，笑着说："没事没事。"然后从口袋里拿出一块手帕，低头擦拭手上的水渍。

叶湘西的余光扫到谢如温正在处理水渍，她停下翻包的动作，抬头说："我来帮你……"

可是那一刻，叶湘西看着谢如温手上的动作，却直接愣住了。

那是苗欢做的手帕，叶湘西认得。

叶湘西忘记自己是怎么走出谢如温的办公室的，等她回过神来的时候，她已经到了县公安局的门口。值班的人告诉叶湘西，刑侦大队出警了，说是北泰广场发生了伤人事件，他们要去处理。

叶湘西转身离开的时候，却犹豫了。要不要去北泰广场把这件事告诉程北莹呢？苗欢的案子已经结了，她还想再听有关这个案子的事情吗？也许她会认为自己小题大做，过于敏感了。

何况，刑侦大队已经开始去处理别的案子了。

但叶湘西很快打消了顾虑，关于谢如温的手帕属不属于重要的事情，程北莹会判断，她不能因为自己这一点犹豫而耽误了什么。

北泰广场，程北莹向赵敢先交代完事情，刚要走向警车的时候，竟看见叶湘西站在那里。

"程队！"

程北莹走过去，打量着叶湘西的头和脸："纱布摘了，看来头已经好了，气色也好了不少。"

叶湘西笑了笑说："处理案子呢？"

"小案子，回头让韩法医给验个伤差不多就能结案。"程北莹话题一转，盯着叶湘西问，"你找到这儿来，是有什么事吧？"

心思都被看穿了，叶湘西吞了吞口水："我去找过谢如温。"

程北莹听罢，果然皱眉："你找她干什么？"

"我发现，谢如温有苗苗做的手帕！"

程北莹有些意外，但还是说："有没有都是小事，这没什么。"

叶湘西摇头道："不，这是不应该的！如果谢如温和苗苗的关系没有那么亲近，为什么苗苗会送手帕给她？而她又为什么会随身带着苗苗送的手帕？"

程北莹心里虽然也觉得古怪，但终究是缺少证据。她叹了口气："你是想说谢如温有大问题吗？可是刘民松已经跟踪她很久了，没有发现她有任何的异常举动。"

叶湘西苦笑着说："程队，我们再从头想一想，苗苗杀掉吉兰雅，隐藏身份，是需要帮手的！蒋老师帮她确认身份，谢如温帮她干扰警方的侦查方向。尤其是口供，一旦口供出错，这一切就会功亏一篑！"

程北莹恢复了素日里冷淡的神情，她看向广场中央热闹的人群，说："你说得没错，其实谢如温在这个案子里所表现出来的言行举止并不正常。她误导警方，而且根本不担心被陷害，似乎知道自己一定会脱险，或者说，她知道苗苗一定不会害她。"

赵敢先不知道什么时候走了过来，听到两人的对话，他插话道："可是我们没有理由再请她配合调查了……苗欢的案子已经结了。"

叶湘西还想再说些什么，但被赵敢先打断了："更别说只凭一块手帕了，这根本不能作为证据，甚至可能连疑点都算不上。"

程北莹冲赵敢先摆摆手，对叶湘西说："谢如温的事情你先放一放，我有别的事情要说。"

随即，叶湘西从程北莹和赵敢先的口中得知了高咏梅的事。

叶湘西握住背包带子的手在发抖，隐隐之间竟然有一丝兴奋："那我们……要去查她吗？"

程北莹觉得有些可笑："叶湘西，你是记者，你们记者没有什么要避讳的吗?"

赵敢先嗫嚅了一下说:"张宝昌这个案子,会不会成为死案……"

听到这里,叶湘西下意识地对程北莹开口:"如果真是这样,那么这才是苗苗复仇的目的。"

程北莹何尝不知道,可是听到叶湘西这样说,她还是脸色一凛。

确实,比起谢如温的什么手帕,要不要查高咏梅才是目前最要紧的。赵敢先知道自己这位领导,表面上对岑局和组织服从得很,但要较起真儿来,比谁都可怕。

叶湘西回到职工大院的门口,发现传达室旁站着一个熟悉的身影。

周致远微笑着走向叶湘西:"我去报刊亭蹲了好几天都没看到你做的新闻,所以来关心一下你的进度。"

叶湘西仰头,看着面前那张生得十分俊俏的脸,笑了笑说:"我还没有写完,恐怕还要再等等。"

周致远温声道:"是哪里写得不顺利吗?"

叶湘西不知道该如何作答,想着谢如温的手帕还有高咏梅,她点了点头。

周致远忽然叹了口气:"湘西,你知道吗?你的脸色真的不太好。"

听罢,叶湘西立马拍了拍自己的脸,挂上她标志性的笑容:"没有!我很好,我只是有点累了。"

周致远静静地看着面前的人，仿佛要看进她的心里。他对叶湘西说话的语气前所未有地认真："也许你不认可我的话，但我还是要说，从一开始，我就应该阻止你和刑侦大队接触，你不该参与到这起案子里。湘西，你好像变得不快乐了，我不想看到你不快乐。"

然而叶湘西却摇了摇头："不，我没有不快乐，相反，我很庆幸自己参与了进来。"

话已至此，周致远明白了叶湘西的态度。他轻轻叹了口气，不再继续这个话题："湘西，我今天从江华那儿听说，高代表要回漠昌了。"

叶湘西一怔："真的？"

"嗯，高代表前些日子出差去了外省，回到省里后，她和周围的人透露了接下来的行程，说马上要回漠昌了。"没等叶湘西说话，周致远接着说，"我希望你不要埋怨程队，其实她还在尽力查这个案子，她在收集证据……但这些她都不能告诉你，你别怪她，这是纪律，我想程队她也不想让你再卷进来。"

看着面前的人，叶湘西久久没有说话，像是在努力消化他说的话。她不知道说什么好，最后嘴角微微翘起，露出一丝笑意："谢谢你，致远，你告诉我的这些事，对我来说……很重要。"

回到报社，叶湘西思来想去后决定继续接触谢如温。于是，她给谢如温打了个电话："谢小姐，你之前不是想让我给灯具厂做个专访吗？我今天有时间，方便到你们厂里去看看吗？"

电话那头的谢如温沉默了一会儿，似乎是找不到拒绝叶湘西的理由，毕竟她当初确实说过这样的客套话，于是她笑着说道："当然可以。"

在光明灯具厂和谢如温碰面后，二人皆心不在焉地聊了几句和厂子有关的事。说了一半，谢如温像是想起了什么，忽然问："对了叶记者，你现在有空来我们厂里做专访，看来是苗欢那案子调查结束了？"

叶湘西敏锐地意识到谢如温是想打探苗欢案的进度，她含糊其词道："对，我的采访任务已经结束了。"

"那看起来是结案了。"

她没有顺着谢如温的话往下说，只是说了一句："如果你还有什么要向警方检举的，现在也不晚。"

谢如温转头盯了叶湘西一会儿，最后慢慢开口："我没有什么要检举的。"

她们在彼此试探，叶湘西知道，谢如温也知道。

她们的话题没有继续下去，谢如温被厂里的人叫走了，说是生产玻璃罩的流水线出了故障，请老板娘过去看看。谢如温只好跟叶湘西致歉，然后叫孟秋堂过来带她继续参观厂子。

自从知道孟秋堂并非什么包二奶的货色，叶湘西看他也顺眼了许多。她跟着孟秋堂，一边聊一边走进了焊灯珠的车间。

孟秋堂告诉叶湘西："这厂子虽然不大，却是我和如温的心血，当年如果不是因为如温，这厂子也许早已成了废墟，这么多工人也不知道该如何安排……"

叶湘西好奇地问道："我看你们总是下车间，作为老板有这个必要吗？"

孟秋堂笑了笑，拊掌道："以前我从不下车间的，如温嫁给我以后，她逼着我下的。如温说，车间安全是重中之重，哪怕生产线走得慢些，也不能出任何事故……"

不知怎的,听了孟秋堂的话,叶湘西就想到了当年黑水机电厂的车间事故。若是当时黑水的领导们有谢如温一半的责任心,恐怕也不会酿成那么重大的事故。但叶湘西转念一想,黑水使用那种被淘汰的电线,迟早是会出事的。

这时候,孟秋堂带着叶湘西往流水线的深处走,他提醒道:"这里是高温作业区,一定要小心,如温前段时间就是在这里不小心被烫伤的。"

这个孟秋堂张口闭口都是谢如温,叶湘西心想,没想到他们夫妻的感情还不错,她随口接了一句:"伤得严重吗?"

"挺严重的,伤口在后背上,养了好久才好,没想到还是留了疤……"孟秋堂一脸的心疼不像是伪装的。

叶湘西的睫毛抖了抖,她猛地收住脚步:"是什么样的疤?"

孟秋堂伸出手在肩胛骨处比画着:"就在这儿,大概有一指那么长吧,像个月牙呢……"

谢如温的肩膀后侧上也有月牙疤?

为什么?怎么这么巧?

叶湘西离开光明灯具厂,如同一只无头苍蝇般在漠昌的街道上胡乱地走。

谢如温身上到底藏着什么秘密?苗欢亲手做的手帕,和吉兰雅后背一样的疤痕……叶湘西扶着路边的一棵树,缓缓蹲下身来,试图缓解突如其来的眩晕。

叶湘西忍不住苦笑,这段时间她的脑子真是越来越不够用了。她心想,最好能找机会亲眼看一看谢如温的那道疤。

可是怎么才能看到呢?

叶湘西忽然想起了澡堂。

第七章 | 影子的牺牲

北方人习惯去公共澡堂洗澡，叶湘西初来漠昌的时候还很不适应。谢如温是本地人，应该也会去澡堂洗澡，在澡堂里，她就能看到谢如温的后背！

回去以后，叶湘西拿出漠昌的地图，以谢如温家为圆心，用圆珠笔在上面圈出附近的三四个澡堂。她的手激动得有些发抖，她想，无论如何都要想办法蹲到谢如温才行。

叶湘西并不能确定谢如温去澡堂的时间，也不知道谢如温会去哪个澡堂，但她没有因此而放弃。

她以给谢如温过目灯具厂专访稿件为由，和谢如温又接触了几次，发现了她的一些行程规律——比如她周二到周五会去厂里盯工，周六会去做义工，周日会外出谈事，而周一会去一次澡堂。

最后，叶湘西在离谢如温家最近的一家澡堂蹲到了她。看着谢如温拿着洗漱包走进那家澡堂里，她很快也跟了进去。

叶湘西没有跟得太紧，直到看见她进了一间更衣室。

谢如温披着浴巾，正对着镜子慢慢卸着妆，她的表情漠然，好像在想什么事情。

那个时间段里，澡堂的人很少。

当叶湘西也走进更衣室的时候，谢如温一下从镜子里发现了她。

谢如温一怔，似乎下意识地抓了抓身上的浴巾。她看着镜子里的人许久，开口问："你怎么来了？"

叶湘西没有说话，只是有些木然地看着面前的人。镜子上方的灯光打下来，将谢如温漂亮的五官映照得越发柔和、有味道。

那一刻，叶湘西清楚地知道自己不会再有第二次机会了。她没等谢如温反应过来，便快步走到了她的身后，猛地伸手扯下了她的浴巾。

一个狰狞的粉色月牙形疤痕,如同山峦一般攀爬在谢如温的肩胛骨上。

那一瞬间,叶湘西感到头晕目眩,她盯着谢如温的背影,终于叫出对方的名字:"张蔓青。"

张蔓青想起了小时候。

小时候,她常常跟着母亲去澡堂洗澡,等到长大以后,陪伴她一起洗澡的人变成了苗欢。

苗欢会帮她擦头发。张蔓青记得苗欢的动作总是很轻,很温柔,生怕弄疼了自己。

除了一起洗澡,张蔓青还会教苗欢写作业,可是苗欢实在是太笨了,一道鸡兔同笼的算术题,张蔓青居然要教一个下午,到了第二天她又全都忘了。

她们自小一起长大,形影不离。

张蔓青和苗欢分享自己的一切,衣服、头饰、作业本,甚至是父母的爱。后来张蔓青才意识到,苗欢好像从来没有离开过她,永远跟在她的身后。

有一次苗欢为了等张蔓青放学回家,在操场淋了雨,回去大病了一场。在苗欢的病床前,张蔓青摸着她滚烫的额头,像个大人一样连连叹气:"苗苗,你要是没了我,可怎么办?"

苗欢虚弱得很,却仍强撑着握住自己额头上的那只手,对张蔓青说:"我要永远和你在一起。"

张蔓青笑了起来:"傻子,没有谁会永远在一起的。"

话是这么说,可她何尝不想跟苗欢永远在一起?

张蔓青搂着苗欢，喃喃道："等我们搬去了望北路的新房子，我们就做邻居，我跟我爸说，咱们两家一定要挨在一起住。"

苗欢把脸靠在张蔓青的脑袋上，点头说好。无论张蔓青让她做什么，她都会说好。即使总为张蔓青背黑锅，她也毫无怨言。

有一次，她们去黑水机电厂玩，张蔓青不小心打翻了车间工人们的盒饭。工人们都很生气，抓着张蔓青的手要去找张宝昌理论，她死咬着不认，一直在挣扎。

看到有人抓着张蔓青不放，苗欢像疯了似的打掉那些工人的手，梗着脖子说："是我，是我干的！"

一群人骂骂咧咧地要把苗欢带去找厂里的领导，张蔓青没想到这回大人们是来真的，不得不站出来承认错误。

事后，张蔓青恨铁不成钢地问苗欢："苗苗，你是不是傻子？你不知道会被他们抓起来吗？你为什么要承认？"

苗欢摇了摇头："你不能被抓起来。"

苗欢很依赖她，张蔓青从始至终都知道。只是张蔓青并不了解，那种依赖程度究竟有多深。

她们无忧无虑的生活，在那场事故之后戛然而止。

那年张蔓青十四岁，车间发生爆炸的时候，她和苗欢就在黑水机电厂。

当时苗欢说想吃烤红薯，于是张蔓青带着她出去买。然而，她们还没走出机电厂的大门，就听到身后传来巨大的爆炸声。她们还没有反应过来，便被身后爆炸引起的巨大气流给冲倒在地。

两只耳朵被嗡嗡声填满，张蔓青什么都听不见了。她的双手在流血，使劲撑着地面才趔趄着站起身。她扭过头去，看见父亲所在的车间顶端正冒出黑灰色的浓烟，赤红色的火焰已经烧到了房顶。

"爸！爸！"

那一瞬间，张蔓青被吓得几乎心脏骤停，她声嘶力竭地尖叫着，朝张宝昌的车间奔去。

车间的大门已经被爆炸击穿，滚滚黑烟从里面不断涌出，黑水机电厂内已经乱成一团。张蔓青如同疯了一般在人群中逆行，要往里冲。后来，一个身穿制服的女警察抱住了她。

那个女警察的力气奇大，双手死死地钳住了她的身体，后来又有几个工人过来帮忙，终于控制住了她和苗欢。

无数的火星子溅在张蔓青的身上，但她已经感受不到任何疼痛了。

那场爆炸引发的大火直到半夜才被浇熄，无数家庭也在这场事故中被摧毁。

没有人注意到苗欢是什么时候从漠昌消失的。那个向来寡言少语的小姑娘，即使消失了，也不会引人注意。更何况，人人都忙于自家的喜乐悲欢，谁会在意一个小姑娘？

那天，她们在漠昌的一个防空洞里聊了很久很久。张蔓青的声音已经沙哑了，她抓住苗欢的手，咬着牙说："我要让他们死，苗苗，我要让他们死。"

同样失去父亲的苗欢流着泪看着面前的人："好，蔓青。"

从那天起，苗欢不再是张蔓青的朋友、家人，而是甘愿为对方付出一切、活在暗处的影子，目的只为复仇，只为公道。

九年来，张蔓青充分发挥自己超强的学习能力，学习这世上一切可以帮助她实现复仇目标的知识。

张蔓青物色了很多人，终于，经营灯具厂的孟秋堂成了她的目标。张蔓青知道，她们的机会来了——她将会拥有一个新的身份在漠昌活下去。

和孟秋堂在一起后，张蔓青做的第一件事，就是把苗欢送进北辰卫校。

不善读书的苗欢迟疑地开口："我一定要去读卫校吗？"

"一定。"张蔓青把伪造好的身份证和入学证书递给苗欢，"记住我的话，苗苗，从今天开始，你就是张蔓青，你就是我。"

"那你呢？"

张蔓青微微一笑："我是谁已经不重要了，重要的是，你要替我去上这个学。"

为了不露出破绽，开学体检的时候，张蔓青亲自去学校抽的血。那天她和苗欢交替出现在体检现场，她们戴着口罩，也戴着一样的帽子，当然，她们也穿着一样的衣服。初入学校，老师和同学还不能准确对上所有人的脸和名字，因此没有人发现她们的异常。

这也是警方当初没有在血型上发现端倪的原因。

就这样，她们一个读卫校，一个做光明灯具厂的老板娘。在苗欢就读卫校期间，张蔓青一直在背后辅导她。她很聪明，仅靠自学就把教材上的大部分知识印在了脑子里。如果遇到不懂的问题，她就让苗欢拿着笔记本去找老师问，问好了再带回去给她看。她学会了，就要求苗欢一定也要学会。

她当然知道苗欢不爱读书，但是，她不爱读也得读。

在最开始的时候，张蔓青的确利用自己光明灯具厂老板娘的身份逐步接近了高咏梅。

苗欢以为她们动手的时机到了，但张蔓青却说："我们要复仇，但也要都活下来。"

全身而退远比直接杀人难上千倍百倍，苗欢又何尝不知道？

苗欢拉着张蔓青的手说:"如果我们不能都活下来,至少,你得活下来——蔓青,你答应我。"

苗欢早已在心里,给她们的性命分出了高下。

除了安排苗欢在卫校学习,张蔓青还要求苗欢定期到漠昌不同的血站做义工,再暗中记录下献血者的信息——对张蔓青来说,吉兰雅的死自然不是偶然,从那个拮据的女孩为了一点补助去献血开始,张蔓青就锁定了她。

只是这些事情,张蔓青不肯让苗欢知道。

让吉兰雅自杀,比张蔓青想的还容易。她原本以为要花更久的时间。

那个无依无靠的外地女孩,轻信了她的谎言,也因此被她推入了深渊,一时想不开选择了轻生。

张蔓青知道,她和苗欢的机会终于来了。

当时的她在天山岭的雪地里对着苗欢微笑道:"苗苗,我们的愿望快要实现了。"

苗欢点头说:"是,蔓青。"

张蔓青握住苗欢的手,轻声说:"苗苗,等我们报了仇,我们就换一个身份去别的地方重新开始——你不再是我,我也不再是谢如温。"

其实那块手帕不是苗欢送给张蔓青的,而是张蔓青做给自己的。苗欢是不会做这些细致的手工的。苗欢当然也买不起新款的电暖炉,那些金贵物件都是张蔓青送给她的——毕竟张蔓青现在,最不缺的就是钱了。

张蔓青从没想过苗欢会死,会以这样的方式死。得知苗欢为了躲避警察的追捕,被开往哈港的火车撞死时,张蔓青正在车间考察新做的灯具款式。看着车床上华丽的水晶灯，她的眼睛折射出绚烂的光。她笑着，笑着，最后慢慢开口："是很漂亮的灯呢。"

是很失败的计划呢。

警察来得比她们预想的还要快，尤其是叶湘西的出现破坏了张蔓青最初的计划，她不得不引火上身，临时从幕后走到台前来完成这场"演出"，用所谓的孟秋堂原配和情人的身份，来掩饰她和苗欢的真正关系。她也不得不在叶湘西发现了苗欢的真实姓名后，又和警察说了许许多多的谎话。

张蔓青比任何人都清楚，苗欢之所以会毅然地选择死，是因为那是她能想到的保全她和复仇计划的最好方式。

可是张蔓青一辈子都不会知道，在火车轰隆的声响中，苗欢在心里给她留下的最后一句话是"蔓青，活下去"。

这一刻，看着镜子里的谢如温，叶湘西的脑海中，那个和苗欢站在一起的、面容模糊的张蔓青，终于有了清晰的脸。

谢如温转身从叶湘西的手中拿回自己的浴巾，重新披上遮住自己的身体。她淡淡地开口："叶记者，你认错人了。"

当天晚上，叶湘西找到了程北莹的家。她沉着脸站在楼道里，一下接一下地敲程北莹家的门："程北莹，程北莹你出来，你快出来。"

"叶湘西？"

程北莹在楼下便听见了敲门声，一直走到自己家门口，才发现敲的是她家的门，而敲门的人是叶湘西。

此时的叶湘西，正披头散发地站在她家门前。看见程北莹回来后，她顶着通红的双眼对程北莹说："谢如温，谢如温就是张蔓青——"

"你先进来，慢慢说。"程北莹把叶湘西领进房间，给她倒了一杯水，安慰道。

叶湘西断断续续地说着，直到她说起谢如温身上的月牙疤，程北莹的脸色终于变了。

程北莹思考了一会儿才缓缓开口："叶湘西，你真的觉得谢如温就是张蔓青吗？"

叶湘西裹紧身上的衣服，眼神空洞洞的，似乎还没缓过神来。她用力地点点头："是的，蒋老师和我说过，张蔓青的后背上也有月牙形状的疤痕……她特地在实施计划前回了一趟家，就是为了让蒋老师也入这个局，毕竟没有什么能比亲生母亲的证词更具说服力了。"

"为了复仇，为了让蒋老师成全她，谢如温，不，是张蔓青不惜在车间烫伤了自己，甚至牺牲了苗欢——"程北莹停顿片刻，忽然笑了笑，"那是多么狠的心啊。"

叶湘西低声应道："那是，多么坚决的复仇之心。"

房间内陷入了短暂的安静，叶湘西和程北莹对视一眼，又说："我们该怎么办？"

"还能怎么办，案子已经结了，即使谢如温是张蔓青又如何，她的手上依然干干净净的。"

"不，我不相信谢如温会这样牺牲苗苗。"叶湘西用力地摇头，"程队，她们的复仇计划应该不止于此，袁庚生不会是她们的最终目标。"

程北莹平静地看向叶湘西："那你认为，谁才是她们的终极目标？"

"高咏梅马上要回漠昌了，你知道的，你知道谢如温的目标是谁！"

听程北莹说完谢如温的事情后，岑广胜气炸了。

他指着程北莹的鼻子，在自己的办公室里破口大骂："程北莹，我看你是疯了！你说谢如温就是张蔓青，证据呢？凭一块手帕，还是凭她后背上的一道疤？那也算证据吗？"

不等程北莹反驳，岑广胜继续吼道："那个叶湘西！以后别让那个叶湘西进来了，以后我们也不接受《漠昌晚报》的任何采访！"

程北莹冷眼看向岑广胜："不抓住幕后黑手，要是将来漠昌又死了人，岑局你能担得起这个责任吗？"

"你不要威胁我，案子已经结了，你们省省力气，我们还有很多别的案子要破！"岑广胜勉强冷静下来，但心里还有气，"我再提醒你一次，这也事关你的前途，你的前途不要了？"

那一刻，程北莹不知道怎么了，脑子里突然响起了火车的轰鸣声。她顿了顿，开口道："这前途，要了也没意思。"

说完，程北莹转身走出了岑广胜的办公室。

叶湘西在刑侦大队的办公室里等程北莹，看见程北莹出来，她连忙站起身："怎么样？岑局怎么说？"

"跟我走。"程北莹瞥了叶湘西一眼，又指着赵敢先说，"还有你，赵敢先，愣什么神呢。"

叶湘西跟着程北莹匆匆走出县公安局，听见身旁的人说："依旧是那句话，我们没有证据，人确实是苗欢杀的，即使谢如温真是张蔓青,那她和案子也没有什么关系。"

叶湘西有些着急:"可是高咏梅她……"

"她今天回来了——"程北莹的脸上波澜不惊,只是看着前方的路,"我们现在正要去见高代表一面。"

程北莹走后,刘民松被叫进了岑广胜的办公室。

岑广胜站在自己的办公桌前,指着刘民松说:"你马上去给我看着程北莹,别让她干出什么傻事来!"

刘民松笑了笑:"程队她能干什么傻事啊?"

岑广胜的脸一下子拉了下来:"老刘,你别给我装听不懂,程北莹是不是还在查苗欢那案子?你知道她跟我说什么吗?她说谢如温就是张蔓青!不说别的,谢如温不一直是你在盯吗?她有什么问题,你会不知道?"

刘民松摇了摇头:"岑局,我是一直盯着谢如温,她没问题,只能证明她和吉兰雅还有袁庚生的案子无关。"

"你什么意思?"

刘民松知道岑广胜这次真的被程北莹气坏了,从前的岑广胜很少像现在这样指着别人的鼻子骂。他摊开双手,一副无所谓的样子:"好吧,岑局,既然你不打算追查了,高代表的命你还要不要了?"

岑广胜的额头上骤然青筋暴起:"什么?"

"其实岑局你也很清楚,如果谢如温真的和这个案子有关,她是不会就此罢手的。"刘民松继续说道,"如果高代表在咱们县里出了事,那后果就不只是多查一个案子了,岑局,你可要想清楚了。"

"这么说,你支持程北莹?"

刘民松懒洋洋地打了个哈欠："岑局，我也是在支持你。你应该很清楚，你、我，还有其他的同志为什么要当警察——升官当然好，但要踩着无辜的人的血，没有人会答应。"

话已至此，刘民松觉得不必再多说什么了，他把双手揣进兜里，转身要走。随后，他听见岑广胜的声音在身后响起："你从前不是一直很不服气程北莹压你一头吗？"

刘民松的脚步停了下来，低低地笑了两声："我，一直很服气的。"

"对了，"刘民松最后说道，"我和程队已经查明，当年的爆炸事故并非意外，我们在黑水机电厂已经找到了证据。"

苗欢死后，刘民松一直在跟程北莹查张宝昌的案子。

当时的刘民松也说过和岑广胜类似的话："我们还有很多案子要查呢，查这个有意义吗？咱们刑侦大队可不负责揭秘什么陈年旧案啊。"

程北莹淡淡地回了一句："我不喜欢案子查到一半。"

刘民松立马听懂了，其实程北莹仍在查苗欢的案子，哪怕如今迫于岑广胜和上面的压力，程北莹不得不在证据链闭合的情况下宣布结案，否则不会说出"一半"这样的字眼来。

他们在技侦大队的王健和周致远的帮助下，用各种各样的电线，模拟了当时张宝昌所在车间的电压环境。在经过数次小规模的爆炸测试后，程北莹终于确定，当年的爆炸是人为的。

那么幕后黑手又是谁呢？

程北莹找到了当时黑水机电厂管理车间设备的负责人，询问后得知，在爆炸事故发生的前一天，全体车间停工了八小时，进行了一次设备维修作业，而当时负责维修作业的直接领导人正是高咏梅。

在听到高咏梅的名字后，刘民松无奈地看向程北莹："要是再往下查，这个高代表我们无论如何都绕不过去了。"

程北莹眉毛挑起："有时候不一定要绕，也可以是撞。"

叶湘西和程北莹从县公安局的大门出来时，正撞上匆匆忙忙从山上赶回来的江华和崔浩浩。

看见程北莹，崔浩浩明显比江华激动多了："程队，我们有大发现！"

江华忍不住腹诽，这小子这下倒是来精神了，今天在山上一直抱怨累的人到底是谁啊！

崔浩浩完全没有注意到身后江华那哭笑不得的表情，要不是怕程北莹骂他，崔浩浩真想抓住她的手大摇特摇。

赵敢先翻了个白眼："崔浩浩，你有话快说。"

崔浩浩赶紧开口："程队，我们一路找到了天山岭附近的山户，他们说，前段时间有个年轻女人在山里冻死了，后来来了两个女人，说她是自己的妹妹，要给她收尸，就把尸体带走了。"

站在一旁的江华补充道："山户们说，那个年轻女人是自己上山的，穿得也很少，当时他们就担心过。现在看来她很有可能是自杀的，或者是出了什么意外，不过具体情况还要进一步勘查才能确定。"

"你们做得很好。"程北莹罕见地夸了他们一句。

江华松了一口气，心想自己总算将功补过了。

"程队，接下来我们要做什么？"崔浩浩还处于亢奋中。

没等程北莹开口,江华拽住了崔浩浩,抢先说道:"我们现在去找技侦做一个现场勘验,抓紧把物证给落实下来。"

程北莹点点头:"去吧。"

看着江华和崔浩浩离开的背影,过了半晌,叶湘西才抬头问程北莹:"是你让江同志他们去查的?"

"是。"

"为什么?"

"没有为什么,吉兰雅的死还有很多疑点,她究竟为什么死,又为什么会死在那里,这些我们都必须查清楚,吉兰雅,不能死得这样不明不白。"

第八章

业火漫天

上车前，程北莹问叶湘西："对了，你知道高咏梅回漠昌的事了？"

叶湘西扶住门把手，点头说："知道，致远告诉我了。"

程北莹的手指敲打在白色的车顶上，发出嗒嗒的声响。她忽然笑了一下："叶湘西，你知道周致远喜欢你吗？"

"什么？"程北莹没想到反应最激烈的竟然是赵敢先，他大叫起来，"什么！周致远哪儿来的胆子！我迟早要教训教训他去！"

叶湘西只是怔了怔，并没有程北莹想象中的意外。她眨了眨眼睛，转移话题："我们……我们先去找高代表吧……"

说罢，叶湘西红着脸，低头钻进了车里。

真没意思。程北莹这样想着，看着还在嚷嚷的赵敢先说："还不上车！"

车上，程北莹看着挡风玻璃外的路，慢慢开口："高咏梅是今天中午到的漠昌，晚上她会在芍园宴客，到时候我们去那里找她。"

"那我们现在干什么？"叶湘西问。

"吃饭。"

芍园是漠昌最大的一家招待所。平时漠昌的生意人，还有一些有头有脸的人物会在这里宴客。

程北莹的警车停在了芍园招待所的门前。

叶湘西下了车，注意到招待所那扇木质大门前，有几个便衣警察装作路人在周围闲逛，其中还有一些熟面孔。叶湘西当下了然，怪不得程北莹知道高咏梅在哪儿，明明高咏梅从始至终没有对外透露过自己的行程。

她转头问程北莹："我们要怎么进去？"

"闯。"

程北莹只说了一个字，就径自走到招待所门口，不出意外，她被人给拦了下来。

叶湘西探头瞄了瞄前方，拦住程北莹的男人面熟极了，回想片刻，她终于记起了这个人——这是曾经协助刑侦大队保护袁庚生死亡现场的派出所所长，姚所长。

程北莹笑着看他一眼："当差呢？我进来吃个饭，不能拦着我吧？"

姚所长不敢得罪程北莹，他连忙走进去和里面的人说了几句话。两分钟后，他重新走出来，对程北莹笑眯眯地说："那程队你们就在一楼大堂吃吧。可别上去了，二楼现在不太方便进……"

然而程北莹根本不听姚所长把话说完，见姚所长不挡路了，她迈步走进了招待所，和叶湘西直奔楼梯，赵敢先则眼疾手快地把姚所长等人拦在了身后。

姚所长大急："程队，程队不行啊，上面不能进！"

赵敢先那小山似的身体挡在姚所长跟前："姚所长，你先别着急，我们程队有事要办，办完就下来了。"

三四个安保员围成人墙，阻止程北莹和叶湘西踏上二楼的最后一级台阶。

程北莹凌厉的眼神依次扫过他们的脸，冷笑着说："我是县公安局刑侦大队的程北莹，你们要拦我吗？"

安保员没有说话，也不敢看程北莹，直到他们身后走出来一个男人。

那男人生得高大黝黑，走到台阶的边缘俯视她们。他穿着墨绿色的夹克，看起来肌肉很紧实，好像要从夹克下面鼓出来似的。

"程队，好久不见。"

程北莹眼睛微眯："是你。"

男人名叫邢涛，以前也是刑侦大队的，程北莹认得。她淡淡地说了一句："麻烦刑队让一让，我要见高代表。"

邢涛客客气气地婉拒道："高代表正在宴客，不方便见你们。"

赵敢先这会儿也上了楼梯，他没想到邢涛也在。想当年这个邢涛可是追了程队好久——可惜程队没看上他，偏偏看上了高振良那个废物。

叶湘西仰头对邢涛说："我们有很重要的事情找她。"

"你是程队的朋友？"邢涛转头看向叶湘西，"也请你理解我们的工作，如果你们非要见高代表不可，可以和代表办公室的秘书预约。"

"那如果我今天一定要见呢？"程北莹没有丝毫退让的意思。

邢涛无奈地笑了笑："北莹，别让我为难。"

不知道他们和邢涛僵持了多久，二楼尽头的包厢大门开了，从里面走出一个穿制服的女人。那人对邢涛说:"让他们进来吧,高代表说可以见。"

闻言,邢涛转头深深地看了程北莹一眼,然后让身后的安保员让开。

程北莹头也不回地走上最后一级台阶,朝二楼尽头的包厢走去。叶湘西赶紧跟上她的脚步。

包厢墙面新刷了白漆,显得宽敞又亮堂。叶湘西站在门口,目光首先被吊顶的水晶灯吸引住,顺着灯光往下看,圆桌的主座上,坐着的正是高咏梅。

高咏梅盘起乌黑的长发,露出光洁饱满的额头,虽然她已经年近六十,但看起来仍神采奕奕。她的脸上擦了粉,涂了艳丽的口红,搭配上桃粉色的西装,整个人显得分外夺目。

"漠昌县公安局刑侦大队的大队长程北莹,是吧?"高咏梅狭长的眼睛笑起来弯弯的,没等程北莹有所反应,她又看向叶湘西,"《漠昌晚报》的记者,我没说错吧?"

叶湘西忽然紧张起来,她没想到这位素未谋面的高代表竟然知道自己。看来她们的一举一动,早就落入这个人的眼里了。

高咏梅把手一摊:"你们费尽心思要见我,到底有什么事?你们说出来的话,最好让我觉得抽出这宝贵的五分钟见你们是值得的。"

"我们希望和您单独谈一谈。"程北莹的目光扫过圆桌旁坐着的其他人,竟认出了县委大院的几个熟面孔。

高咏梅端起玻璃杯喝了一口水,摆手笑道:"不用,我高咏梅行得端坐得正,你们有什么话,都可以放到台面上说。"

听罢,程北莹也不再客气,直接开口:"我们希望您尽快离开漠昌,在这里,您会有生命危险。"

高咏梅保持着优雅与从容,她低声笑了笑,露出几分看待小孩子玩闹的神情说:"我为什么要离开?漠昌是我家,我在家能有什么生命危险?"

叶湘西忍不住上前一步:"有人想要杀您!"

听了叶湘西的话,高咏梅更觉得可笑极了:"为什么想杀我?难道我为漠昌做的还不够多吗?"

"为什么想杀您?"程北莹似笑非笑,丝毫没有因为站在大人物面前而感到局促不安,"可能是因为张宝昌吧。"

高咏梅的神情闪过一丝慌乱,但那样的神情转瞬即逝:"张宝昌的事情……我很遗憾,我承认当年是我的失职。但因为这事找我麻烦,是不是太可笑了?你们县公安局是干什么吃的?"

叶湘西听不惯高咏梅的嘲讽,直言道:"我想那些站在门外保护您的人,都不只是为了混口饭吃吧。我和程队今天也是带着维护漠昌安定的决心站在这里的。"

高咏梅听罢,转头跟坐在她身边的书记笑道:"老林,咱们漠昌真是发展起来了,你看这一个小小的记者,吃了漠昌几口饭就这么牙尖嘴利的。"

林书记不好得罪高咏梅,赔笑道:"得亏高代表您在省里说得上话。"

但高咏梅很快目光一寒,盯着程北莹和叶湘西说:"今天你们两个能站在这里,是因为我给你们说话的机会!你们光是见我都费劲,那人有多大能耐,还想杀我?"

程北莹慢悠悠地开口,似乎对刚才的话毫不在意:"张宝昌的事情牵连甚广,既然高代表您不愿意离开漠昌,那么我希望您能够配合我们的调查。"

"调查？还有什么好调查的？当年的事情我已经和县里、省里说得一清二楚。"高咏梅面露不满，"张宝昌的事情，对外我可以说上一句是我的失职，但他们扪心自问一下，我对他们不好吗？我给了他们工作，给了他们工钱，我甚至还给他们盖了望北路的房子！可是你们也看到了，他张宝昌是怎么对我的！"

叶湘西还想再说什么，却被高咏梅摆摆手打断："你们请回吧，我还要吃饭呢，不要再拿张宝昌那个死人的事情来给我添堵了。"

话已说到这个份儿上，程北莹和叶湘西自然不便再逗留，直接转身走出了包厢。

下楼的时候，两个人都没有说话，气氛十分压抑。赵敢先跟在她们身后，有些迟疑地开口："我们现在怎么办？"

直到走出芍园招待所，程北莹才终于出声："不能让谢如温接近高咏梅。"

"程队，可不可以直接把谢如温控制起来？"

程北莹望向远处的天山岭："目前没有证据证明她杀了人，我们也没有证据能证明她是张蔓青。"

赵敢先叹了口气："希望高代表的安保有用，不过谢如温一个人，想要接近高代表还是比较困难的。"

回到县公安局后，刘民松找到了程北莹。

"岑局已经松口了，到时候会找更高层的人和高咏梅协商，劝她离开漠昌，同时会让漠昌多个街道的派出所加派警力对她进行保护。"

程北莹冷冷地应了一声，刘民松敏锐地察觉到了异常，问道："你们那边有情况？"

赵敢先插话进来:"我们去找了高代表,对方……对方不配合啊……"

程北莹心中烦躁,抬手示意赵敢先少说两句:"她不配合是她的问题,我们只要把自己的事给办好了就行。接下来,我们要做的就两件事:保护高咏梅,监视谢如温。"

宴客结束后,高咏梅回到房间站在窗前陷入了沉思。

她住在高层,站在窗边可以俯瞰整个漠昌。远处天山岭的轮廓融入夜色,山上有几处亮点,那是天山岭的检查站。

多久没有听过张宝昌的名字了,龚书记来她家送礼的时候,是绝不敢在自己面前提起这个死人的。

事情到底是从什么时候开始失控的?连她都记不清了。

不过有一点高咏梅很清楚,那就是程北莹他们没有证据,否则他们早就带着手下来抓人了。自己在漠昌虽然不是手眼通天,但体制里有什么风吹草动,她还是清楚的。她知道龚书记已经进了看守所,供出她是迟早的事,她必须要尽早作打算。

不过她并不认为自己会有什么生命危险,在漠昌,没有人能轻易取她性命,她也不在乎谁有这样的想法。那么多安保员,谁能近身要她的命?

高咏梅现在唯一关心的是,绝不能让区区黑水机电厂,毁掉她现在所拥有的一切。

自从"澡堂事件"发生后,叶湘西便没再见过谢如温了。她们原本就是借专访之名相互试探，无论如何谈不上有交情。更何况那时候叶湘西直接叫出了张蔓青的名字，谢如温一定会提防着她。

因此，叶湘西再次找到谢如温家的时候，整个人处于极度矛盾的状态——她现在还来找谢如温干什么？难不成是要劝她自首？再说，没有证据能证明谢如温就是张蔓青，难道仅凭一个疤痕吗？

叶湘西还在那里纠结，没想到面前的门突然打开了。

看见站在门外的叶湘西，谢如温也很意外，她挑了下眉："叶记者，你又来了。"

虽然不是欢迎的态度，但谢如温对她好像也不是很抗拒，叶湘西心想，也许是因为对方知道自己的确不能把她怎么样？此刻，叶湘西也不知道该如何表明来意，只是沉默地站在门口。

见叶湘西一动不动地站在那里，谢如温似乎叹了口气，柔声问道："我正准备去买衣服，你要和我一起吗？"

买衣服？

叶湘西摸不清楚谢如温的用意，她愣了一下，但还是点头说好。

女装店里，谢如温用手抚过衣架上的一件件衣服，略带遗憾地说："漠昌的夏天短，能穿夏装的机会可不多，要是今年夏天能穿上一次裙子，我就心满意足了。"

叶湘西跟在她身后，忍不住轻声说道："去自首吧，警察会帮你的。"

谢如温像是听到了什么好笑的话，摇了摇头说："叶记者，我做错了什么要自首？"

叶湘西一阵苦笑，声音越发低沉："我知道你是相信我的，否则今天你也不会让我站在这里！我也请你相信法律会还你和苗苗一个公道，但是做错了事就是做错了事，你们也要为自己做过的事接受惩罚！苗苗死了，袁庚生死了，我真的……不想再看见任何人死了。"

张蔓青还记得那天下了很大的雪，她悄悄看着吉兰雅，一步一步走上了山坡。她能猜到她要做什么，这正是她想要的。

第二天，她和苗欢约定在天山岭见面。苗欢跟着她上了山，看见有几个山户围在一棵白杨树下。他们中间躺着一个穿着蓝色毛衣的年轻女人，那女人闭着眼睛，神情安详，像是睡着了。

"这得送医院吧？"

"人都死了，得报警吧？"

那几个山户你一言我一语地讨论着，站在他们身后的张蔓青，在那一刻站了出来。她带着哭腔跟山户们说："这是我妹妹，我们找了她两天，请让我带她回家吧。"

苗欢背着已经死去的吉兰雅，跟在张蔓青身后，回到那辆桑塔纳旁。

"要怎么做？"

"就是现在了。"张蔓青伸手去摸苗欢冻得通红的脸，"苗苗，我的好苗苗，你怕回不了头吗？"

苗欢盯着张蔓青的眼睛，一字一顿地说："蔓青，我相信你，我会帮你做任何事，我们只求一个公道。"

哪怕她至今还不知道张蔓青的计划，也不知道对方的任何打算，但她毫无保留地相信张蔓青。回头？为什么要怕回不了头，她们二人的命运早在九年前就已经回不了头了。

张蔓青对苗欢笑着说："苗苗，我们会实现愿望的。"

回忆至此，谢如温看向叶湘西，声音平淡地开口："叶记者，任何人都会死的。"

叶湘西仍不死心，试图刺激对方："你有回去看过蒋老师吗？"

"当然。"谢如温神色不变，继续挑选着衣服，还在编造她的谎言，"张叔走了以后，我逢年过节都会去看望蒋老师。"

叶湘西看着谢如温的手抚过一件白色长裙，问她："那，你有想起苗苗吗？"

"苗苗？"

叶湘西向前一步，逼问谢如温："是啊，苗苗，苗苗死的时候，你有为她流下过一滴眼泪吗？"

谢如温愣了愣。

怎么会没有呢？她从来没有想过会失去苗苗。

苗欢死后，她复仇的想法第一次动摇了。可也正因为苗欢死了，她更不可能停下来——苗苗不能白死，她还要实现苗苗的愿望，她还要实现所有因那场爆炸失去至亲的人的愿望。

沉默半晌，她只是拿起那条白色长裙，放在自己身前比画，笑着问面前的人："叶记者，你觉得我穿这条裙子好看吗？"

那一瞬间，叶湘西认为谢如温已经明白了自己的意思，而谢如温也已经回答了她。她端详着谢如温身前的裙子，勉强笑着点头说："好看，你穿上一定好看。"

和谢如温告别后，叶湘西不知不觉地走到了车站。

当一辆开往林区的大巴车驶来的时候，她鬼使神差地上了车。

时隔三个月，再度踏入天山岭林区，叶湘西竟有一种恍如隔世的感觉。

风已经变得轻柔。叶湘西沿着熟悉的山路走去,在出山口撞见了周致远。

周致远是和技侦大队的人一起过来的,他的几个同事也都认识叶湘西。刚看到她的时候他们有些意外,但很快他们就把周致远推了出去,还对叶湘西笑着招呼道:"我们先下山了,致远,你送送人家叶记者。"

叶湘西的脸一下子变得通红,她想把脑袋往围巾里缩一缩,却发现自己已经摘掉了围巾。

周致远看向叶湘西的目光饱含着温柔。这时,叶湘西突然想起程北莹对她说过的话:"你知道周致远喜欢你吗?"

叶湘西那时候心想,我又不是傻子,怎么会不知道?

两个人并排往山下走去,叶湘西支支吾吾地问:"你怎么也在这儿?"

"和几个同事一起来勘查吉兰雅的抛尸现场。"

叶湘西点了点头,不再说话。

周致远以为叶湘西又在因为之前的案子闷闷不乐,他告诉她:"现在张宝昌的案子没有证据,只有龚书记一个人的口供,要把高代表请来配合调查是不太现实的。湘西,你别着急。"

叶湘西其实都懂,她苦笑着说:"着急也没用,我只是不想事情最后变得不明不白,也不想再看到有人受伤了。"

周致远叹了口气:"你也不用太担心高代表,岑局和程队他们已经派人把她给保护起来了。"

"那最好不过。"

周致远犹豫了一下,终于说出了他这番话的重点:"湘西,你别去见谢如温了,她很危险。"

叶湘西又何尝不知道，只是她还要找到证明谢如温就是张蔓青的证据……叶湘西咬了咬下嘴唇，还是没有把自己心底最真实的想法说出口。

"我知道你习惯把人往好处想，所以你才会在这一切发生的时候感到痛苦难当。"周致远的声音柔和下来，"但是不要紧，湘西，我和程队，无论如何都会和你一起面对的。"

叶湘西的心在那一刻跳得厉害，她低声说："谢谢，我也答应你，会保护好自己。"

春天的天山岭很美，不同于大雪封山的萧索之美。它生机盎然，每棵树上新长出来的叶子和枝丫汇聚成了绿色的顶棚，阳光洒下来的时候，仿佛为走在其中的人铺了一条崭新的路。

周致远忽然停下脚步，叫住还在埋头走路的叶湘西："湘西。"

叶湘西后知后觉地停了下来，转头看他："怎么了？"

隔着五步的距离，周致远看着叶湘西，一字一顿地开口："湘西，我喜欢你。"

林中似乎传来了鸟鸣，以及风吹动叶子发出的沙沙声。叶湘西盯着周致远的脸看了好一会儿，最后她低下头，小声道："我……我知道。"

刘民松依旧在监视谢如温。这次，他换上了另一副伪装，不再卖白菜，而是和几个同事扮成环卫工人，在谢如温住的小区外扫大街。

他戴着一个编织草帽，拿着一个大笤帚，这样的装扮，如果不是相熟的人应该认不出来。

当刘民松看见叶湘西出现在自己的视线里时，他不由得皱起了眉头。叶湘西也发现了他,她走过来,把手上的玻璃瓶汽水递给他,笑着说:"同志,辛苦了。"

刘民松没搭理叶湘西,手上挥动笤帚的动作还在继续:"走开,别妨碍我执行任务。"

叶湘西讪讪地收回了汽水,却还站在原地没有走开。她压低声音说:"我能帮得上忙。"

刘民松手一顿,瞥了叶湘西一眼,发现对方的眼睛和鼻子红红的。他淡淡地开口:"她知道你是程队的人,你对她来说也是个麻烦。"

"但我能接近她。"

叶湘西攥着手上的一沓稿纸,去敲谢如温家的门。

谢如温正在家里听广播,开门看见是叶湘西,似笑非笑地开口:"我还有什么能帮你的吗,叶记者?"

"我想来找你谈谈。"

还有什么好谈的?谢如温在原地沉默了片刻,还是侧身让叶湘西进了门:"那么,请你长话短说。"

谢如温转身关掉了收音机,等她再转过头来,叶湘西把手上的稿纸递到了她面前。

叶湘西揉了揉鼻子,闷声说:"这是我下一版送审的稿子,你要不要看看?"

"最近换季容易感冒,叶记者你还是要注意身体。"看见叶湘西鼻子通红,谢如温随口提醒了一句,"稿子?写了什么?"

"警方对当年张宝昌的案子重新进行了调查,这是我写的跟踪报道,大家看了就会知道张宝昌不是什么千古罪人……"

"你们为张叔费心了,如果张叔在天有灵,一定会很高兴的。"

谢如温有意转移话题,她转身从橱柜里拿出一罐黄桃罐头递给叶湘西,"你吃一口这个吧,吃了以后感冒很快就能好了。"

谢如温根本不在乎什么报道,始终在演戏。

叶湘西气馁极了,也没有去接谢如温手里的黄桃罐头。她紧紧盯住面前的人:"我到底要做什么才能说服你,才能让你相信我能帮助你、警察能帮助你?"

谢如温放下手中的黄桃罐头,没有避开叶湘西的目光,轻声说:"叶记者,我再说一次,我不需要任何人的帮助。"

"不需要帮助?所以你打算一直把自己放在火上烤吗?放手吧,想想你和苗欢手上沾的血?那是张宝昌和蒋老师想看到的吗?"

谢如温脸色平静,没有为对方的话所触动。她指着门说:"如果你没有别的话要说了,那么叶记者,你可以走了。"

走出谢如温家大门的时候,叶湘西突然觉得浑身无力,猛地打了个大喷嚏。

确实是感冒了。

更让叶湘西受打击的是,杨主编并没有通过她的稿子。问起原因,杨主编讳莫如深,只说这个选题太敏感了。

回家休息的时候,叶湘西接到了程北莹的电话。程北莹告诉她,高咏梅最近在漠昌有个活动,是给一家煤炭公司剪彩。

叶湘西的感冒加重了,脑子沉沉的,整个人也晕乎乎的。她问:"那又怎么样?"

程北莹在电话那头似乎叹了口气:"北安是漠昌投资的最大的煤炭公司,到时候高咏梅会到场,本地的政要和企业家也会到场。只怕谢如温不会放弃这次机会,因为高咏梅在当天晚上就会离开漠昌。"

告诉叶湘西这件事情后,程北莹忽然有些后悔。从理性上来讲,程北莹不想让叶湘西再介入这件事了,从前她嫌叶湘西添乱,但现在她更怕叶湘西会为此损耗太多的精力。可刘民松的话又在提醒着她——谢如温是愿意跟叶湘西独处的,因此,叶湘西能帮得上忙。

叶湘西有些蒙:"谢如温会出现在剪彩仪式上吗?"

她总算明白,为什么张蔓青非要成为谢如温不可了。为了接近高咏梅,那个人早就筹划好了一切。

"会,高代表没有更改邀请名单。"程北莹在电话那头沉默了半响,对叶湘西说,"我知道你想说什么,你想说难道我们没有告诉高咏梅,光明灯具厂的老板娘可能就是张宝昌的女儿?难道我们没有告诉她谢如温有身负三条人命的嫌疑,可能步步为营正在接近她?她信吗?就算信,又在乎吗?她只在乎自己的仕途,叶湘西,你明白的。"

叶湘西放下电话,用手按了按沉重的头。

是啊,高咏梅不在乎,可是谢如温在乎。这次高咏梅高调出现在公共场合,对谢如温来说自然是一个非常好的机会,她一定会有所行动的。

叶湘西也明白自己能做的,那就是尽可能地阻止谢如温接近高咏梅。想到这里,她擤了擤鼻涕,给自己又灌了两大杯水。

叶湘西现在唯一的愿望就是让谢如温回头,既然抓不住她,那就试着困住她。

在剪彩仪式的前两天,县里便派了安保人员去现场,开展安保工作的部署。叶湘西在这段时间里,也时常厚着脸皮上门去找谢如温,以此寸步不离地监视着她。同时,刘民松等人继续在小区附近巡视。

剪彩仪式那天,谢如温一如往常,并没有流露出什么特别的情绪。

她知道叶湘西在打什么主意,但她什么也没有说。她还表示:"老孟要顾着厂子,平时很少回家,有叶记者来陪我说说话,我真的特别开心。"

因为重感冒的缘故,叶湘西脸色潮红。她点头说:"好,那么我们来聊聊天吧,聊什么都行。"

中途,谢如温忽然起身,叶湘西一下抓住她的手腕,紧张地问:"你要出门吗?"

"今天是老孟去北安参加剪彩仪式,我不去,我就在家待着。"谢如温似乎是笑了笑,"你把手松开,我给你倒一点热水喝。你吃一点感冒药,很快就好了,你也不想脸上一直挂着鼻涕吧?就算你想,我也不想被你传染。"

叶湘西这才慢慢松开了手。

片刻后,谢如温把水杯和一粒感冒药递给叶湘西:"吃吧。"

叶湘西不敢吃谢如温给的东西,但她看感冒药是新拆的,就放心地接了过来。她不知道,这种强力感冒药的副作用是嗜睡,吃过药后,她的眼皮越来越沉,几乎没有意识到自己已经进入了睡眠状态。

看叶湘西蜷缩在沙发上安静地睡着了,谢如温拿了一张毯子,轻轻地盖在叶湘西身上。

"如果不是出现你这个意外,也许我和苗苗不用走到今天这一步——"她的手覆在对方细嫩的脖子上,却终究没有收紧分毫,半晌,她缓缓收回自己的手,"对不起,叶记者,我有不得不做的事。好好睡一觉吧,你也累了。"

北安的剪彩仪式安排在下午,露天会场里热闹非凡,除了煤炭公司的员工,周围还聚集了许多来看热闹的群众,这无疑给安保人员增加了不小的压力。

之前岑广胜向高咏梅请示过,询问是否可以最大限度地减少现场人员,但被对方直接拒绝了。高咏梅笑着对岑广胜说:"我这次回漠昌,就是要把北安这事办得漂漂亮亮的。你知道这个煤炭公司对漠昌意味着什么吗?知道它能给漠昌带来多大的利润吗?"

岑广胜擦了擦头上的汗:"这也是为了您的安全着想……"

高咏梅摆摆手,嗤笑道:"你们县局把案子办得稀里糊涂,连死者和凶手都闹不明白,现在你又告诉我小谢有问题,你觉得我会信你?证据呢?你倒是给我证据啊。"

"案子还在侦查中,请高代表再给我们一点时间。"岑广胜的声音沉了又沉,"我知道您对小谢的印象不错,您欣赏她让光明灯具厂起死回生的能力和魄力。但是您和她接触不多,对她并不了解,可绝不能掉以轻心,漠昌还需要您……"

高咏梅听得心烦意乱:"够了,我和小谢也不是第一天认识了,她要真想对我做什么,早就做了不是?既然你们要安排警力,那就安排吧,我只要求你们务必保证剪彩仪式顺利进行。"

岑广胜不知道的是,高咏梅之所以不肯相信谢如温有问题,是因为谢如温通过光明灯具厂,每年都给她输送数目可观的利益,那个金额在当时是难以想象的。

自从程北莹接手这个任务后,她的脸上就再也没有出现过笑容。她警惕地观察着会场四周,心里一直绷着一根弦。

程北莹想不通,为什么高咏梅敢这样无所顾忌?难道,她和谢如温还有别的交情吗?

谢如温是危险的,程北莹从第一次接触她时就意识到了这一点。可是程北莹没有开天眼,她无论如何都想不到,所有人在发现无头女尸的那一刻,就已经入了这个局。

但这个局中出现了一个恐怕连谢如温都没有想到的意外——叶湘西。

如果不是叶湘西,谢如温也没想过拉动自己设下的保险,最后牺牲苗欢,一步一步走到今天。

此时,程北莹咬紧了牙关,发誓这一次一定要阻止谢如温。

她已经派人查过,高咏梅和谢如温两人非亲非故,既然如此,两个不相干的人会因为什么联结在一起?

程北莹想到了钱。

北安煤炭公司的剪彩仪式顺利完成,露天会场气氛热烈,高咏梅穿着艳丽的酒红色套裙,雍容尔雅地站在台上鼓掌。

程北莹转头把赵敢先叫到后台:"你现在马上找人去光明灯具厂,查他们这几年的账目!剩下的人听邢涛安排,继续跟紧高代表,直到她离开漠昌为止!"

守在现场的江华和崔浩浩松了一口气,幸好谢如温没有在这个时候出现,他们由衷地希望今天都不要见到谢如温。

晚上,高咏梅在芍园招待所设宴,招待漠昌的几位政要和北安煤炭公司的领导。

程北莹和邢涛一行人在招待所附近蹲守着,突然出现的叶湘西敲开了程北莹的车窗。此时叶湘西的脸上泛着两团不正常的红晕,嘴唇上还起了不少白色的皮。

程北莹摇下车窗,心里已经升起了不祥的预感。

"谢如温……谢如温不见了。"

刘民松就站在叶湘西的旁边,他连骂了两声,发泄着心中的怒火:"他妈的,那个姓谢的用感冒药放倒了叶记者,然后趁我们的人交班,直接乔装跑了!"

程北莹当即下车:"招待所!马上找到高代表。"

然而他们还是晚了一步,高咏梅已经不在包厢里了。

包厢内觥筹交错,所有人都以为高咏梅只是去了洗手间,根本没想到那是失踪!

这时候,苟秘书脸色铁青地开口:"高代表她……她是接了一个电话才出去的!"

邢涛的脸色难看到了极点,他向身旁的人吼道:"还不马上去找!"

他好不容易平复心情,转头看向程北莹:"北莹,现在怎么办?"

怎么办,怎么办?所有人都在问她怎么办!

程北莹一时间头痛欲裂,但不得不硬撑着。她揉着太阳穴让自己冷静下来:"既然他们都以为高咏梅只是去了洗手间,可见她离开的时间并不长,还能追,先安排人手下去进行拉网式搜索。邢涛、刘民松,还有苟秘书,你们跟我来。"

漠昌几乎所有警力都出动了,但谁都没有发现谢如温和高咏梅的行踪。

程北莹将满是折痕的《漠昌行政地图》翻了出来，在警车的引擎盖上铺开。

"我们现在锁定几个谢如温可能会把高咏梅掳去的地方。"

邢涛说："芍园招待所里面已经搜查过了，没有任何挣扎打斗的痕迹，高咏梅应该是自己走出去的。"

程北莹看向荀秘书："谢如温，或者说光明灯具厂，究竟跟高代表有什么联系？"

荀秘书在高咏梅身边摸爬滚打多年，自然有一套成熟的说辞。尽管现在高咏梅失踪了，荀秘书仍然在打官腔："光明灯具厂是漠昌的重要生产单位，和高代表有往来很正常吧？"

程北莹因为压力过大，脾气已经有些收不住了，听完荀秘书的话，她当即怒吼起来："荀秘书，请你搞清楚现在的状况，我没工夫陪你玩什么政治游戏！听着，我现在不关心你们背后有什么勾当，我只关心人命！你现在多敷衍我一句，你领导就晚一分钟被救，她会死的，你明不明白？"

荀秘书被程北莹的话给吓住了，但他仍想维护自己的体面："程队，请注意你的措辞，我们单位的事情还轮不到你们县公安局来指手画脚。"

程北莹把笔一摔："你！"

叶湘西双眼通红，拉住程北莹："程队，算了，我们……先救人。"

程北莹终于恢复了些许理智，她捡起笔，重新低头看向面前的地图："既然谢如温是为了报仇，那么她出现的地点一定和张宝昌或是苗欢有关系。"

程北莹在黑水机电厂、蒋素兰的现住址以及苗欢住过的民房和死亡地点上依次画上圈。赵敢先看到后马上说:"我这就安排人手过去!"

"等等!"叶湘西叫住了赵敢先,转头看着程北莹,虚弱地开口,"程队,我想我知道她们去了哪儿。"

高咏梅的高跟鞋一下一下地踩在望北路的某栋楼宇间,她走上八楼花了不少时间。周遭是裸露的钢筋水泥,没有任何遮挡,高处的风穿过整栋楼房。这里的顶部吊着一盏老旧的拉线电灯,总算给眼下宽阔的空间照出一点亮光。

高咏梅走到楼的北边,注视着远方,有些惋惜地对身后的人说:"这儿的景观还是差一些,要不是前面有几栋楼房,说不定能将整个漠昌尽收眼底。

"小谢,你看的那块地,县里接受了我的建议,打算这两年把那儿的破民房给拆了,再建几个工厂。"

谢如温走过去,附和道:"是个建工厂的好位置,西北连接着通往各处的交通,运输方便极了。"

高咏梅满意地点头:"还是小谢你最懂我。"

人前,谢如温和高咏梅走得并不近,这是谢如温的意思,说是要避嫌。谢如温当初为了救活光明灯具厂,曾经贿赂过荀秘书,这件事很快就让高咏梅知道了。

谢如温因此在高咏梅手上落下了"把柄",高咏梅也借机利用谢如温和光明灯具厂敛财——这就是高咏梅无论如何也不相信谢如温会背叛自己的原因。

风还在猛烈地吹着,吹起了谢如温白色长裙的裙角。

高咏梅拉起谢如温的手,怜爱地拍了拍:"要不是当初你说把这栋烂尾楼保留下来，我那些宝贝东西都不知道要藏哪儿好呢……"

谢如温垂下眼睑，意味深长地说："既然楼已经建了，总要有点用处。"

"也怪那些人命不好，住不进来，我也没有办法。"说到这里，高咏梅突然想到了什么，她笑着和面前的人说，"小谢，我在警察那里听说了一件稀奇事，你听听逗不逗？她说你不姓谢，而是姓张。"

"倒是不算什么稀奇的……"谢如温在这一刻忽然没有了笑意，她转头冷漠地看着高咏梅，"是啊，我姓张，我叫张蔓青，我的父亲是张宝昌。"

"你说什么？"高咏梅霎时间双腿发软，脸上的笑容也僵住了，她声音发颤，一边后退一边说，"你不怕我揭发你吗？"

谢如温朝高咏梅走过来，冷笑着问道："揭发我什么？侵吞国有资产、贪污腐败、受贿、杀人灭口的……不是你高咏梅吗？"

高咏梅恶狠狠地瞪着谢如温："你想要申冤应该找警察去，找检察院去，而不是来找我。我说过了，张宝昌的死和我无关！"

谢如温轻轻一笑，抬手指向北边的天山岭："高代表，我后来想明白了，这漠昌的每寸土地都快成了您说了算的了，我找谁都不如找您，对吗？"

谢如温忽然想，如果一开始就决定找高咏梅就好了，即使同归于尽——这样的话，苗苗也不用死了。

现在的她一个人全身而退又有什么用呢？她做这一切是为了复仇，是为了让自己和苗苗从困苦中解脱，可是现在看来，这桩桩件件，好像没有什么是成功的。

她想复仇，想让父亲沉冤昭雪，想和苗苗一起远走高飞，到没人认识她们的地方好好活下去。她想要的太多，顾虑太多，却也因此失去了太多。

她想，不可以再放过高咏梅了。

高咏梅深吸一口气，调整好自己的情绪，说："我很遗憾你父亲出了那样的事，小谢，你直接说吧，你想要什么？想要钱？我藏在这栋楼里的所有钱都可以给你。还是说你想要权力？我可以把你带到省里去，这不过是我一句话的事……"

谢如温的眼神愈发冰冷："我不要你的钱，也不要你的权，我要你给张家，给苗苗，血债血偿。"

望北路距离芍园招待所只有大约二十分钟的车程，程北莹踩紧油门一路飞驰，终于到达烂尾楼楼下。

抬头望去，程北莹一眼就看到了站在八楼边缘的谢如温和高咏梅。那一刻她瞳孔收缩，迅速冲进了楼里。叶湘西紧随其后，拖着沉重的双腿踏上了烂尾楼的楼梯。楼梯没有扶手，只是灰色水泥砌成的半成品。

"望北路烂尾楼发现目标，需要支援。"程北莹一边往上跑，一边用对讲机呼叫支援。

八楼，她们就在八楼。

当程北莹出现在八楼的楼梯口时，原本还在对峙的谢如温和高咏梅同时转头看向了她。高咏梅以为自己就此获救，连忙说："程北莹，救我！"

不料身旁的人在那一瞬间勒住了她的脖子，一把水果刀就这么顶住了高咏梅的喉咙。谢如温的眼里冒出寒气，对站在五米开外的程北莹说："别过来。"

程北莹紧紧盯着谢如温，她站在原地，没再往前："张蔓青，不要做傻事。"

叶湘西气喘吁吁地爬上八楼，终于见到了谢如温和高咏梅。她们的白裙和红衣相互映衬，在夜幕之下是如此刺眼。

谢如温看见叶湘西，目光是说不出的复杂："叶记者，你不该来的。"

此时烂尾楼楼下警笛声大作，红色和蓝色的光交替闪烁着，仿佛已经照到了谢如温身后。叶湘西软下声音劝说道："张蔓青，你放开她，别再错下去……"

"不要过来！"谢如温喝止道。她一步一步往后退，被胁持住的高咏梅脚下趔趄，感觉已经被吓破了胆。她发出恐惧的尖叫："啊！救我啊！你们在干什么！快救我，她疯了，她想让我和她一起死！"

见状，程北莹从腰间拔出手枪，对准了谢如温："别动，如果你不想死的话。"

叶湘西也被吓得浑身僵直，不敢再往前一步。但她仍试图让谢如温冷静下来："好，我不过去，你有什么话跟我说好吗？我会帮你的，你知道我会帮你的！"

"帮我？"谢如温冷笑道，"怎么帮我？你们能让我父亲回来吗？你不要装出一副悲天悯人的模样了，恶心！"

"张蔓青，你知道这是不可能的，何必说这种没用的话？该醒醒了，你不能一直把自己困在过去！"程北莹握紧了手里的枪。

谢如温突然放声大笑："我哪儿不清醒了，我清醒得很！正是因为清醒，所以高咏梅才在我的手里，既然我爸回不来了，那我就让高咏梅和袁庚生去陪他，去给他道歉！"

看着几近疯狂的谢如温，叶湘西的心中纠结不已，她一字一顿地质问谢如温:"那苗苗呢?苗苗做错了什么?她本来可以好好活着,活在阳光下!可是你牺牲了什么?你又让苗苗牺牲了什么?"

谢如温的心在颤抖,她的声音冷如漠昌的雪夜:"你不要跟我提苗苗,苗苗是被你们逼死的。"

叶湘西的脸不由得一白,而程北莹也没想到谢如温会用这样的话去刺激叶湘西,她知道叶湘西一直在为没能救下苗欢而自责。这一刻,她已忍无可忍,脱口道:"你有什么资格对叶湘西说这样的话?逼死苗欢的人是你,逼死吉兰雅的人也是你!张蔓青,这就是你的复仇?搭上一切,把所有无辜的人都拖进地狱?"

叶湘西的心跳忽然漏了一拍,她似乎意识到了什么,猛地转头看向程北莹。

事已至此,程北莹终于说出了那些叶湘西还不知道的事:"叶湘西,你听着,吉兰雅的死根本就不是意外,她是被你面前这个人精心挑选出来的替死鬼!什么相好、什么自杀统统都是假的,开车去接吉兰雅的人就是她,吉兰雅是被她用肮脏的手段逼死的!一样的血型、相似的身形,难道她张蔓青天生就这么好的运气?哪怕是苗欢,从头到尾也不过是被她利用的棋子罢了——"

谢如温嘴唇惨白,仍在讥讽地笑:"我运气好?也许正是我运气太好,所以今天才有机会跟你们站在这里吹吹风、聊聊天吧?你们又懂些什么?我利用苗苗?吉兰雅根本不是苗苗需要面对的事,你们才没有资格,没有任何资格对我和苗苗之间的事情指手画脚。"

叶湘西急道:"张蔓青,你爸爸不会想看到你现在这个样子的。还有蒋老师,没有任何一个人愿意看到你和苗苗走到这一步,回头吧,蒋老师还在等你回家,她已经等你太久了。"

谢如温不为所动,只是冷冷地开口:"家?我早就没有家了,高咏梅毁掉了我的家。从我舍弃张蔓青这个名字开始,我就已经失去了一切!"

谢如温握刀的手愈发用力,高咏梅的脖子上已经流出了鲜血。她颤抖着哭号:"程北莹,你们快救我,救我啊……小谢,我会给你钱的,你要多少钱我都给你,你放了我,我还不想死……"

谢如温的刀尖没有松开,她轻声问怀中的人:"你不想死?难道我爸爸想死吗?"

叶湘西的喉咙已经痛得嘶哑:"张蔓青,就算你杀了她,杀尽所有人,你失去的一切也不会回来的。"

"叶记者,这漫长的九年,我和苗苗是为了复仇才活下来的,我要让毁了我和苗苗人生的垃圾死掉。"谢如温笑了笑,"我,不能失败。"

谢如温朝楼下看去,看见蜂拥而至的警察们,她知道自己的时间不多了。

内心防线已经全面崩塌的高咏梅,在这个时候丧失了全部理智。她发了疯似的尖叫、挣扎,而谢如温也不再犹豫,握刀的手用力向高咏梅划去!

程北莹反应迅速,她在那一刻扣动了扳机。

咻的一声,子弹擦过谢如温的手臂,她因为惯性向后一仰,跌坐在了地上,手上的水果刀也随之飞了出去。

叶湘西抓住时机冲上前,将高咏梅一把拽了过来。高咏梅连滚带爬,仓皇失措地躲到了程北莹身后。

谢如温的手臂鲜血直流,染红了白色的长裙。她捂住伤口,强忍着剧痛,看着高咏梅笑起来。

看来,自己已经没有杀掉高咏梅的机会了。

永远都没有了。

第八章 | 业火漫天

谢如温缓缓站起身来,看见叶湘西似乎想朝自己走过来,她立即制止道:"别过来。"

复仇失败的谢如温,这一刻已经心如死灰。她继续往后退,终于退到了八楼的边缘。

叶湘西意识到谢如温要做什么,她没有再听谢如温的话,伸出手一步一步向前走去:"张蔓青,回来,活下来。"

程北莹感受到前所未有的震撼,她的声音也在发抖:"张蔓青,死不能解决问题,你回来,有话好好说!想想苗苗,她一定不想你死,就算是为了苗苗,你也得活着!"

苗苗?谢如温盯着自己的脚尖,发现鞋子和长裙上已经沾染了大片的鲜血。这个夏天,她和苗苗再也没有机会看到了。

答应苗苗的事情,自己也没有做到。无论是张蔓青还是谢如温,现在都没有活下去的意义了。

是时候去找她的好苗苗了。

想到这里,谢如温露出了最后的笑容,她张开双手,仰面坠下了楼。

"张蔓青!"

那一抹白色如同一团白色的火,飞进了夜晚的风里。叶湘西扑上去,却什么也没有抓住。

她的大半边身子已经探出楼外,是程北莹在背后死死地抱住了她:"叶湘西,你疯了,你真是疯了……"

楼下是谢如温支离破碎的躯体,弥漫的血刺痛了叶湘西的眼睛。

她的耳膜仿佛被刺耳的蜂鸣贯穿,眼泪不受控制地流下来,心如刀绞般疼痛。

还记得那时候,她对谢如温说:"我不想再看到任何人死。"

这是愿望,也是许诺。

可是现在,谢如温失败了,她也失败了。她终究还是看着谢如温奔向了和苗欢一样的结局。

耳畔的蜂鸣和警车的鸣笛声终于散去,叶湘西在恍惚之间听见远处传来鼎沸的人声。

那似乎是呐喊。

叶湘西松开捂住耳朵的双手,终于听清那一句接一句的声音:"救火!救火啊!"

救火。

叶湘西恍然抬起头,看见从天山岭上蔓延而下的山火。

一九八七年五月六日,天山岭突发特大森林火灾。

谢如温和张蔓青最终葬身在无边的业火里。